나는 국대다

※이 책의 내용은 국민의힘 공식입장과 무관합니다.

KI신서 9982

나는 국대다

1판 1쇄 인쇄 2021년 11월 11일
1판 1쇄 발행 2021년 11월 18일

지은이 김연주·김민규·신인규
펴낸이 김영곤
펴낸곳 (주)북이십일 21세기북스

TF팀 이사 신승철
출판마케팅영업본부장 민안기
제작팀 이영민 권경민

진행·디자인 놀이터
교정교열 박은경
사진 함성주

출판등록 2000년 5월 6일 제406-2003-061호
주소 (10881) 경기도 파주시 회동길 201(문발동)
대표전화 031-955-2100 **팩스** 031-955-2151 **이메일** book21@book21.co.kr

ⓒ 김연주 · 김민규 · 신인규, 2021

ISBN 978-89-509-9814-1 (03810)

(주)북이십일 경계를 허무는 콘텐츠 리더

21세기북스 채널에서 도서 정보와 다양한 영상자료, 이벤트를 만나세요!
페이스북 facebook.com/jiinpill21 포스트 post.naver.com/21c_editors
인스타그램 instagram.com/jiinpill21 홈페이지 www.book21.com
유튜브 youtube.com/book21pub

토론 배틀의 주인공들에게 듣는 정치의 오늘

나는 국대다

김연주 · 김민규 · 신인규 지음

21세기북스

작가의 첫 번째 말

지천명을 넘어 이순을 바라보는 제 나이는 늘 믿기지 않습니다.

물리적 나이를 먹었다고 해서 하늘의 뜻을 알게 되는 것은 아니지 싶고, 게다가 몇 년 더 지난다고 해서 귀가 순해져 세상 이치를 원만히 알게 될 것 같지도 않습니다. 하지만, 나이를 먹다 보면 세상사 계획대로 되지 않는다는 것은 느끼게 됩니다. 그리고 자신이 얼마나 보잘것없는 존재이고, 허물이 많은지 나날이 실감하게 되죠.

학업을 마치자마자 운 좋게 사회에 진출했고, 남들이 내 하는 일을 지켜보는 직종에 종사하다 보니, 응원도 받고 인기라는 것도 누릴 수 있었습니다. 같은 언저리에서 인연을 만나 결혼도 하고 아이도 낳아 키우고……. 그러면서 저절로 시간이 빠르게 지나갔습니다. 아직은 일할 기운이 있고 내 분야의 경력으로 잘할 자신이 있다고 이불 속에서는 외쳐보지만, 그게 뜻대로 되지 않는 것이 또 인생이더라고요. 소위 경력 단절을 겪으며 처음에는 스스로에게 화도 나고 그러다 익숙해지고 어느덧 편안히 받아들이는 단계적 감정을 거쳐 2021년에 이르렀습니다.

그러다 화들짝 어떤 불꽃이 피어오르는 걸 보고 자신도 모르게 불구덩이로 발을 내딛는 무모한 만용을 부리게 되었습니다. 막상 저 자신은 발을 새로이 내디딜 상상을 하거나 계획을 하지도 않았는데 말이죠. 그래서 앞을 알 수 없다는 겁니다. 오십 넘어 처음으로 사무실이 생기고 정시 출퇴근을 하게 될 줄 정말 몰랐거든요. 자식뻘 청년들과 같은 공간에서 근무하고 눈이 초롱초롱한 기자들과 만나 점심도 먹고 이야기도 나누면서 저 자신 그동안 뭐하고 살았나 하며 존재의 보잘것없음을 매일 느낍니다. 왜냐하면 요즈음 젊은이들이 너무나도 총명하고 패기 넘치고 반짝반짝 빛나기 때문이죠. 그렇지만 그런 젊은이들과 부딪히며 하루하루를 보낼 수 있다는 사실 자체가 이 중년의 아줌마에게는 '횡재'임에 분명합니다.

제가 어렸을 적에는 나무로 된 대문을 열고 들어가면 문간방이 있고, 자그마한 마당에 툇마루가 있고, 안방과 건넌방 사이에 대청마루가 있고…… 그런 집에서 살았습니다. 골목에 나가면 학교에서 돌아온 아이들이 삼삼오오 짝지어 놀고 그런 시대였죠. 길모퉁이에 구멍가게가 있고, 엄마가 장바구니를 들고 장보러 가는 길을 따라 시장에 가면, 닭 잡는 가게도 있고, 명절에 김 모락모락 나는 가래떡을 뽑는 긴 줄이 늘어선 방앗간도 있었습니다.

한데 그런 풍경은 약 한 세대를 거치는 동안 상전벽해가 되었습니다. 사람들은 대개 아파트와 같은 공동주택에 현관문을 딱 닫고 들어가 살고 있으며, 그 집들의 내부는 대부분 규격화되었습니다. 동네에는 편의점이 즐비하고, 대형마트 찾는 것도 시들한 요즘 사람들은 온라인 구매로 생필품을 구입합니다. 아이들은 유아 때부터 디지털 매체를 접하고 틀에 잡힌 교육 시스템을 따라 커가며, 놀이에 필요한 시간은 턱없이 부족합니다.

과거와 비교해 현재가 행복한가 하고 때로 자문해보면, 물질적 풍요와 기술적 선진화에도 딱히 그런 것 같지는 않습니다. 오히려 제 어릴 적에는 사는 게 다 그만그만하다 보니 터놓고 서로 도와주며 살았지만, 요즘에는 형편에 따라 외관과 내심이 너무도 다르게 살아가는 것이 일반적이니까요. 앞으로의 세상은 과연 어떻게 변하게 될까 궁금해하던 차에 계획에 없던 또 하나의 계기로 이 책을 출간하게 되었습니다. 젊은이들의 이야기에 숟가락을 얹으며 미래의 대한민국에 희망의 서광이 비치기를 간절히 소망합니다. 모든 이들의 행복도 함께 기원합니다.

언제나 저를 지켜봐주는 남편과 제 존재의 이유인 이주·소강, 그리고 제 인생의 첫날부터 오늘까지도 따뜻이 감싸주시는 엄마께 감사드리며, 책 출간에 애써주신 강희진 작가님께도 감사의 말씀을 드립니다.

2021년 찬 바람 쓸쓸한 국회의사당에서

김연주

작가의 두 번째 말

'강을 건너다'라는 관용어구가 흔하게 사용되는 시대에 살고 있습니다. 산적해 있는 문제나 난관을 극복할 때도 강을 건넌다고 하고, 일부 사람들은 죽음이라는 현상을 강을 건넌다고 표현하기도 합니다.

19년이라는 짧은 인생을 살아왔지만, 그사이에 대한민국은 참 많은 강을 건넜습니다. 때로는 국난에 맞서 국민들이 의기투합하여 멋진 성공을 이루어내기도 하였고, 때로는 사회적 죽음에 목 놓아 울며 방황하기도 했습니다. 제가 지금까지 경험해온 대한민국은 작지만 강한 나라였으며, 우리 국민들은 부드럽지만 굳센 민족이었습니다.

강을 어떻게든 건너야 하는 상황은 어제나 오늘이나 동일합니다. 하지만 시대가 변하면서, 급해진 물살에 강의 폭은 넓어지고 배는 낡아갑니다. 노를 젓는 사공도 지쳐만 갑니다. 선원들은 영문도 모른 채 두려워 떨고 있습니다. 배에 생긴 빈틈을 메우기 위해 미력이나마 도움이 될까 생각하며, 권유해주신 신인규 변호사님, 흔쾌히 함께해주겠다고 약속하신 김연주 선생님과 다 같이 머리를 맞대어보기로 했습니다.

사실 수능을 두 달 앞두고 대담집 제작을 결심하기까지 오래 고민했습니다. 보수정치와 대한민국 사회 전반에 대한 생각을 나름대로 정리해오고는 있었지만, 학업에 있어 중차대한 시기에 주말을 모두 헌납한다는 것은 꽤나 큰 비용이었습니다. 무엇 하나 포기할 수 없다는 심정으로, 잠을 줄이고 시간을 쪼개며 부족한 소견을 가감 없이 전달하고자 최선을 다했습니다.

이준석 대표로 표상되는 개혁보수의 노선은, 보수 정당이 시대적인 강을 건너는 이정표였습니다. 탄핵의 강을 건넜다고 선언한 연설을 시작으로, 새로운 정치사회를 꿈꾸는 국민들은 희망의 강을 건넜으며, 역사적 과오를 반성하지 못하고 시대적 부름을 듣지 못하던 구시대적 정치는 종말의 강을 건넜습니다. 그리고 이러한 불가역적인 변화는 끝내 결실을 맺을 것입니다.

그 변화에 동참하겠다는 심정으로 〈나는 국대다〉에 참가했고, 당시의 저로서는 가능한 모든 것을 쏟아내고 왔습니다. 하루하루가 정신없었던 당시의 소중한 인연이 지금까지 이어져, 존경하는 두 대변인과 함께 책을 쓰며 한국 사회에 대해 허심탄회하게 토론했던 기억은, 부족한 제게 너무나도 과분하고 감사했던 경험이었습니다.

이 대담집은 김민규에게도 커다란 강이었습니다. 머릿속으로 떠돌던 생각들을 정제된 언어로 정리하며 대한민국의 미래를 그려보는 기회였습니다. 우리 사회를 바라보는 제 나름의 원칙과 원리를 세우는 색다른 학습이었습니다. 그리고 그 거친 생각들을 책으로 써내며 불안해하는 우리 선원들에게 미래 세대의 비전을 제시하고자 했습니다. 그리고 그것을 지켜보시는 독자들의 마음까지도 시원하게 해드리고 싶은 마음으로 대담집을 제작하였습니다.

소중한 기회를 제안해주신 신인규 변호사님과, 함께해주신 김연주 선생님께 감사드립니다. 또한 김민규라는 평범한 고3에게 넓은 세상을 보게 해주신 존경하는 이준석 대표님과, 기획조정국 고준 팀장님께도 감사를 드립니다. 6월부터 지금까지 쉽지 않은 결단으로 제자의 앞길을 응원해주시고 축복해주신 존경하는 이주은 담임선생님과 이의원 학년부장선생님, 지난 2년 동안 부족한 저를 사랑으로 아끌어주신 임정환, 이현승 선생님을 비롯한 우리 인천국제고등학교 모든 식구들에게도 감사드립니다. 힘든 시기를 함께 극복해온 사랑하는 12기 친구들에게도 응원과 감사의 말을 전합니다.

마지막으로, 지금까지 물심양면으로 부족한 아들을 위해 힘써주신 부모님과 할머니, 그 외 모든 사랑하는 가족들에게도 이 자리를 빌려 감사의 말씀을 전합니다.

독자 여러분, 김민규와 함께 새로운 강을 건너봅시다.

2021년 학교 자습시간에

김민규

작가의 세 번째 말

보수의 차디찬 겨울이 있었습니다. 보수 내부의 계파 갈등과 그로 인한 거듭된 혼란 끝에 결국 대통령 탄핵이라는 뼈아픈 결과까지 견뎌야 했습니다. 보수와 진보가 두 날개로 날아야 한다는 말을 늘 기억하면서 보수의 재건을 위해 노력하고 싶었는데 기회가 잘 주어지지 않았습니다. 탄핵 이후 보수는 분열을 반복하면서 결국 대형 선거에서 연거푸 패배했습니다.

그 속에서 보수는 자생의 씨앗을 키워온 것 같습니다. 김종인 비상대책위원장이 보수 정당을 새로운 당으로 변화시켰고 당의 이름까지 바꿨습니다. 달라진 보수는 개혁의 연속성 위에 4.7 보궐선거 승리를 드디어 맛보게 되었습니다. 그리고 당의 2030 젊은 세대가 주축이 되어 이준석 당 대표를 탄생시키기도 했습니다. 이준석 당 대표는 국민의힘을 완전히 새로운 정당으로 바꿔내고 있습니다. 국민의 폭넓은 지지는 아직 어색하기도 하지만 한편으로는 지난날 보수의 실패를 다시는 반복하지 말라는 엄중한 경고로 들립니다.

이준석 대표의 첫 일성은 대변인 토론 배틀이었습니다. 중앙당 대변인이라는 중요한 직책을 맡을 기회를 외부에 개방하는 모습에서 당의 역동성과 강한 자신감을 느꼈습니다. 보수의 새로운 바람과 함께 많은 분들의 참여로 성공적인 이벤트를 만들었고 저 역시 그 일원으로서 자부심을 느꼈습니다. 함께 일하고 있는 임승호 대변인, 양준우 대변인과 소통하면서 개혁의 불씨를 가슴에 새기고 있고 김연주 상근부대변인과 일하면서 균형감과 경륜을 동시에 배우고 있습니다. 대변인단에 합류하여 초기에는 정신없이 일만 하다가, 토론대회에 함께 참여했던 김민규 학생과 소통하면서 보수의 비전과 가치를 담아낸 대담집을 같이 펴내기로 의견을 모았습니다.

　대한민국의 역사와 현재 그리고 미래를 고루 살피기 위해 김연주 상근부대변인과 민규 씨의 지혜를 함께 모아보기로 했습니다. 보수 정당이 지녀온 가치를 분석하고 현재의 상황을 진단하며 미래의 바람직한 방향성을 모색해보기로 했습니다. 대한민국 역사에서 가장 먼저 떠오르는 것은 '갈등'이라는 요소였고, 갈등이 민주주의의 핵심내용이기는 하지만, 대한민국에서는 이것을 극단의 진영대립과 같은 부정적인 차원으로 끌고 가는 것이 아닌가 하는 걱정이 들었습니다. 사회의 각 분야에 퍼져 있는 갈등을 돌아보면서 건강한 보수의 가치는 무엇이며 그 토대 위에 내놓을 수 있는 대안이 무엇인지 함께 논의한 결과물이 바로 이 책입니다.

결국 대한민국 문제의 핵심은 갈등을 풀 주체가 바뀌어야 한다는 점입니다. 미래의 어느 시간에 우리에게 다가올 엄청난 '폭탄'을 이리저리 돌리기만 할 것이 아니라 그 '폭탄'을 맞이해야 할지도 모르는 불행한 운명을 직감한 사람들이 정치 전면에 나서야 한다는 것이 주장의 핵심입니다. 보수가 근본적으로 바뀌는 셈인지도 모르겠습니다. 그러나 국민들이 보수를 향해 바뀌라는 명령을 내린 지는 이미 오래되었습니다. 저는 보수가 합리적이고 개혁적이며 국민의 눈높이에 부합하는 정치 세력으로 바뀌기를 강력하게 바라고 있습니다. 이 대담집이, 한국 사회 특히 보수 진영에서 더 좋은 비전과 전략을 만들어내는 계기가 되면 좋겠습니다.

무엇보다 국민의힘 토론 배틀을 통해 대변인으로 일할 기회를 주신 이준석 당 대표님께 감사를 드립니다. 그리고 당에 들어와서 제가 모시고 일할 수 있었던 서병수 의원님과 정홍원 위원장님께도 감사를 드립니다. 대변인직을 잘 수행할 수 있도록 항상 물심양면 지원을 아끼지 않으시는 한기호 사무총장님, 서범수 비서실장님, 허은아 수석대변인님, 김철근 정무실장님께도 감사를 드립니다. 토론 배틀 준비 단계부터 지금까지 현장에서 많은 도움을 주시는 기획조정국 김용진 국장님과 고준 팀장님을 비롯한 모든 당직자분들께도 깊은 감사를 드립니다.

2021년 가을
신인규

차례

01
나는
국대다

대나무숲에
모여 앉은
보수의 전사들

2021년 6월. TV조선과 유튜브 오른소리 채널에서는 '국민의힘 대변인'을 선발하는 토론 배틀이 방송되었다. 한국 정치사에서 유례가 없던 토론 배틀의 이름은 〈나는 국대다〉. 총 564명의 지원자가 모여들었다. 그들은 각자 자신의 신상을 노출하지 않은 채 '자기소개(30초)', 그리고 '6.25 전쟁일 71주년(1분)'과 '기본소득에 대한 생각과 재원마련 방안(1분)'에 관한 논평, 이렇게 세 가지를 영상으로 제작해 제출했다. 토론 배틀의 도전자에는 만 18세의 고3 학생부터 79세의 대기업 CEO까지 포진해 있었다. 선발 과정은 철저하게 블라인드로 진행되었다. 영상 심사와 면접을 거쳐 1차로 150명이 살아남았다. 그들 가운데 다시 치열한 배틀을 통해 16명을 선발했고, 8강부터는 TV로 생중계됐다. 최종 1위와

2위는 당 대변인으로 선정될 예정이었고, 3위와 4위는 당 상근부
대변인으로 활동하는 것으로 계획되었다.

 방송은 2021년 6월 27일부터 7월 5일까지 진행되었고, 압박 면
접 심사는 이준석 대표가 심사위원장을 맡았으며, 심사위원으로
황보승희 수석대변인, 지상욱 여의도연구원장, 조수진, 배현진,
정미경, 김용태 최고위원, 김은혜 의원이 참여했다. 심사위원은
1~3조로 나뉘어 심사를 맡았고, 지원자는 2인 1조로 구성해 토
론을 펼쳤다. 결론부터 말하면 8강에는 김민규, 김연주, 민성훈,
신인규, 양준우, 임승호, 황인찬, 황규환이 올랐고, 4강에는 김연
주, 신인규, 임승호, 양준우가 진출하여 결승을 벌여 순위가 정해
졌다. 1위 임승호는 경북대 로스쿨 출신으로, 전 바른미래당과 자
유한국당 청년대변인을 역임했다. 2위 양준우는 취업 준비생으
로 성균관대학교를 졸업한 정치 신인이었다. 3위 김연주는 유명
MC, 4위 신인규는 변호사였다. 특히 8강에 올랐던 김민규는 인천
국제고 3학년 학생으로 밝혀져 화제의 중심이 되었다. 〈나는 국
대다〉라는 이름을 달고 정치 토론 배틀을 실시한 것은 한국 정치
사에서 매우 실험적이고도 선구적인 일이다. 정치 신인을 배출할
참신한 토대를 마련했다는 면에서 긍정적이며, 이를 뒷받침할 제
도적 장치도 필요하다는 반응이 많다. 이 의미나 효과에 대해서
는 앞으로 더 면밀한 평가가 있어야 할 것이다.

〈나는 국대다〉에서 하고자 했던 말을 못다 한 세 사람이 있었다. 김연주 방송진행자, 신인규 변호사, 김민규 국제고 3학년 학생. 이들은 자신의 말을 그냥 가슴에 담아둘 수 없었다. 임금님의 귀가 당나귀 귀라는 사실을 알아버린 복두쟁이처럼 말을 쏟아내지 않으면 미쳐버릴 것 같았다. 그래서 이들은 각자 대나무숲으로 모였다. 그곳에서 세 사람이 만났다. 이미 서로 낯설지 않은 얼굴이었다. 이들의 연령대는 공교롭게도 50대, 30대, 10대로 우리 사회의 상이한 세대를 대변할 수 있는 사람들이었다. 더구나 이들은 토론 배틀 진행 중에 여러 차례 사람들 입에 오르내리던 보수의 전사들이었다. 대나무숲에 모여 앉은 보수 전사들의 정치적 수다 배틀은 이렇게 시작되었다.

김연주 이렇게 만나니 정말 반가워요. 신 변호사는 상근부대변인
으로 매일 만나지만, 이렇게 민규 씨와 만나 속마음을 털어
놓게 될 줄은 몰랐어요.

신인규 저도 다시 만나 배틀을 이어가게 될 줄은 몰랐습니다. 정말
피 튀기는 전투였죠. 지금 생각하면 그 과정을 어떻게 견딘
것인지 감개무량해요.

김연주 그러면 각자 〈나는 국대다〉 토론 배틀에 어떻게 참전하게
됐는지부터 얘기해볼까요? 힘은 들었지만 치열했던 만큼
세월이 흐른 뒤에 돌아보면 좋은 추억이 될 거예요. 저는
풍파를 많이 겪은 50대라 그런 경험을 종종 했어요.

신인규 김민규 씨가 먼저 시작하면 어떨까요? 현재 고등학교 3학

년이라 인생에서 가장 중요한 대학입시라는 전투를 앞에 둔 용사로서 참전이 무척 힘들었을 텐데요?

김민규 저는 두 분처럼 그렇게 살벌했던 전투는 아니었어요. 그냥 배그(배틀그라운드) 한판 한 기분이라고 할까요? 다만 정말 잊을 수 없는 게임이었죠.

김연주 역시 생각하는 게 다르군요.

신인규 하긴, 전쟁이 게임으로 변한 지 오래됐잖아요. 사실 이라크 전쟁이 전 세계에 중계된 온라인 게임처럼 진행됐으니까요. 그게 벌써 2003년이었죠.

김연주 또 무슨 말이 나올지 무섭네요. 저나 저희 세대는 실제 전쟁을 게임과 등치할 만큼의 배짱은 없어요. 민규 씨, 빨리 본론으로 들어가죠.

김민규 그냥 농담으로 한 말인데요.

신인규 농담 속에 본심이 숨어 있는 법이죠. (웃음)

김민규 저는 정치에 크게 관심이 있지는 않았어요. 굳이 정치와 관련된 기억을 떠올리면 지금보다 훨씬 어렸을 때, 꿈이 뭐냐고 물으면 대통령이 되겠다, 이런 정도의 뜬구름 잡는 얘기를 했죠. 그런 제가 본격적으로 정치에 관심을 가졌던 계기는 박근혜 전 대통령의 탄핵이었습니다. 하지만 그마저 일종의 언더도그(전력이 열세인 쪽을 동정하는 현상) 효과였던 것 같아요.

신인규 고등학생이 언더도그 효과를 알다니 정말 대단해요. (함께 웃음) 어쨌든 그런 마음은 우리 국민 누구에게나 있었을 거라고 봐요. 그분의 부친은 한국을 경제적으로 구한 위대한 지도자였잖아요. 우리 국민이 박정희 대통령에게 빚을 졌다고 생각해요. 저는 박근혜 대통령이 당선된 이면에는 우리 국민의 그런 채무감이 깔려 있다고 보고요. 그런데 상황이 그리됐으니 감정적으로나마 뭔가 느끼지 않을 수 없죠.

김민규 저와 제 친구들은 그런 역사적 채무감을 가진 세대가 아니라서 이전 세대보다 감정적인 동요는 없었어요.

김연주 그런가요?

김민규 박근혜 전 대통령이 탄핵당하고 보수 정당이 몰락하는 과정을 보면서 들었던 위기감이 정치적 관심의 시작이었습니다. 그래서 저라도 나중에 보수 정당을 좀 살려보고 싶다, 뭐 그런 생각이 막연하게 들었거든요.

김연주 우국충정인가요?

김민규 그런 건 잘 모르겠고요. ……그런 셈입니다. (웃음) 다만 국정이라는 것은 여야라는 양쪽 날개가 있어야 하는데, 한쪽이 완전히 내려앉았잖아요. 그렇다고 제가 당장 어떻게 할 수 있는 것도 아니었죠. 중학교 때 그런 상황을 보고 고등학교에 가서 2년 동안 아무 생각도 없이 열심히 공부했습니다. 참가 이유를 말씀드리기 위해 살짝 다른 이야기로 새어보자면, 제가 이준석 대표님을 원래 좋아했어요. 제가 워낙 친구들과 말로 싸우고, 논리로 토론하는 것을 평소에 즐겼거든요. 이준석 대표를 보니 그런 생각이 드는 거예요. '아, 정말 논리적이다! 어쩌면 저렇게 정제된 언어로 논리를 개진할 수 있을까.' 막연한 팬심이었죠. 더구나 저는 인천에 있는 국제고를 다니고 있는데, 국제고는 사회과학 특목고예요. 제가 교내 전공이 경제학이라, 토론과 논쟁을 통해 경제의 주요 개념들을 익힐 때가 많아요. 토론을 좋아할 수밖에 없었어요.

신인규 이준석 대표에 대한 마음은 일종의 팬덤인가요?

김민규 솔직히 말씀드리자면 저는 누구를 팬덤의 입장에서 좋아하진 않아요.

김연주 어떤 차이가 있을까요?

김민규 팬덤은 그 사람을 맹목적으로 좋아하는 경우이죠. 하지만 저는 이준석 대표의 냉정한 논리와 당당함을 좋아해요. 답습하고 싶은 부분을 닮아가는 것이지 '무지성'으로 이준석을 외치는 것이 아닙니다.

신인규 그럼 팬심이라고 할 수 있겠군요.

김민규 네, 그런 점에서는 열렬한 팬이죠. 이준석 대표의 발자취를 짚어보자면, 보수당이 분열된 이후 유승민 의원과 함께 새로운 보수의 깃발을 들고 나갔다가, 합당으로 다시 들어와

당 대표 선거에 출마했습니다. 물론 그 전에 오세훈 서울시장의 당선 과정에서 많은 공이 있었고, 그것이 중요한 발판이 되었죠. 그렇다고 해도 제 입장에서 봤을 때는 30대가당 대표에 도전하는 것이 파격이었거든요. 더욱 신선했던것은, 들고나왔던 공약들이었습니다. 중앙당 대변인을 토론 배틀로 뽑겠다는 공약을 내건 겁니다. 저는 만약에 이준석이 대표가 되어서, 실제로 토론 배틀을 연다고 해도, 여의도 장벽 안에 있는 사람들이 대변인이 될 것이라고 생각하고 있었어요. 그런데 전당 대회 과정이나 유튜브를 보면서, 이준석 대표의 연설을 듣고 당원들을 압도하는 소구력을 보니 당 대표가 될 수도 있겠다 싶더라고요. 이준석 대표는 기존의 보수와 약간 다른 철학을 들고나왔어요. 저는당원들이나 국민들이 이준석 대표의 새로움을 알아차릴 것이라고 봤습니다. 만일 이준석 대표의 '개혁과 쇄신을 위한한 맺힌 절규'에 화답하지 않으면 보수의 미래는 없다고 생각했죠. 근데 진짜로 당 대표가 됐습니다. 믿고는 있었지만많이 놀랐어요. 30대 당 대표라! 더구나 수락 연설에서 진짜로 대변인 선발을 토론 배틀로 뽑는다고 하더군요. 수락연설도 실시간으로 봤지만, 그때까지만 해도 솔직히 저는배틀에 참가할 생각이 없었습니다. 1차 동영상 제출기한이기말고사 2주 전인가 그랬거든요.

김연주 그런데 어쩌다가 꽂힌 거죠?

김민규 그러니까요. 제가 진짜 그럴 생각이 없었는데, 일요일 밤에 11시까지 공부하다가 오늘은 그만해야지 하고, 그냥 드러누웠단 말이에요. 근데 쉬면서 페이스북을 쭉 넘겨보다가 우연히 이 대표님이 올린 글을 읽은 거예요.

신인규 지원하라고요?

김민규 네, 그때 독려 글 많이 올렸어요. 한번 해볼까? 혼자 그런 생각을 하다가 아무 생각도 안 하고 잤어요. 그런데 새벽 1시에 무언가에 홀린 듯 나도 모르게 벌떡 일어나 속옷에 코트 걸치고, 그냥 동영상을 찍었습니다. 아무 생각 없이 미친놈처럼 (웃음) 속옷 바람으로 원맨쇼를 했단 말이죠. 한번 지원해보자, 한번 내보자 하고서 2분 30초짜리 영상을 후다닥 찍어서 냈어요. 전 그것이 될 줄은 상상도 못 했습니다.

신인규 그렇게 대충 보냈는데, 통과된 것이에요?

김연주 아마 그런 허술함 속에 인생이 있는 것 같아요. 저도 가끔 그런 경험을 했어요. 진짜로 갖고 싶은 것을 너무 쉽게 얻을 때가 있거든요. 어떤 것은 죽도록 노력해도 얻을 수 없고요.

김민규 네. 그런 것 같아요.

김연주 실은 저 역시 영상을 약간 허술하게 보냈거든요.

김민규 다음 날 학교에 갔는데, 문자가 와 있더라고요. 내일까지 당사로 오십시오. 이게 뭐지? 그러면서 담임선생님께 보여드렸죠. 사실 선생님께서 말리실 줄 알았습니다. 중간고사 3주 앞둔 고3 학생을 누가 보내주겠어요. 저는 절대 당사에 안 보내주실 거라 생각했죠.

김연주 말도 안 되지! 고2도 힘들 텐데. 제가 선생님이었다고 해도 가라고 말하기가 쉽지 않았을 겁니다. 한국 고3은 때로는 죄인 취급을 받기도 하죠. 누가 죄인을 교도소 밖으로 내보내줘요. 어림없는 말이죠.

김민규 그러니까요. 근데 선생님들께서 의외로, 너는 원래 정치에 관심이 있지 않았냐, 나가서 해봐라, 큰물에서 놀다 와라,

큰 세상 보고 와라, 이렇게 격려의 말씀을 해주셔서 당사에 가보게 되었습니다. 그래서 저는 지하철을 타고 당사에 가면서도 소풍 가는 느낌이었죠. 맨날 TV로만 봤던 이 대표님이 앞에 면접관으로 앉아 계셔서 흥분도 되었고요.

신인규 신기했죠?

김민규 물론이죠. 되게 신기했습니다. 어쨌든 기다리다가 맨 마지막 순서로 들어갔어요. 담당하시던 분이 당사에 1시까지 오라고 그러셨는데, 제가 수업이 2시까지였거든요. 그래서 마지막 순서로 면접을 보게 됐어요. 유튜브를 보면 아시겠지만 제가 압박 면접을 잘하지는 않았거든요. 막 덜덜 떨고. 뭔 소리 하는지도 모르겠고요.

신인규 떨리긴 하죠. 저도 떨리더라고요.

김민규 변호사님도 떠셨다는데 고3이 안 떨렸겠습니까? (웃음) 마지막에 저랑 다른 한 분이 남아 있었는데, 서로 잘하자 격려하고 들어갔죠. 나오면서 이 대표님이랑 사진 찍고, 돌아오는 길에 엄마한테 전화를 했어요. 엄마가 하도 걱정을 하시니까. 엄마가 그랬어요. "그러다가 진짜 선발되면 어떡하니?" 제가 그랬죠. 걱정하지 마세요. 아나운서님들, 변호사님들, 당 사무처에 계시는 분들까지 다 모였는데, 제가 되는 건 말도 안 되는 얘기라고요. 이제 아들은 내일부터 기말고사 준비하니까 걱정 붙들어 매시라고 하고 학교 기숙

사로 들어갔죠. 그런데 전화가 온 거예요. 기획조정국에서 16강 진출했다는 연락이었어요. 저는 전화한 사람이 친구인 줄 알았습니다. 그렇게 말도 안 되는 소리라고 생각했는데, 진짜 국민의힘 기획조정국이라는 거예요. 그러면서 다음 날 중앙당사로 와달라고 했는데, 수업 때문에 그날은 못 갔죠. 하여간 16강으로 갔다가 또 어떻게 운 좋게 와일드카드(정상적인 방법으로 출전 자격을 못 얻었으나 특별한 방법으로 출전이 허용된 이)로 8강에 붙게 되었습니다.

신인규 연주 선생님, 민규 씨가 와일드카드였나요?

김연주 아닌 것 같은데요. 저야말로 와일드카드 아닌가요?

김민규 (웃음) 연주 선생님은 이름 자체가 내공이고 실력이었죠. 어쨌든 저는 8강까지 갔고, 준비했던 기말고사도 괜찮게 봤어요. 정말 운이 좋았다고밖에 할 수 없습니다. 사실 제가 16강에서 관두려고 그랬거든요. 영상을 제출한 건 시험 3주 전이었는데, 8강은 2주 전이었습니다. 계속 시험이 문제였죠.

신인규 압박이 너무 컸겠네요.

김민규 시험을 못 보면 지난 3년 동안 준비해왔던 대학을 못 가니까 부담이 상당히 컸습니다.

김연주 인생을 걸었네요. 저도 애들 키운 엄마라 그런 것은 잘 알고, 깊게 공감하죠.

김민규 대변인 토론 배틀이 과연 내 인생 전부와 바꿀 수 있는 것인가? 아시겠지만 한국의 고교 3년은 그냥 3년이 아니죠. 누구보다 치열하게 살았던 고교 3년 동안의 수험생활을 걸 만한 가치가 있는가? 하는 딜레마에 빠졌습니다. 제가 판단이 잘 서질 않았어요. 그 때문에 집에서 대책회의를 했어요. 만약에 나가서 돼도 걱정이고 안 돼도 걱정이었습니다. 안 되면 지금까지 써온 시간이 아깝잖아요. 그동안 공부를 포기하며 투여한 시간이 있는데 말입니다.

신인규 초 딜레마 상태였네요.

김민규 그렇죠. 가족회의 결과 제가 설사 재수를 하게 되더라도, 인생을 걸어볼 만한 일이라고 결정했죠.

김연주 진짜 용기가 여기 있었네요. 부모님은 어떤 분들입니까? 가령 정치에 무척 관심이 많은 분들일까요?

김민규 어머니는 정치에 관심이 없으시고 정치 체계가 어떻게 돌아가는지도 잘 알지 못하셨습니다. 그런데 요즘은 전보다 관심 있게 보시더라고요.

신인규 삼촌이나 누구 배경이 없어요?

김민규 정치적인 배경은 전혀 없어요.

김연주 주변에 아무도 정치하는 사람이 없어요? 그럼, 정말 결정이 힘들었을 텐데.

신인규 신기하네! 집에서 무조건 싫어하거든요. 정치인이 없으면 더 그래요. 저희도 집에 정치인이 없거든요. 어느 사회든지 그 집단이 그냥 터부시하는 게 있잖아요. 특별한 이유 없이 말이죠. 우리 사회에서 정치가 바로 그런 터부, 금기를 넘어 오물로 취급돼요. 그게 누구 책임인지 여기서 따질 필요는 없겠죠. 그래서 어떤 부모도 자식이 현실 정치로 뛰는 걸 동의 안 해요. 누가 자기 자식 힘든 길에 들어가는 것을 두고 보겠어요.

김민규 저도 우여곡절이 많았습니다. 좀 전에 말한 그런 터부 혹은 편견이 작용한 것 같아요. 16강에 붙었을 때 기조국에서 전화를 받고 집에 전화했는데. 엄마가 한잠도 못 주무시고 계셨어요. 선발됐다고 했더니 길게 한숨을 쉬시더라고요. 엄마랑 아빠는 제가 지원 영상 제출에 대해 상의하지 않은 것을 무척 괘씸하게 여기셨습니다. 말씀드린 것처럼 자다가 일어나서 바로 내버린 거라 전할 시간도 없었거든요. 부모님은 고3 아들이 이런 중차대한 일을 독단적으로 결정했다는 게 서운하셨겠죠. 하지만 그사이에 YTN 인터뷰도 하며 제 인생에 놀라운 변화가 있었고, 부모님도 태도를 바꾸셨습니다. 그럼에도 불구하고 8강에서 떨어진 건 시기 적절하게 잘 떨어졌다는 생각이 듭니다. (웃음)

신인규 민규 씨가 화제가 된 게 언제예요? 그러니까 최연소에 고3이라 언론의 주목을 많이 받았죠?

김연주 처음부터 화제가 됐죠. 바로 당에서 홈페이지에 올려버렸잖아요. 얘기를 들어보니 화제가 될 만한 인물이었네요. 민규 씨의 인생을 주목해야 할 것 같아요. 앞으로 어떻게 성장할지 궁금하기도 하고요.

신인규 사람들의 주목이 두렵기도 했을 것 같아요?

김민규 네, 저희 학교는 선택적으로 새벽 2시까지 야자(야간자율학습)를 할 수 있거든요. 야자를 마치고 새벽 2시에 네이버 포털에 들어가보았는데, 16강 고3 학생 김민규라고 떠 있는 거예요. 처음에 그거 보자마자 진짜 큰일 났다, 그런 생각이 들었어요. 그래서 안 한다고 전화할까? 못하겠다고 전화할까? 그러다가 그냥 간 거죠. 어쩌다 보니 YTN 인터뷰 조회 수가 좀 잘 나오면서 전혀 생각지도 못한 인지도가 생겼어요.

신인규 사실 당시 제일 유명했죠. 사람들은 고3 학생이 토론 배틀에 나와 상대를 몰아붙이는 게 너무 신기했어요. 심지어 저도 민규 씨랑 사진을 찍어 인스타에 올리고 사람들에게 자랑했으니까요. 저희 중에서도 최고 스타였어요. 당연히 화제를 불러일으켰죠.

김연주 주변에서 전화를 많이 걸어왔겠네요. 혹시 인상에 남는 전화가 있었나요?

김민규 학교 선생님들요. 선생님들께서 먼저 전화를 하셨어요. 지

지 정당이 국민의힘이 아니라 민주당 계열이신 선생님도
요. 전화로 축하해주시면서 정치적 신념과 상관없이 제자
가 잘되는 게 보기 좋다고 하셨습니다. 끝까지 가라, 이런
얘기를 해주셨어요.

김연주 하여튼 민규 씨는 정말 좋은 의미에서 독특하고 희귀한 캐
릭터예요. 특별한 점지를 받은 거지요.

신인규 고3이라니 솔직히 가늠이 안 되는 거예요. 저 고3 때를 생
각하면, 그냥 공부하기 바빴거든요. 시간 나면 매점에 가서
피자 먹고, 그런 것밖에 생각이 안 나요. 나라 걱정은 안 했
죠. 고3 때는 그러니까 정치에 관심은 있어도 현실 정치에
뛰어들 용기가 없었어요. 저는 민규 씨가 많이 궁금했어요.
어떤 얘기를 할까, 어떤 수준일까 궁금했죠. 토론은 직접
해봤지만 사람을 피상적으로 평가할 수는 없어요. 그렇다
고 해도 사람은 그 나이에 맞는 언행이나 지식 같은 게 있
잖아요. 그런데 제가 16강 때 민규 씨가 토론하는 것을 뒤
에서 보니 논리가 아주 탄탄하고 말도 정말 잘했어요. 군계
일학으로 잘하더라고요. 특히 수치에 대한 이해가 깊고, 아
주 능숙하게 활용했어요. 당연히 저는 흥미롭게 봤습니다.

김연주 그런 공부를 따로 했어요? 어떻게 준비했었나요?

김민규 시험 기간이라 정말 바빴습니다. 16강 토론 전날에는 팀원
들이랑 한 세 시간 연습했어요.

신인규 그래도 자료도 찾고, 뭐든 했을 거 아니에요.

김민규 제가 직접 그걸 찾아볼 시간은 없었어요. 16강도 그렇고 8 강 때도 대략 네 시간 정도 준비할 시간이 있었습니다. 다만 말씀드린 것처럼 전공이 경제학이라 통계나 숫자를 해석하는 기본적인 공부는 좀 된 상태였습니다. 수치는 경제학의 가장 기본적인 소스죠. 그게 없으면 경제학은 성립할 수 없는 학문이에요. 공교육으로 기른 토론자 김민규였습니다. (웃음)

김연주 아, 기본이 있었네. 거기다가 단단히 준비했으면 어쩔 뻔했어요. 그리고 본인 스스로 소양을 충분히 갖추고 있었네요.

신인규 독서량이 엄청날 것 같았고, 집중력도 대단할 거라고 생각했어요. 솔직히 그런 언변은 내공 없이 짧은 준비 기간에 나올 수 있는 게 아니었거든요.

한 변호사의 분노와
충동적인 선택

김연주 신 변호사님도 토론 배틀 참전기를 한번 얘기해보시죠. 우
리는 맘속에 자신과 세상을 밝히는 등불이 되고자 참여한
사람들이라고 봐야 하지 않을까 싶어요. 너무 거창한가요?

신인규 사실 모두가 맘속의 나침반에 이끌려 참석했겠죠. 어디서
부터 시작해야 할지 감이 잘 잡히지 않네요. 일단 이번 토
론 배틀만 놓고 얘기하면 저는 원래 토론을 되게 좋아했어
요. 대학 다닐 때 토론 경시대회가 많아 종종 참여하다가,
대학원 다니고 군대 갔다 오면서 한동안 토론을 잊고 살았
어요. 2019년에 조국 사태가 났을 때, 새로운 보수당에서
청년 당 대표를 뽑기 위해 토론 배틀 경합을 벌였어요. 당
시 저는 사무실에 앉아 있었는데 SNS 광고를 보다가 그게

눈에 들어왔어요. 정당 가입을 해본 적도 없었고 솔직히 큰 관심이 없었어요. 그런데 그때 조국 때문에 무척 열 받아 있는 상태에서 갑자기 새 보수당에서 토론 배틀로 당 대표를 뽑는다고 하니까 신청해버린 거죠.

김연주 충동적인 것은 민규 씨랑 꼭 같네요.

신인규 그러게요. 저도 되돌아보면 민규 씨랑 크게 다르지 않네요. 민규 씨는 이준석 대표에 대한 호감이 있었고, 저는 조국에 대한 분노가 있었고요. 저는 평소 정치 이슈에 관심도 많아 당 대표를 해보는 것도 괜찮겠다고 생각했어요. 더구나 당시는 새 보수당과 자유한국당이 대립이 심할 때라 분열된 보수가 너무 정치를 못 하는 거예요. 맨날 자책골만 넣으니까 밖에서 지켜보기 답답하더라고요. 이대로는 진짜 안 되겠다 싶었고요. 과감하게 지원은 했는데, 그렇게 인기가 좋을 줄 몰랐어요. 두근두근한 마음으로 갔더니 현역 의원들이 죄다 우리 심사를 보는 거예요. 그리고 제가 어쨌든 위로 올라갔죠. 최종 결승까지 간 거예요.

김연주 결승에는 몇 명이었는데요?

신인규 총 네 명이었어요. 결승에는 당원만 갈 수 있게 되어 있어서 당원 가입을 결심했죠. 정당에 몸을 담는 일이 걱정도 되었지만 그때는 이판사판이라고 생각했어요. 보수가 괴멸하면 안 되니까. 그래서 정식 당원으로 가입하고 결승전에 참여한 거예요. 그때도 토론도 하고 정책에 대해서도 얘기했어요. '타다'와 관련된 택시 산업 이슈도 다뤘고, 보수 분열 이슈도 다뤘죠.

김연주 결과는요?

신인규 청년 당 대표는 최종 두 명이 선정되었는데 남성이랑 여성 각 한 명씩 선출되었어요. 그때 저는 지금 단체를 같이 하고 있는 최웅주 씨랑 같이 4인 결승에 올라갔었는데 우리 두 명은 떨어지고, 청년 당 대표로 선정된 두 명은 제도권 정치에 들어갔죠. 청년 당 대표들은 제21대 총선에도 출마했고요. 저는 그때 총선에 나갈 형편도 안 됐고, 솔직히 준비가 안 된 상황이었어요. 그래도 저는 그곳에서 처음 정당 생활을 해본 거죠. 그 정당이 통합되는 바람에 미래통합당 당원이 된 거고요. 송파에 사니까, 송파에서 당협 활동을 시작한 거예요. 그러면서 당내에서 청년 정치개혁 운동을 했는데, 그때 정말 많은 한계를 느꼈죠. 제가 변호사니까 당원 당규를 함께 만들었는데 뭔가 제안해서 가면 맨날 엎어지는 거예요. 청년 정치는 이렇게 해서는 안 되겠다고 생각했어요. 청년의 정치 참여도를 늘려야겠다고 마음먹었습니다. 그래서 토론대회 결승에 같이 올라갔던 최웅주 씨와 제가 그때 지방자치연구소 '사계'를 만들었고, 지방선거에 출마할 청년 예비 정치인들을 모으기 시작한 거죠. 그렇게 열심히 정당 활동을 하고 있는데, 김종인 비대위원장께서 취임하시고 당 내부적으로 많은 변화가 있었어요.

김연주 그때 역동적이고, 정말 굉장했죠.

신인규 맞아요. 그 역동성으로 보궐선거에서 오세훈 시장이 당선됐습니다. 모두들 나경원 전 의원이 될 줄 알았죠. 오세훈 시장조차 자신이 될 줄 몰랐을 수도 있어요. 분위기가 만들어졌고, 때마침 LH 사태가 터져 우리를 도와준 셈이었습니다. 물론 터질 것이 터진 것이지만요. 저는 문재인 정권의 부동산 정책 실패가 총체적으로 분출된 것이 LH 사태라고 봐요. 언젠가 분출될 마그마가 그 구멍으로 터져 나온 겁니다. 모처럼 보수 정당이 예전의 힘을 찾은 거죠. 하여간 오세훈 시장이 확 뜨면서 보수가 갑자기 주목을 받았죠. 저는 오세훈 시장이 당선되는 과정 자체가 사람들, 특히 MZ 세대가 이준석 대표를 정치적으로 호출시킨 과정이라고 봐요. 더구나 이준석 대표가 출마하면서 공약으로 당직을 개방하여 대변인을 토론 배틀로 뽑겠다고 했었죠. 저는 이런 공약 자체가 보수의 혁신이라고 봐요. 예전의 보수적 사고 방식으로는 이런 생각을 할 수 없었거든요.

김연주 토론 배틀을 진짜 실행했잖아요. 저는 이준석 대표의 말을 믿었지만 그것을 실현할 수 있을 거라고 보진 않았어요. 제가 정치를 잘 알진 못하지만, 최소한 당 대표가 이런 중요한 사항을 혼자 결정할 수는 없을 거라고 봤거든요. 모르긴 해도 아마 대표가 강하게 주장해 관철했을 거예요. 대표의 취임 일성이 토론 배틀로 대변인을 뽑는다는 거였죠. 저는 토론 배틀이 단순히 대변인 선발대회라고 생각하지 않아요. 자신의 가치인 '공정한 경쟁' 원칙을 인사에서도 그대로 적용하겠다는 일종의 선언이라고 봐요.

신인규 저도 그렇게 생각해요. 그러니까 저도 주저하지 않고 토론 배틀에 참여했죠. 저는 처음에 16강에 가는 것이 목표였습니다. 워낙 쟁쟁한 분들이 많이 오실 테니까 소박하게 16강까지만 가자고 생각했죠. 면접에 오라고 해서 갔더니 예상대로 지원자들이 엄청 많았습니다. 16강에 들기도 어렵겠다고 여겼는데, 명단을 보니 다행히 16강에 들어가 있는 거예요. 지난 일이니까 솔직히 말씀드리면 당 대표 개혁노선에 제가 힘을 실어줄 수 있기를 바랐고, 또 보수가 이제 대통령 선거를 앞두고 있는 아주 중차대한 순간이라, 조금이라도 일조하고 싶어 변호사 사무실을 잠시 쉬고, 정권 창출에 보탬이 되기 위해 준비하고 있었어요. 더구나 보수당이 이준석 당 대표로 새로 태어났으니 더더욱 힘이 생겨 개인보다는 당이 먼저라고 생각했죠.

김연주 그런 배경이 있었군요. 구체적으로는 몰랐네요.

유명 MC의
무모한 도전?

신인규 이런 얘기를 떠들고 다닐 수는 없죠. 연주 선생님 얘기를 좀 해보세요. 연주 선생님이야말로 얘기가 많을 것 같아요.

김연주 신 변 얘기를 들으니까 거의 주체 세력 중의 하나였군요. 뭐랄까, 굉장히 정치적이고, 의지 또한 강한 분이에요. 하던 일도 접고 나왔으니까요. 신 변 같은 분이 있어서 항상 든든해요. 저는 정말 소박한 마음으로 시작한 편이었어요. 아까 말한 것처럼 마음의 결기는 대단했으나 이 나이에 보수에 무슨 보탬이 될까 하는 생각이 들었죠. 저는 지금까지 굉장히 주변인으로 살아왔거든요. 제가 대학 다니던 85학번 시대는 그야말로 민주화 이전이었기 때문에 많은 이들이 아크로폴리스에 모여 맨날 민주화를 외치던 때였는데 그 세력에 비해서 저는 자신의 문제에 매달려 살았던 학생이었죠. 당시 소시민의 삶이 제게 적합하다고 생각했어요.

김민규 서울대 아크로폴리스 말씀하신 거죠? 그 광장에 꼭 가보고 싶다는 생각으로 공부해왔습니다.

김연주 네, 맞아요. 저희 땐 살벌했어요. 최루탄 가스가 학교를 뒤덮고 있었어요. 하도 데모가 심해 수업을 제대로 할 수 없었죠. 학교도 제대로 다니질 못했어요. 시국이 어수선해 차분히 수업 들을 분위기가 안 됐어요. 그러다가 어영부영 졸업했죠. 이후에 문화방송 MC 1기 공채에 합격해 방송을 하게 됐고, 대중문화계에서 이력을 오래 쌓게 되었죠. 방송을 하면서 대학 때와는 달리 제게 주어진 사회적인 책임을 어느 정도 느끼게 됐어요. 어쨌든 이름이 알려지게 되었으니까요. 그러다 보니 정치에 관심을 갖게 될 수밖에 없었지만 정치적 성향을 드러내지 않으려고 노력했어요. 방송인들은 그래야 한다고 생각했죠. 실제로 1990년대 후반에 민주당 쪽에서 공천 제의를 받기도 했지만 거절했습니다. 당시만 해도 방송인이 특정한 정치색을 띠는 것이 굉장히 금기시되었기에 더더욱 거절할 수밖에 없었죠. 정치가 싫다기보다는 직업적인 특성상 그랬어요. 근데 그새 세월이 바뀌어, 예를 들어 김제동 씨 같은 경우를 비롯해 다양한 관점들이 등장하는 시대가 됐잖아요. 하지만 저는 개인적으로 애들을 키우느라 경력 단절을 겪었고, 세월이 화살처럼 빠르게 흘러 어느덧 중년이 되어버렸습니다. 서정주의 시처럼 '이제는 돌아와 거울 앞에 선 누님'이 되어버린 거죠. 한순간 그렇게 되더라고요. 정말로 금방 나이를 먹었어요.

김민규 자고 일어나니 유명한 시인이 됐단 말도 있는데, 자고 일어나니까 원숙한 중년이 되어 있더라, 뭐 이런 건가요?

김연주 아무튼 그런 셈이죠. 이제는 제멋에 취해 홀로 핀 화려한 장미가 아니라 들판 한쪽에 다소곳이 핀 국화로 변했으니 주변 사람들도 돌아봐야죠. 그런데 주변부에서 바라보니 아, 저렇게까지…… 지금 여당이 저렇게 하는데 세상에 야당은 바보가 아닌가? 지지리도 못났다, 그런 생각이 들더라고요. 보수 쪽에 있는 우리 세대가 보기에 어쩌면 저렇게 한심할 수 있을까? 그런 생각을 하고 있는데 이준석 씨가 당 대표 후보로 등장했죠. 처음엔 그랬잖아요. 설마 될까? 여론조사 결과 나오고 있는데, 이러다 진짜 되는 거 아니야? 이런저런 얘기가 많이 나오는 가운데 저는, 될 것 같더라고요. 통계적으로 볼 때 이대로 가면 분명히 된다는 확신을 했죠. 그리고 무엇보다도 이준석이 당 대표가 안 되면 보수에 희망이 없다고 생각했어요. 제가 직접 누구한테 그런 말을 할 처지는 아니지만, 그런 생각이 참 많이 들었어요. 그리고 결국 당원들의 선택으로 진짜 당 대표가 되더라고요. 저 같은 사람들의 간절함이 모여 당선되었을지도 모른다는 생각도 들었고, 어쨌든 대단히 상징적인 의미가 담긴 순간이라고 생각했어요. 당원들도 분명히 변화의 조짐을 느꼈을 테죠. 그렇다면 뭔가 싹수가 보인다 싶었어요. 그럼에도 토론 배틀에 지원할 당시 제가 대중적으로 좀 알려졌던 사람이라 꺼림칙한 마음을 지우기가 힘들더라고요. 정치색을 한 번 띠게 되면 이 꺼풀을 벗을 수 없을 것 같았기 때문이죠. 가족들이랑 의논했을 때도 남편은 처음에는 반대했어요. 정치판이라는 데가 얼마나 험한 곳인데, 거기 가서 무슨 소리를 들으려고 그러느냐고. 그냥 안락한 중년이나 보낼 것이지, 뭐하러 거기 가서 진흙탕에다 발을 담그냐고요. 제가 어떻게 보면 좀 아둔하고 뒷일을 생각하지 못하는 면이 있어서 그런지 몰라도 순수하게 생각했던 것 같아요. 제가 했던 일의 연장 선상이고, 정치판에서 대변인이라는 것이 제 능력을 좀 발휘할 수 있는 분야라고 생각했어요. 또 경력 단절 이후에 어떤 좋은 계기가 되지 않을까 싶기도 했죠. 사실 저는 앞으로 기회가 된다면, 정치 분야의 토론을 진행한다든지, 종합편성채널에서 정치 평론을 한다든지, 즉 방송과 정치 그 가운데 어디쯤 제 자리를 찾아보고 싶어요. 그런 이유로 5년 전부터 대학원에서 정치학 공부를 해왔거든요. 또 우리나라가 이대로는 안 되겠다는 일종의 소명 의식 같은 것도 있었어요. 그러니까 미력이나마 보태야 한다는 작은 용기가 있었죠. 이런 복합적인 이유로 토론 배틀에 중년의 여성으로 참전한 겁니다. 더구나 블라인드로 지원하는 것이 마음에 들었어요. 사는 동네, 이름, 생년 월일 그것만 넣고, 영상에도 본인을 알아보도록 설명하는 각종 소개 같은 것은 넣지 말라고 돼 있었어요. 그래서 30초, 1분, 1분으로 세 개의 동영상을 제 핸드폰으로 촬영해서 올렸죠. 속으로는 사람들이 눈치채지 못하리라고 믿었죠. 이 대중적인 인지도라는 게 정말 거품 같은 것이거든요. 대학원에서 함께 수업 듣는 30대 학생들도 제가 누군지 전혀 몰라 엄청 맘 편하게 다니고 있었고. 그래서 토론 배틀에 지원할 때 '누가 설마 나를 알아보랴' 하고 부담 없이 참여했어요. 떨어지면 그만이라는 생각도 했고요. 그런데 16강에 오르냐 마냐는 둘째 치고 면접 보러 갔을 때, 벌써 신문 지상에 보도되고 있었어요. 화장도 안 하고 마스크만 쓰고 나갔는데. 어떤 신문에는 아무개 아내가 화장기 없는 얼굴로 백팩을 메고 토론 배틀에 나왔다, 이런 기사까지 나왔어요. 저는 제출한 그 영상이 유튜브에 올라가리라고는 생각을 못 했죠.

신인규 저도 몰랐어요. 미리 안 알려줘서.

김연주 면접장에 가서야 와, 이제 큰일 났구나 싶었죠. 엘리베이터

비록 사람들의 뇌리에서 사라져 소박하게 살아가는 방송 MC 출신이지만
세상을 바꾸는 데 도움이 되고 싶었어요.

앞에 서 있는데 기자들이 왜 지원했냐고 물었어요. 미력이나마 이 세상을 바꾸는 데 도움이 되고자 지원했다고 했더니 벌써 그게 인터뷰로 나가, 남편한테서 그렇게 얘기하면 어떡하냐고 전화가 오더라고요. 그것은 숨김없는 제 맘을 밝힌 것뿐이었어요. 비록 사람들의 뇌리에서 사라져 소박하게 살아가는 방송 MC 출신이지만 세상을 바꾸는 데 도움이 되고 싶었어요. 저는 솔직하게 답변했거든요. 그런데 남편이 그런 말을 하니까, 저도 걱정이 확 밀려왔어요. 일이 그렇게 된 거예요. 16강 통지 전에는 정말 긴장되더라고요. '아, 이래놓고 떨어지면 무슨 망신인가. 완전히 이거 라벨링만 되고.' 그랬는데 다행히 연락이 왔길래 체면치레는 했구나 싶었어요. 여기서 떨어지면 할 수 없다고 생각했는데 어쩌다 보니 16강, 8강, 4강까지 올라갔죠. 사실 저희 세대는 토론이라는 것 자체가 익숙하지 않아요. 제 아이들은 작문이나 토론을 위해 어렸을 때부터 과외도 시켰지만요. 우리 때는 토론이라는 것이 익숙한 포맷도 아닐뿐더러 가정주부로 살던 제가 젊은 세대들이랑 토론 배틀을 하자니 제대로 경쟁이 되겠어요? 제가 너무나 한심하다고 느꼈는데, 문자 투표 덕분에 살아났습니다.

김민규 국민 MC의 전국적 인지도를 현장에서 목격했습니다.

신인규 그동안 방송으로 쌓은 공덕이 있으시니 점지 받은 것이죠.

김연주 그렇게 생각해주면 고맙고요. 어떤 사람들은 저 아줌마는 문자 투표로 올라왔잖아. 그래서 좀 안 좋은 시선을 갖는 분들이 있을지 모르지만, 그래도 제가 아줌마고, 또 중장년이기 때문에, 나름대로 할 몫이 있지 않을까 생각해요. 다행히 부대변인이 됐는데 제 역할에 너무나 만족해요. 또 제가 할 수 있는 만큼 당에 이바지하기 위해 굉장히 노력하는 중이죠. 국민의힘 부대변인임을 체감해요. 최근 대중적으로 알려진 사람의 일상을 다루는 한 다큐 형식의 프로그램에 출연했어요. 저를 아는 지인들이 저에 대한 이야기를 해주는 대목이 있는데, 이름 대면 알 만한 친구들에게 부탁하니, 곤란해하며 거절들을 하는 거예요. 제게 '국민의힘 부대변인'이라는 딱지가 붙었기에 본인의 일, 예를 들어 CF 같은 데 영향을 받을까 싶었던 거죠. 거기다 제가 뭐라고 하겠어요. 대중예술계에 종사하는 사람들에게 정말 중요한 거거든요, CF라는 것이. 단순히 돈의 문제가 아니고 이미지도 중요하니까요. 정치라는 게 그런 겁니다. 대중예술계에 종사하다가 정계에 진출한 경우, 본인의 원래 커리어가 희미해지는 경우가 왕왕 있었죠……. 그래서 저도 그 전철을 밟게 되지 않을까 싶기도 하지만, 그럼에도 불구하고 이 한 몸 던져보는 거죠. 인생 뭐 있겠어요.

김민규 존경스러운데요.

신인규 대단한 각오입니다.

김연주 그렇게 스스로에게 되뇌죠. 지금도 자신에게 자꾸 이야기를 해주고 있어요. 이대로 끝난다고 해도. 저는 이렇게 세상을 바꾸기 위해 작은 힘이라도 써보자는 데 의미를 두고 있어요. 하여간 우리는 꼭 정권교체를 해야 한다고 생각해요. 저는 지금 상황이 솔직히 이해가 안 되거든요.

신인규 현실이 지금 말이 안 되고, 절망적이에요.

김연주 그래서 꼭 바꿔야 하는데……. 지금 우리나라에 여러 가지 문제가 있지만 제일 큰 문제는 저출산, 그게 제일 큰 문제라고 봐요. 인구가 소멸되면 나라가 없어진다니까요. 그런데 뭐 거기까지 갈 것도 없이 지금의 나라 상황이 더 걱정이죠.

신인규 지금은 나라가 두 진영으로 갈라진 데다가 돈만 뿌리고 있으니 이대로 가다가는 망할 상황인 거죠.

김연주 사실 지금 누가 정권을 잡더라도, 보수로 바꾼다고 하더라도 용광로를 받아드는 것이기 때문에 큰 걱정이에요. 그래도 저는 이 한 몸 논개처럼 던져 정말로 낙화하는 거죠. 저는 각오가 되어 있어요. 오죽했으면 말년에 이런 결기가 저에게 솟구쳤겠어요.

신인규 저는 궁금한 게 있는데요 그때 토론 배틀에 나간다니까 가족들이 다 반대했을 거 아니에요. 그래도 어쨌든 영상을 제출하셨고요. 그 용기는 정확하게 뭐예요?

김연주 만용이죠. 만용.

신인규 그냥 내일은 없다고 제출한 거예요?

김연주 맞아요. 제가 논개라고 했잖아요. 무모한 도전이었죠.

신인규 마음속에서 그 어떤 이끌림 같은 힘이 확 솟아오르니까 어쨌든 참여하신 거네요.

김연주 저는 개인적으로 도전의 DNA가 좀 강해요. 젊었을 때부터 쭉 제 인생을 돌아보면 도전의 DNA가 분명히 있었어요. 그래서 둘 중 하나를 선택할 때마다 도전 쪽으로 확 자신을 던진 거죠. 결과는 알 수 없지만요.

김민규 그때 1차 지원 요건이 영상 세 개를 만들어서 올리라는 거였는데, 상당히 신선했어요.

신인규 자기소개 30초 영상은 자신을 직접 드러내지 말고 블라인드로 소개하라는 것이었죠. 그래서 저는 신인규 변호사라는 얘기도 안 하고 왜 지원하는지에 대해서만 얘기했어요.

김민규 논평 영상 두 개도 있었어요. 주제는 '6.25의 함의'와 '이재명 지사의 기본소득'이었습니다.

신인규 맞아요. 기본소득에 대해서는 어떤 관점이냐, 방안을 얘기하라는 것이었죠. 저도 사무실에서 화장도 안 하고 완전 무방비로 찍은 거예요. 근데 그게 그냥 방송에 나가버렸어요.

김연주 휴대폰으로 찍었죠?

신인규 네네. 그리고 인상 깊었던 것은 압박 면접이었던 것 같아요. 16강에 진출하기 전 150명을 선발했어요. 나중에 보니 선발 과정의 영상을 그대로 다 내보냈어요. 우리한테는 얘기도 안 하고……. (웃음)

김연주 그 영상을 작살 내고 싶어요. (웃음)

신인규 덕분에 저희의 리얼한 모습이 다 나간 거예요. 돌이켜보면 어차피 16강부터는 오픈된 상태에서 대중들의 선택을 받는 것이기 때문에 진짜 이것 이상의 어떤 이벤트를 하기가 어렵죠. 연령층은 다양했잖아요.

김민규 군이 나이로만 따지자면 제가 제일 어렸습니다. 최고령이 79세 현대중공업 민계식 회장님이셨죠. 현장에서 만나 뵙지는 못했지만 정말 대단한 분이 오신 거죠.

김연주 만 18세부터 79세였죠. 민계식 회장님도 블라인드로 뽑아놓고 보니까, 그분이었다고 했어요. 근데 2030이 전체의 70퍼센트라고 하더라고요

신인규 2030 세대, 즉 MZ 세대가 많이 지원했죠. 아마 그 유세차 연설이 있었잖아요? 오세훈 시장님 선거 때 선거 유세차 이벤트요. 그 연장 선상으로 젊은 사람들이 많이 몰려온 것 같아요.

김연주 젊은 사람들이라 야당의 대변인에 도전도 해볼 수 있지만 나이로 보나 여러모로 희귀템인 저는 한마디로 욱했던 것

같아요.

신인규 그런데 저는 지금 연주 선생님 얘기를 들으면서 느낀 게 뭐냐면 우리를 움직인 건 딱 하나라는 점이에요. 정권에 대한 분노. 저는 조국 사건 때 정말 분노했어요. 이게 나라인가? 이건 아니죠. 사실 조국 전 장관의 딸 조민 씨가 의사가 되는 걸 누가 반대하겠어요? 자신의 꿈은 정당한 방법으로 성취해야죠. 누구는 땀 흘리고 공부하고 있는데, 왜 봉사활동을 동양대 가서 하느냐 이거예요. 엄마가 동양대 교수인데, 왜 표창장을 동양대 총장에게 받냐 이거예요. 저는 그게 일단 화가 나고 분노가 일어났어요. 단국대 교수가 제1 저자인데 조민 씨를 제1 저자로 올린 것도 그렇고요.

김연주 또 아들은 최강욱 씨 사무실에 가서 인턴을 했다고 하고요.

신인규 이러한 불공정한 경쟁에 대해서 젊은 세대가 분노했는데, 이 에너지를 당시 자유한국당이 하나도 못 받아들이고 있었어요. 맨날 자신들의 머리만 깎았죠. 보수가 정말로 보수가 아닌 거예요. 이러다가 보수가 괴멸된다고 느꼈습니다. 그때 대형 선거에서 연거푸 졌어요. 그전에 총선에서도 졌어요. 연달아 세 번을 졌고, 탄핵까지 당한 정당으로 전락했죠. 총선의 결과는 여당의 180석 승리였습니다. 유시민 씨가 그 얘기를 먼저 했었는데, 그게 저는 총선 당시에 현실로 느껴졌거든요. 그런데 우리 보수 인사들은 뭐라고 했나요? 무슨 180석? 우리가 150석이야. 그렇게 말했죠. 사고가 너무 안이했던 겁니다. 정말 절망적이었습니다.

김연주 맞아요. 사실상 그런 불안감이 우리를 움직이게 만든 거죠.

신인규 저는 이제 다 솔직하게 얘기하는 겁니다. 사실 저도 제 정치 인생을 길게 보고 있어요. 처음 제가 정치를 한다고 하자 저희 어머니가 무척 말렸어요. 저희 아버지가 공직생활을 했었고, 오래전 자민련에서 출마 제의가 왔었는데 어머니가 반대하는 바람에 정치를 못 하셨거든요. 그런데 이제 아들이 정치에 뛰어들겠다니 어떤 엄마가 좋아하겠어요? 똑똑하고 돈 많은 정치인들도 들어가서 실패하고 있는데, 네가 무슨 정치를 해? 어머니께서는 그렇게 말씀하시는 거예요. 물론 걱정이 되니까 하신 말씀이겠지만요. 저는 정치를 하고 싶었다기보다도 해야만 하는 상황이었어요. 나라 꼴이 이대로 가면 망한다, 그런 공적 책임 의식으로 저를 던진 것이고, 이젠 어머니도 동의하셨어요. 조국과 문재인 정권의 위선, 나라를 말아먹는 시민단체들을 생각하면 두고 볼 수가 없었죠. 당시 야당은 여당을 견제도 못 하고 무능하기 짝이 없었고요. 보수 쪽 사람들은 패스트트랙 당시 국회의사당에서 드러누운 것밖에 한 게 없어요. 그런 일도 법조인 출신이라는 나경원 원내대표가 당직자들 다 동원해서 국회선진화법 상관없으니까 다 가서 누우라는 걸로 보였어요. 하여간 밖에서 지켜만 보기엔 답답했죠.

김연주 신 변의 말을 들으니 자신을 버리고 대의를 쫓는 것이 정말 조선 시대 선비 같네요. (웃음) 그만큼 정치에 대한 사람들의 관심도 많아진 것 같아요. 저도 토론 배틀에 참여한 일로 YTN과 인터뷰를 했는데, 인터뷰한 영상이 99만 뷰가 나왔어요.

신인규 한 영상에 댓글이 100개도 달리기 힘들다고 하던데 제 영상에 270개가 달렸어요. 정치에 대해 아무것도 모를 것 같았던 고3들이 지원자 김민규 씨를 격려해준 것처럼 저에게도 제 또래들이 관심을 보여주었고, 그 연장 선상에서 격려성 댓글을 많이 달아준 것 같아요. 좋은 댓글이 나오기가 쉽지 않다고 들었거든요. 모든 분한테 직접 인사하고 싶을 정도로 너무 고마웠어요.

김민규 저도 저에 대한 반응이 과분할 정도로 뜨거워 놀랐습니다.

김연주 또 저는 일이 드라마처럼 되려고 그랬는지. 그 와중에 남편이 코로나 확진이 되는 바람에 집에서 줌으로 참여했거든요. 줌으로 인터뷰하고 4강도 줌으로 참여하고, 저 혼자만 큰 바위 얼굴처럼 나온 거예요. 진짜로 좀 웃겼죠. 그 일 때문에 연락 끊어진 지 오래된 사람들한테까지 다 연락이 왔죠. 이메일도 오고요. 한 대학 동창은 전화로 저더러 왜 그렇게 무모한 짓을 하고 다니냐고 나무랐어요. 다행히 남편은 반대로 시작해 걱정으로 마무리해주었죠. 제가 토론 배틀 과정이 너무 빡빡해 힘들어했거든요, 이준석 대표가 자기 페이스대로 모든 걸 몰아붙이니까. 동영상을 내자마자 오라고 해서 압박 면접까지 하더니, 16강, 8강, 4강을 개최하면서 이틀에 한 번씩 불려간 거예요. 그러니까 저는 날밤을 새웠어요. 밤에 잠이 안 오고, 심장도 계속 뛰는 거예요. 제가 약간 부정맥이 있거든요. 이러다가 잘못되는 거 아닌가 싶을 정도였고 그래서 3킬로그램이 빠졌어요. 아직도 회복이 안 되고 있어요.

김민규 저는 어떻게 해도 안 빠지던데, 부럽습니다. (웃음)

신인규 저는 스트레스성 위경련 때문에 고생했어요. 사람들이 8강에 진출했다고 축하 전화도 해주고 그랬는데, 위경련 때문에 거의 죽을 맛이었죠. 오히려 4강 때는 편했어요. 한번 해봤으니까. 세트도 익숙하고 카메라에 불 들어오는 것도 보였고요. 처음에는 아무것도 모르니까 어디를 봐야 되나 몰라서 되게 힘들었죠.

김민규 솔직히 두 분 다 우승을 목표로 임하시지 않았습니까? 저야 뭐 8강에 들어간 것으로 충분히 만족했고, 시험 때문에 토론 배틀에 더는 참전할 수 없는 상황이었지만요.

신인규 1, 2등은 생각이 없었어요. 저로선 4강에 가는 것도 기적 같은 일이라 여겨 솔직히 말하면 방송사고는 내지 말자, 그게 제 유일한 목표였습니다. 그러다 상근부대변인이 되고 말았는데 대변인, 부대변인, 그게 중요한 건 아니에요. 4강에 갔을 때는 이미 꿈을 이룬 상태였고, 1, 2등은 되면 좋았겠지만 큰 의미는 없었어요.

김연주 저도 마찬가지였어요. 다만 저는 신 변처럼 방송사고 걱정은 하지 않았고요. 물론 저도 이런 형식이 썩 익숙하진 않아 긴장은 많이 했죠. 저는 사람들이 제 마음을 확인해주었다는 것에 만족했고요. 또다시 무엇을 새롭게 시작했단 사실에도 만족했죠. 정치적 이슈로서 이런 토론 배틀은 국내 최초가 아닐까요?

신인규 정당 사상 최초는 아닐 것 같아요. 신인을 뽑는 오디션은 옛날에도 있었거든요. 자유한국당에서도 당협 위원장들을 오디션으로 뽑는 경우가 있었는데, 주목을 못 받았을 뿐이죠. 바른미래당에서도 비례대표 지방선거 당시 토론 배틀을 했었는데, 역시 주목은 못 받았고요. 대변인을 뽑는 행사를 전국적으로 생중계한 건 이번이 처음이죠.

김연주 제1야당의 대변인은 경륜 있는 의원이나 초선 의원 중에서도 말을 유창하게 잘하는 의원들이 선발되는 경우가 많잖아요. 그런데 지나가는 사람을 데려다가 대변인을 시키겠다는 얘기니까, 당 대표로선 굉장한 위험 부담이 있는 일이었죠.

신인규 근데 민규 씨도 연주 선생님처럼 방송 스트레스가 없었던 것 같아요. 이준석 대표의 성대모사까지 했잖아요. 여유가 있어 보이더라고요.

김민규 시간이 좀 많았으면 떨렸을 텐데 제가 워낙 학교 일정 때문에 바쁘다 보니까 정신이 없었죠. 빨리 끝내고 야자 가야 하는데, 그런 생각밖에 없었습니다. 제가 생각해도 좀 우스워요.

김연주 자신감 최고였네. 근데 토론 배틀이 어떤 의미가 있었을까요? 이게 뭐지? 저는 이번 토론 배틀을 하면서 그런 생각을 종종 했어요.

김민규 저는 고등학교 특성상 토론을 할 기회는 많았습니다. 그런데 정치 패널들이 출연하는 심야 토론을 보면 재미없다, 지루하다, 그런 생각을 종종 했거든요.

신인규 맞아요. 토론을 잘하는 정치인이 드물어요. 유시민, 홍준표, 노무현 대통령, 이준석 당 대표, 이런 분들은 아주 잘 했죠.

김민규 저도 급한 마음에 원고를 들고 토론을 했습니다만, 토론은 원고보다 즉흥적인 대응이나 논리적 체력이 되어야 한다고 생각합니다. 그러니까 내공이 필요한 거죠.

김연주 좀 전에 말한 사람들은 원고 없는 즉흥 토론의 달인들이었어요. 이준석 대표는 자신만의 언어를 가진 사람들을 원했던 것 같아요. 결국 토론 배틀에서 여의도 문법을 지키는 죽은 언어가 아니라 살아 있는 언어가 쏟아졌고, 그것 때문에 사람들의 관심을 끌어낼 수 있었다고 봐요. 실제 정치에 관심이 많은 나름대로 훈련된 사람들이 있었는데, 그동안 여의도 정치 문법이 철옹성으로 막고 있었던 거죠.

김민규 그래서 토론 배틀을 뭐라고 하든 이런 식의 등용문은 열려 있어야 한다고 생각합니다. 저는 시장 원리에 대한 믿음이 아주 강합니다. 보수주의자들은 시장을 믿는 사람들이잖아요. 제가 존경하는 이준석 대표도 보수당에서 어영부영하게 인정받아 살아남은 정치인이 아니라, 정글 같은 종편 시장에서 검증된 정치인이죠. 시장의 다른 말은 경쟁이고, 배틀입니다.

김연주 저도 민규 씨 생각에 동의해요. 제가 보기에 이번 토론 배틀은 정치권 언저리에 진입 장벽을 낮춘 게 아니라 없던 문을 새로 뚫은 거예요. 그러니까 젊은 친구들이 구름처럼 모여든 거죠. 저도 집에서 밥하다 말고 나왔어요. 덧치마 입고 행주산성에 가는 심정으로 말이에요. 하여간 제도가 저를 불러낸 거죠. 토론 배틀이 1회나 2회, 3회 정도로 그친다 하더라도 큰 의미는 있다고 봐요. 앞으로 정계 진출하는 사람들은 공정하게 오픈된 공간에서 자기 실력을 보여주고, 그것을 바탕으로 정치를 해야 한다고 생각해요. 토론 배틀은 신인들에게는 정계에 진출할 수 있는 계기가 마련

됐다는 점에서 굉장히 획기적인 사건이라고 생각해요. 그러니까 우리도 이렇게 모여 수다를 떨 기회도 생겼고요.

김민규 선생님은 새로 문을 만들었다고 하셨는데, 좀 더 대중 정치적인 측면에서 접근해볼 수도 있습니다. 유튜브 댓글들을 보면 이번 토론 배틀이 케이팝스타 스타일이란 댓글이 많았어요. 젊은 세대들은 〈프로듀스 101〉이나 〈케이팝스타〉, 연배가 있으신 분들은 〈미스터트롯〉 같은 TV 프로들에 열광하는 것을 보았을 때, 우리나라 사람들이 유독 오디션이나 경쟁을 통해서 투명하게 뽑는 걸 굉장히 좋아한다고 볼 수 있습니다. 저는 그게 인간이 기본적으로 공정한 경쟁을 통해 재화나 사회적 지위를 획득하는 구조를 선호하는 존재이기 때문이라고 보지만요.

김연주 고등학교에서 경제학을 전공하고 있다더니 경제학자가 다 됐네요.

김민규 저는 경제학자가 아니라 정치인이 되고 싶습니다.

신인규 민규 씨가 제발 좋은 정치인이 되어 이준석 대표 다음 세대를 이어주었으면 좋겠습니다.

김민규 노력해야죠. 우리가 흔히 정치 혐오 층이라고 부르는 사회 계층이 있잖아요. 난 여기도 싫고 저기도 싫어! 그런 양비론적인 논리를 편단 말이죠. 제 친구 또래들이 그런 식으로 정치를 싫어하죠. 이번 토론 배틀과 같은 인선 방식을 보고 모든 세대들이 정치권의 색다른 이벤트에 즐거워하면서 정치에 대한 혐오감을 뒤로할 수 있을 거라고 생각합니다. 정리하자면, 현실정치를 하고 싶어 하는 사람들이 진입할 수 있는 새로운 기로를 열었고, 실제로 정치 신인들의 쉬운 유입을 견인했다는 점에서 '여의도 문법을 개혁했다'는 의미가 있어요. 이걸 넘어서서 국민이 보시기에 정말 정치가 재미있을 수 있구나, 내 일상을 대변할 수 있구나, 하고 공감하게 되었다는 대중적인 의의도 컸다고 봅니다. 이런 토론 배틀과 같은 여의도의 새로운 문화는 정치 혐오의 감정을 장기적으로 완화할 것입니다.

신인규 고등학생의 수준이 너무 높아서 놀랍습니다. (웃음) 어쨌든 토론 배틀은 대중들의 욕구를 해소하는 수단이 되었거든요. 내가 굳이 정치에 참여하지 않아도 정치적 관심을 가져볼 수 있게 되었다는 말이죠. 사실 진보 쪽에서 노사모가 그런 식으로 단결해 정치 권력을 잡기도 했었죠. 보수도 이제 새 시대가 시작되는 거죠.

김연주 토론 배틀이 약간 예능프로처럼 만들어졌잖아요. 예능에서 언젠가 정치로 넘어올 수 있을 거라고 봐요. 저는 오랫동안 대중문화계에 종사하던 사람이라 이런 형식이 훨씬 부담이 덜 했어요. 그리고 현대 정치는 예능처럼 해야 한다고 봐요. 좀 전에 신 변호사가 노사모 얘기를 했는데 현재의 김어준이나 주진우 같은 이들이 어찌 보면 정치와 예능의 경계, 생활의 경계를 허문 게 아닌가 싶기도 해요. TBS 〈뉴스공장〉의 경우, 청취율이 높고 팬층이 형성되어 있죠. 이준석 대표도 정치인이지만 약간 연예인 느낌이 나니까 젊은층에서 더 열광하는 거라 보여지기도 하고. 보수 정치도 마인드가 변해야 해요. 그런 점에서 내키지 않아도 진보에서 배워야죠. 이번 토론 배틀은 예능처럼 진행한 정치 프로그램이란 점에서 최고의 강점을 보였어요. 저는 노사모에서 출발해 그 세력이 환골탈태해 문재인 정권까지 탄생시켰다고 봐요. 우리에게도 이준석 당 대표와 토론 배틀이 그 시작 역할을 할 수 있다고 생각해요.

김민규 선생님 얘기를 들으니까 우리가 무척 큰일을 해야 할 것 같아요.

신인규 그래야죠.

미니 인터뷰_즉문즉답 20
김연주

1. 혈액형은? *B형*

2. 감명 깊게 읽은 세계명작과 인상 깊은 문장은? *생텍쥐페리의 『어린 왕 자』, "정말 중요한 것은 눈에 보이지 않아."*

3. 어릴 때 꿈은? *의사*

4. 이럴 때 어떡해요, 하고 정말 물어보고 싶은 사람은? *남편*

5. 친구를 딱 한 명만 꼽으라면? *문정원*

6. 가장 존경하는 인물은? *김수환 추기경*

7. 가장 부끄럽고 후회하는 일? *난관에 부딪혔을 때 스스로 자제력을 잃고 휘청인 것*

8. 혼자 소리 내어 울었을 때는? *아이들 키우면서 힘들었을 때*

9. 다시 태어나서 직업을 가진다면? *배우*

10. 남들이 모르는 습관 한 가지? *메모*

11. 내 인생 최고의 책은? *법정의 『무소유』*

12. 고교 학창시절 제일 좋아했던 과목은? *영어*

13. 알고 있는 유머 한 가지는? *정치인과 개의 공통점 : 자기 밥그릇은 챙 기면서 나눌 줄 모르며, 앞뒤 안 가리고 덤비다가 불리하면 꼬리를 내린 다. 이따금 야단을 맞아도 제 버릇 못 고치며, 일을 열심히 하기보다 양 지에 앉아 졸기 십상이다. 한번 미치면 약도 없고, 순종보다 잡종이 많다.*

14. 모든 판단과 선택의 기준? *내 마음(직관)*

15. 어떤 사람이 가장 아름다울까? *평온하며 한결같은 사람*

16. 고졸 출신이 행복하기 위한 조건? *아이고. 학력은 아무 의미 없다. 스스로를 테두리에 가두지 말라.*

17. 한국에서 꼭 없어져야 할 법? *임대차3법, 언론중재법, 탄소중립법(문 정부 상징)*

18. 정치인의 최고 덕목은? *선한 마음(인성)*

19. 본인의 이름으로 짓는 어머니에게 보내는 3행시.

    김 : 김 서린 부엌 유리창을 열고

    연 : 연신 뭔가를 만들던 엄마의 모습은 내 어린 시절 기억의 한 페이지 입니다.

    주 : 주기만 한 당신, 그 사랑에 더없는 감사함을 전하고 싶습니다.

20. 마지막 질문은 스스로 묻고 대답하기. 앞으로 펼쳐질 삶에 자신 있나 요? – 자신 없지만 그래도 앞으로 나아갈 것

02

죽음에서
비롯된
역사적
변곡점

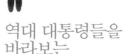

역대 대통령들을
바라보는
시선들

김연주 MZ 세대라는 말이 있죠. 자료를 찾아보니까 1980년부터
2004년생까지를 가리키는 밀레니엄 세대와 1995년부터
2004년 출생자를 뜻하는 Z세대를 합쳐 일컫는 용어라고
해요. 통계청에 따르면 MZ 세대는 2019년 기준 약 1,700
만 명으로 국내 인구의 약 34퍼센트를 차지한다고 합니다.
MZ 세대는 디지털 환경에 익숙하고, 트렌드에 민감하며 이
색적인 경험을 추구하는 경향이 있다고 합니다. 특히 SNS
활용에 능숙한 MZ 세대는 유통시장에 강력한 영향력을 발
휘하고 있습니다. 김민규 씨나 신인규 변호사님이 바로 MZ
세대인 셈입니다. 그래서 MZ 세대의 정치적 감수성에 주목
하여 이번 대담을 진행하고자 합니다. 특히, 신 변호사님께

서 이번 대담집을 기획하고 민규 씨와 함께 목차를 만드느라 고생하셨어요.

신인규 아닙니다. 바쁘신 두 분이 참여해주셔서 감사합니다.

김연주 본격적으로 진행을 해보죠. 시대가 방향을 전환하는 시기가 있습니다. 그것을 변곡점이라고 부를 수도 있고요. 당연히 대한민국 현대사에도 그런 변곡점이 있었겠죠. 오늘은 그것을 한번 짚어볼까 합니다. 그 문제를 어떤 식으로 확인해볼 수 있을까요?

김민규 잘못하면 너무 거창한 얘기가 될 수 있으니까 역대 대통령에 대한 평가를 해보면 시대의 모습이 드러나지 않을까요? 집권 세력에 따라 펼쳤던 다른 정책들을 통해 큰 흐름을 잡아보면 좋을 것 같습니다.

신인규 민규 씨 제안이 사안의 본질에 쉽게 다가갈 방법 같아요. 한국은 대통령에 따라 전혀 다른 세상이 되는 나라거든요.

김연주 좋은 생각이네요. 대통령의 공과를 평가해보면 그 시대의 모습과 변화가 선명해질 것 같아요. 그럼 변곡점이 절로 드러날 수밖에 없어요. 우리 현대사를 정권별로 보면 이승만, 장면, 윤보선, 박정희, 전두환, 노태우, 김영삼, 김대중, 노무현, 이명박, 박근혜, 이렇게 가는데, 그럼 먼저 이승만 대통령 얘기부터 한번 해볼까요?

신인규 이승만 대통령 하니까 너무 멀게 느껴지네요.

김연주 우리 중에 제가 나이가 제일 많은데도, 저도 비슷한 느낌인데 두 사람은 오죽하겠어요. 저도 이승만에 대한 기억이 없어요. 저는 박정희 시대부터 살았기 때문에 당연히 잘 모를 수밖에 없죠. 이승만 대통령은 우리 어렸을 때, 개그맨들이 나와서 성대모사 하는 독특한 그 어조로만 기억해요. 그 시대를 살아보지 않았으니까. 두 사람은 더 모를 텐데, 그래도 어떤 식으로든 이승만 대통령을 접했을 거잖아요.

신인규 제가 이승만 대통령이라는 말을 들었을 때 딱 떠오르는 건 하야예요. 또 하나는 하야의 계기가 된, 부정 선거를 통한 권력 연장 시도예요.

김연주 본인의 욕심 때문이든 뭐든 간에 부정 선거를 한 것은 사실이죠. 그렇다고 해도 이승만은 대한민국 건국의 아버지란 사실을 부정할 수 없을 것 같아요.

신인규 그것 때문에 논쟁이 있긴 해도 저 역시 이승만이 건국 대통령이란 사실은 부정할 수 없을 것 같아요. 저도 관심을 가지고 찾아봤는데, 상당한 엘리트였더라고요.

김연주 우리나라 최초의 박사 학위자, 미국 박사예요.

신인규 대한민국이 일본으로부터 독립하는 과정에서 이분은 외교를 통해 문제를 극복해보려고 했던 것 같아요. 돌이켜보면 군국주의, 제국주의가 세계를 지배했던 시대에 이런 주장이 좀 낭만적이지 않나 싶지만 하여간 되게 인상적이었어요.

김민규 저는 사실 박정희 대통령도 그렇고 이승만 대통령도 그렇고, 직접 접한 세대는 아니니까 학교에서 배운 내용이 막연하게 기억이 나요. 학교에서 보통 그렇게 배웁니다. 이승만 정권은 가장 대표적으로 대두되는 게 반공주의죠. 반공주의라는 게 정권을 이어가기 위해서 이승만이 급하게 짠 수단적인 프레임이라고 보통 인지합니다. 저는 이런 내용이 잘 이해되지 않았어요. 그래서 좀 찾아보니 이승만 대통령이 조선 시대에 태어나 대한민국을 살았던 대통령이더라고요. 심지어 과거시험을 치른 마지막 세대이고요. 조선의 유생이었다는 얘기죠. 19세기 조선 유생의 감성이라면 권력에 상당한 욕망이 있었을 겁니다. 유생은 과거를 통해 입신하는 것이 인생의 목표였던 지식인들이니까요. 저는 이승만 대통령의 삶을 이해할 때, 그가 조선의 선비였다는 점을 잊으면 안 된다고 봐요. 그럼, 이 사람 삶이 어느 정도 이해돼요. 제가 볼 때는 그래요. 이분은 조선, 대한제국, 대한민국, 그야말로 봉건사회에서 근대로 넘어오는 과도기를 살았던 유생이자 근대 교육을 받은 엘리트죠. 그렇기 때문에 머릿속에는 두 개의 세계관이 자리 잡고 있었을 겁니다. 이승만 대통령은 청년 시절에 독립협회와 YMCA에서 활동했던 기록이 남아 있습니다. 그를 보다 정확히 이해하려면 그가 청년일 때 몸담았던 이런 단체들의 의미를 알아야 해요.

그가 몸담았던 단체들은 굉장히 자유주의적이고, 당대에는 파괴적인 개념이었던 민주주의를 표방했어요. 또한, 그는 자유주의와 민주주의의 본고장의 유학생이었습니다. 그것을 봤을 때 이승만 대통령이 단순히 자신의 정권을 연장하기 위해서 반공을 선택한 것은 아니라고 봐요. 원래 자신의 사상의 기조가 자유주의와 민주주의이고, 한국의 경우 공산주의라는 현실적인 위협이 존재하고 있었기에 국가 이념으로 반공을 내세웠던 것 같아요. 반공 때문에 민주주의가 말살될 수도 있었다는 반론이 있을 수 있는데, 그 점은 분명히 과過의 영역으로 짚고 넘어가야 할 것 같습니다. 반공을 수단으로 무고한 생명들을 앗아간 것은 부인할 수 없는 사실이죠. 그러나 반공을 온전히 정권 유지를 위해 급조한 수단이라고 단정하는 것은 무리가 있다고 보는 것이죠. 이것은 순전히 제 개인적인 탐구의 결과입니다.

김연주 교과서에 이승만 대통령이 본인의 정권 연장을 위해서 반공 이데올로기를 수단으로 활용했다고 나와 있어요?

김민규 그렇게 노골적으로는 안 나오죠. 다만 앞뒤 전후 맥락을 보면 그래요. 저는 그렇게 이해했어요.

신인규 뉘앙스가 그렇단 거잖아요.

김민규 이승만 대통령에 대한 평가가 좋지는 않습니다.

김연주 누가 뭐라고 해도 이승만 대통령이 건국의 기초를 세운 건국의 아버지란 사실은 부정할 수 없을 것 같아요.

신인규 모든 나라에 다 그런 건국의 아버지라는 호칭을 가진 존재들이 있지요.

김연주 일본은 전후 전범 세력들을 처형했지만, 냉전과 함께 반공 이데올로기가 등장하면서 기존 세력들을 재기용했죠. 실상 아베 총리의 외조부인 기시 노부스케도 A급 전범 용의자로 수형했지만, 후에 복권되어 총리가 되면서 일본 현대사에서는 나름대로의 역할이 평가받았습니다. 이승만 대통령이 일부 친일 세력을 기용한 것에 대한 비판도 있습니다만, 개국 당시의 시대적 상황을 감안하면 불가피했다는 평가와 또 그것만을 놓고 확대 해석하는 것은 무리가 있다는 지적도 있지요. 또한 이승만 대통령만큼 철저한 반일주의자는 없었다는 것은 역사적 사실이죠. 벼랑끝 전술로 미국과 강하게 맞서며 결국 한미상호방위조약을 체결해 한미동맹을 이루어낸 업적도 큽니다.

신인규 본인 성향은 항일이고 반일이겠죠. 식민지 시대를 살았던 엘리트였고, 독립운동도 했으니까요. 하지만 친일 세력을 동원해서 국가를 운영하고 관리했고, 친일 세력이 해방된 조국에서 뿌리내릴 수 있는 기반을 만든 건 사실이에요. 사후 그런 비판이 제기될 수 있고요. 또 하나 제기될 수 있는 점은, 전 세계적인 이념 대립, 그러니까 소련과 미국이 워낙 강하게 대치하면서 이념 경쟁과 체제 경쟁을 할 당시, 반공 프레임을 가지고 통치했다는 부정적 평가예요. 그런 부분들을 짚어야 한다고 봐요. 그래도 이승만 대통령에 대한 평가를 너무 박하게 할 필요는 없다고 생각해요. 모든 대통령에게 공과는 있는 법이고, 이것들은 항상 사후 역사에서 평가되게 마련이죠.

김민규 학교에서 배우는 처지에서 보자면 이승만 대통령이 책에서 언급되는 경우가 그렇게 많지는 않습니다. 김구 선생이 한반도에 단독정부를 수립하자고 했을 때, 이승만 대통령은 남한 단독정부를 수립해야 한다고 했죠. 한반도의 통일을 방해하며 미국과 팀을 먹고 38선을 그은 사람이라는 것이죠. 또 등장하는 게 3.15 부정 선거란 말이에요. 그게 4.19 혁명으로 이어졌죠. 이때 무고한 시민들을 죽였단 말이에요. 보통 이런 맥락의 시론적인 설명만 있습니다. 나라 독립에 공이 있고, 건국에 이바지한 게 굉장한 일이라고 해도, 개헌을 통해 독재를 이어가고 많은 피를 흘리게 했다는 것은 부정할 수 없는 사실입니다.

김연주 그런 점은 저도 이해해요. 사실이니까. 하지만 교과서에서 이승만 대통령을 그 정도 수준으로 평가한다면 문제라고 봐요. 편향적으로 과를 많이 부풀려 부정적으로 교육하고 있다는 것이죠. 교육적 차원에서 문제일 수 있는 부분이고,

이승만 대통령의 과를 너무 부정적인 관점만 가지고 과대
포장해서 그것으로 현재의 정치적 이익을 얻으려고 하는
것은 좀 문제가 아닌가 해요.

신인규 저도 그런 부분에 깊이 공감해요.

김민규 아직 역사적 평가가 진행 중이라고 생각합니다. 더 객관적
인 고증의 결과가 교육의 장에 펼쳐지기를 바랄 뿐입니다.

박정희의 산업화는
분명 인정해야

김연주 박정희 대통령은 할 말이 좀 많을 것 같아요. 저는 그 시대
에 태어나 그 시기를 길게 살았으니까요. 저는 어렸을 때는
대통령은 박정희 대통령밖에 없는 줄 알았어요.

신인규 그만큼 장기 집권을 했단 말이죠. 과욕 내지는 나 아니면
안 된다는 생각에 너무 사로잡혀서 집권 기간이 길어져 결
국 그런 비극적 결말을 맞을 수밖에 없었어요. 약간 예견된
비극적 결말을 맞이했죠. 그게 제일 아쉬운 부분이긴 해요.

김연주 그렇죠. 장기 집권했죠. 제가 어렸을 때를 생각하면 그래요.
우리나라 사람들의 의식에는 여전히 유교적인 뿌리가 남아
있었단 말이에요. 그래서 일반적으로 대통령은 나라님이라
는 인식도 남아 있었죠. 대통령이 바뀔 수 있단 생각을 못

한 것 같아요. 지금도 기억이 생생한 것은 1974년 8월 15일 이었는데, 저는 지하철 개통을 했다고 해서 아빠랑 손잡고 전철을 타러 갔었는데, 무슨 천지가 개벽한 듯 난리가 난 줄 알았어요. 육영수 여사가 총탄에 맞고 돌아가셨다고 하더라고요. 아줌마, 할머니들이 한복을 입고 길가에 나와 있었어요. 국화로 장식한, 청와대에서 나온 운구차를 보면서 길에서 앉아 통곡하는 거예요. 어린 마음에 그때는 그 상황의 의미를 잘 모르고 그저 굉장히 큰일이 났구나 생각했어요. 요즘과 비교하면 북한에 무슨 행사 있을 때 꽃을 들고 나와 광적으로 흔들어대는 장면과 비슷하다고 할까. 물론 우리의 경우에는 자발적으로 나온 국민들이 많았죠. 당시에는.

신인규 쉽게 말해 국가의 장례식이었네요.

김연주 그렇죠. 국장이죠. 요즘의 인식으로 치면 이해가 안 되는 내용일 수 있겠지만 권위주의 시대니까 가능했어요. 박정희 대통령은 오래 재임하셨기 때문에 나라님으로서의 이미지가 굳어졌다고 할까?

김민규 제가 궁금한 게 있어요. 1970년대가 조선 시대도 아닌데 다른 선진국이나, 하물며 옆 나라 일본만 봐도 통치자가 바뀐다는 걸 모르셨나요? 대통령이 아니라 수상이긴 해도. 박정희가 조선왕조의 마지막 왕도 아닌데 왜 사람들이 대통령은 바뀔 거라는 생각을 못 했을까요?

김연주 못 했죠. 앞서 민규 씨가, 이승만 대통령이 유교적인 사고와 미국식 민주주의 사고가 공존하는 사람이라고 평가했듯이 당시 일반인들 사이에는 조금 과장해 말하면 천자가 나라를 다스려야 한다는 유교식 사고가 지배했다고도 볼 수 있죠. 물론 그것은 장기 집권이 만든 폐해일 수도 있고요. 대통령을 임금과 동일시한 것이죠. 북한을 보면 금방 이해가 될 겁니다. 북한 사람들은 민주주의에 대한 경험이 전무하죠. 일본이 물러가고 바로 북한 정권이 들어섰으니까요. 그러니 김일성을 조선왕조의 임금을 넘어서는 신격화의 대상으로 삼았습니다. 김일성, 김정일, 김정은으로 이어진 세습통치가 가능한 배경이 그때부터 만들어졌다고 봐야죠. 이후에는 체제 유지를 목적으로 계속 존재했던 것이고. 김일성이 서거했을 때 인민들이 집단 히스테리를 일으켰고, 그 때문에 적지 않은 사람들이 죽었다고 해요. 이것은 북한 인민들의 심리, 정신상태를 정확히 보여주는 현상입니다.

김민규 저도 인간이 민주주의보다는 절대적인 힘에 굉장히 취약한 존재라는 것을 잘 알고 있어요.

김연주 제가 어릴 적에는 박정희 정권이 영원히 갈 것 같았어요. 또 당시는 일반인들이 다른 나라의 민주적 통치에 대해서도 잘 알기 어려운 형편이었죠. 지식인들이야 박정희 장기 집권을 반대했으나 민주화 이전이니 그런 내용이 사람들에게 요즘처럼 잘 전달되지도 못했죠. 당시에는 어쩌면 대통령은 영원히 안 바뀌는 존재라 생각했을지도 모르겠어요. 너무 못살았기 때문에 그저 대통령이 나라를 잘 이끌어주고, 먹고살도록 경제를 발전시켜주기만 바랐을지도 모르죠. 비근한 예로 유신 말기까지 강력한 데모가 일어난 적도 없잖아요. 소소하고 작은 저항이야 항상 있었지만요.

김민규 저희 세대에겐 너무 멀게 느껴지는 일입니다. 제 친구들 상당수는 도저히 이해할 수 없는 일이라고 말할 거예요. 그런 시위나 저항이 서울이나, 멀지 않은 곳에서 오늘도 일어나고 있는 것을 생각하면 말입니다.

김연주 지금과 비교할 수 없어요. 요즘 세상은 그야말로 천지개벽한 거죠. 민규 씨는 박정희 시대의 통치를 조선 시대쯤으로 여길 것 같아요. 역사적 관점이나 물리적인 시간으로 보자면 그리 오래전도 아닌데요.

김민규 제게 먼 나라처럼 느껴지는 것이 사실이에요.

신인규 노무현 정권 시절에는 정권의 지지율이 높지 않을 당시, 지나가다가 돌멩이에 발이 부딪혀도 다 대통령 욕을 했다는 말도 유행했어요. 그러니까 지금은 굉장히 민주화되었죠. 이제 대통령에 대한 비판이나 평가가 너무 익숙한 환경이죠.

김연주 저의 어린 시절을 생각하면 상상이 안 돼요. 저희 세대는

저도 인간이 민주주의보다는
절대적인 힘에 굉장히 취약한 존재라는 것을
잘 알고 있어요.

그런 시절을 살았어요.

신인규 그렇다고 해도 보수는 박정희 대통령을 빼고 얘기할 수가 없죠. 그분이 보수에 큰 발자국을 남긴 것은 사실입니다.

김연주 진보도 박정희 대통령을 결코 부정할 수 없을 거예요. 민주주의라는 것이 경제적인 도약 없이 불가능한 일이죠. 그가 우리나라 현대사에서 제일 중요한 위치이다 보니 지금도 자꾸 소환되는 거죠. 제가 볼 때는 우리나라 통치자들을 통틀어 가장 큰 존재라고 봅니다. 긍정적이든 부정적이든.

신인규 박정희 대통령은 보수와 진보를 떠나서, 빼놓을 수 없는 존재인 것은 분명하죠. 또 이분이 어쨌든 대한민국을 후진국에서 중진국 반열에 그것도 아주 단시간에 올린, 한강의 기적이라는 압축 성장을 이뤄낸 공이 있어요. 그 과정에서 재미난 일화도 많죠. 박정희 대통령이 경부고속도로를 건설한다니까 여러 야당 지도자들이 길바닥에 드러눕고 반대했다고 해요. 국가 전체적으로 봤을 때는 대한민국을 선진화에 들어갈 수 있도록 이끈 지도자였다는 것은 부정할 수 없을 겁니다. 저는 박정희 대통령이 공이 7이고, 과가 3 정도라고 봐요. 보수의 기념비적인 인물이지만 독재라는 어두운 그늘 역시 무시할 수 없는 것은 사실입니다.

김민규 저도 비슷한 생각입니다. 아직 정치적으로 평가할 처지는 아닙니다만. 4공화국 전의 공은 인정하는데, 유신 개헌한

다음부터는 과가 크다고 봐요. 공칠과삼이 정확한 표현인 것이죠. 저는 다른 무엇보다도 민주주의가 중요하다고 믿는 민주주의 신봉자라서 말입니다. 사실 『국가와 혁명과 나』라는 저서를 읽어봤어요.

신인규 그 책은 1963년에 출간한 대통령 박정희의 유명한 저서입니다.

김민규 네, 그 책을 봤습니다. 박정희는 '살 만한 국가'를 재건해야겠다는 마음이 무척 컸구나, 하고 그 울림이 충분히 제게 와 닿았습니다. 사실 박정희 대통령은 경제 정책적인 관점에서도 공부해볼 게 많은 사람이에요. 그는 관이 주도한 새마을 운동 등을 이끌어 농촌을 근대화한 것처럼, 경제 정책은 다분히 좌파적이었습니다. 그는 시장을 믿기보다는 자신이 주도한 계획경제로 나라 발전을 견인했죠. 이 점은 경제학도인 김민규에게 불편한 요소일 수도 있습니다. 하지만 국가 발전의 인프라가 없는 마당에 무턱대고 시장에 맡기는 것도 문제라고 생각해요. 시장이 마냥 합리적인 것은 아니거든요. 더구나 박정희 대통령의 계획경제는 결과가 좋았어요. 끝이 좋으면 모든 것이 좋다는 말도 있으니까, 저는 좋은 쪽으로 생각하죠. 국가가 재정을 투입해 인위적으로 정책을 펼친 것 자체는 좌파적인 사고방식이에요. 케인스의 이론을 바탕으로 한 루스벨트의 뉴딜 정책과 비슷하면서도 다른 경제관이었습니다. 어쨌든 한국은 개발독재의 성공적인 모델이라 새마을 운동은 다른 나라에서 많이 차용하고 있습니다.

김연주 민규 씨는 고등학생답지 않게 정말 똑똑하네요. 전공에 대한 지식도 많은 것 같고요. 공공외교의 수단으로 아프리카 대륙의 나라들도 새마을 운동을 가져다 이식하기도 했죠.

신인규 저는 박정희 대통령은 시기적으로 나눠 얘기해봤으면 좋겠어요. 여기서 전제할 것은 독재를 미화하면 안 되리라는 점이에요. 민주사회에서 독재를 옹호하는 사람은 없죠. 그런 측면에서 5.16도 군사 정변 쿠데타이고요. 그때부터 유신까지, 그 이후로 마지막에 돌아가시기 전, 그러니까 10.26 사건이 일어날 때까지 시기마다 평가가 달라질 것 같아요. 이분은 워낙 오래 권좌에 앉아 있었기 때문에 뭉뚱그려 평가하긴 좀 어렵다고 봐요. 5.16 사건이 일어났을 때를 보면 당시 우리나라의 상황이 2공화국에서 3공화국으로 넘어오는 시기로 장면 내각과 윤보선 대통령 시절인데 정말 혼란스럽기 그지없었던 시절이라 강력한 지도자에 대한 국민적인 여망도 있었던 것 같습니다. 당시 민주주의가 발달되지 않은 상태였죠. 우리나라 국가 발전수준도 성장의 초기 단계였고요. 그 때문에 군사 정변으로 권력을 잡은 것을 용인했던 것 같아요. 지금의 관점에서 보자면 말도 안 되는 일인데요. 당시의 시대적인 특수성이 있다고 봐요. 박정희 정권은 국민과 함께 성과를 일궈냈습니다.

김민규 박정희 대통령과 산업화 얘기를 빼놓을 수는 없을 것 같아요. 선생님은 어떻게 보세요?

김연주 두 사람은 모르는 게 당연하겠지만 그 당시에는 진짜 못살았거든요. 우리만 해도 웬만하면 밥은 먹고 살 때 태어났지만 전쟁 후에는 정말 비참한 수준이었죠. 그야말로 폐허 위에 나라가 세워진 상태였습니다. 전쟁 뒤라 애들만 바글바글했죠. 경제 재건을 하려고 해도 종잣돈도 없어 한일 청구권 협정韓日請求權協定을 통해 마련했잖습니까. 그것은 우리 입장에서는 일본의 불법적인 식민 지배에 대한 배상금의 의미를 담고 있었죠. 그 돈을 기반으로 불과 몇십 년 만에 우리가 일본과 같은 선진국의 반석에 올라섰죠. 지금은 우리가 일본과 비등하거나, 추세를 볼 때 한국이 더 발전 가능성이 있다고 보는 상황까지 된 겁니다. 그야말로 상전벽해가 된 것이죠.

신인규 당시에는 경제성장을 거의 해마다 체감하셨겠네요.

김연주 저는 어릴 적이었으니까 직접 체감하기는 어려웠지만, 하루가 다르게 경제적인 변화가 있었던 것은 사실이에요. 1977년에 수출 100억 불을 달성했다고 기념탑을 세웠다는 뉴스를 본 기억이 나요. 당시는 북한과 체제 경쟁을 하던 시절이었고, 박정희 정권이 힘든 여건 속에서도 나라의 경제를 발전시킨 것은 분명한 업적입니다.

신인규 그때는 진짜 북한이 다시 내려올 거라는 위협감이 있었고, 실제로 1968년에 김신조 일당들이 청와대를 습격하려고 남쪽으로 왔어요. 그런 관점에서 보자면 반공 체제가 이상한 건 아니었죠. 다만 반공을 가지고 누구를 빨갱이로 덧씌워 핍박하는 게 문제였고요.

김연주 체제 경쟁이 얼마나 심했던지, 심지어 학교에서 반공 글짓기 대회나 반공 사생대회를 매년 열었어요. 북한 사람들을 뿔난 도깨비로 그리기도 했죠. 철저하게 북쪽이 악마화되었다고나 할까.

김민규 저희 세대의 박정희 대통령의 평가는 하나로 귀결돼요. 보릿고개 없앤 유능했던 통치자다, 하지만 독재는 그르다.

김연주 보릿고개 알아요?

김민규 저는 쌀밥만 먹고 자랐어요.

신인규 보리밥은 가끔 맛있어서 먹는 거죠.

김민규 아, 그렇죠! 열무김치를 비벼 먹습니다. (웃음) 주변 분들과 나눈 박정희 대통령에 대한 평가를 좀 말씀드리면, 우선 박정희 정부를 상당히 비판적으로 보시는 분들도 많단 말이에요. 그분들이 박정희 대통령의 성장 정책이나 경제관을 비판하기 위해 보통 내세우는 주장이 뭐냐면, 경제개발 5

개년 계획이나 새마을 운동 같은 게 사실상 장면 내각 때 다 프로그래밍 되어 있던 것이고, 박정희 정부는 정부 프로세스를 받아 시행만 한 것이다, 그것을 전부 박정희 정부의 공으로 돌리면 안 되지 않느냐, 이런 식의 비판들이에요. 사실 그게 말이 좀 안 돼요. 여당이 박정희 대통령이었고, 야당에서 그때 굉장히 유력했던 후보가 김대중 후보였습니다. 그 프로세스에 대한 예산이 책정되어 있던 건 맞아요. 그런데 박정희 정부는 이걸 가지고 고속도로를 깔자거나, 경제개발을 위한 마중물로 쓰자고 주장했습니다. 그 결과가 한강의 기적이었던 것이죠. 반면에 야당이 내걸었던 공약은, 그 돈으로 차라리 쌀을 사자, 돈을 풀자 등이었고요.

신인규 지금이랑 비슷하네요.

김민규 정부 프로세스를 넘겨받은 건 맞지만 그때 박정희 대통령이 과감한 정치적인 결단을 한 것 또한 사실입니다. 그런 상황 판단이 없었더라면 이 정도의 경제성장을 견인할 수 없었을 것으로 봐요. 저는 당시 수업을 듣고 자료를 찾아보면서 그런 생각을 했어요.

신인규 지도자의 결단이 굉장히 중요한 요소예요. 저는 그런 부분은 인정해줘야 한다고는 봐요. 하지만 박정희 대통령은 유신에 들어서고 나서부터 민주화 인사들에 대한 탄압을 많이 했죠. 민주화 운동을 했던 인사들을 체제를 전복하려는 빨갱이로 낙인찍었어요. 어떤 경우는 연좌제로 몰아 아예 집안을 멸하기도 했고요. 지금의 관점에서 봤을 때 정말로 용납할 수 없는 통치 방법이었죠. 이런 점은 매우 아쉬워요.

김연주 그 시대에 희생된 분들이 있다는 것은 부정할 수 없는 사실이죠. 국가 주도의 개발 시대가 남긴 우리의 슬픈 역사임이 분명합니다.

국회 국민의힘
사무처에 걸린
대통령 사진들

신인규 국회 본청 국민의힘 사무처에 이승만 대통령, 박정희 대통령의 사진과 함께 김영삼 대통령의 사진이 걸려 있어요. 그런데 김영삼 대통령 사진 앞에 걸려 있어야 할 전임 대통령들의 사진은 없어요. 또한 김영삼 대통령 이후 우리가 두 분의 대통령을 더 배출했지만 그들의 사진 역시 걸려 있지 않습니다. 어떤 생각들이 드세요?

김연주 사진은 걸 수 있어야 하는 게 아닌가요? 사진을 걸면 너무 비판이 거세고 눈치가 보이니까 안 거는 것일까요?

신인규 근데 이런 거죠. 전두환 대통령 같은 경우는 보수 진영에서 배출했다고 보기도 힘들어요. 본인과 하나회가 쿠데타로 권력을 찬탈했고, 나중에 노태우로 발전해, 그 세력은 3당

합당을 통해 군사 쿠데타로 정권을 잡은 세력이란 이미지가 많이 희석된 것은 사실이지만 과연 그들이 우리가 배출한 대통령인가에 대해선 결단코 동의가 안 되거든요.

김연주 보수당에서 배출한 건 아니지만 보수 정당의 뿌리를 찾아가다 보면 연결된 것은 사실이 아닌가요?

신인규 그들과 뿌리와 맥락을 같이한다는 것이 부담스러운 것도 사실이죠. 두 대통령에 대한 평가도 매우 다릅니다. 특히 노태우 대통령은 북방 외교에 상당한 성과가 있었고요. 하지만 권력의 시작은 똑같았어요.

김연주 그분들 사진을 엘리베이터 앞에다 걸면 괜찮을까요? 참 어렵네요.

신인규 역사라는 것은 명암이 있고 그들은 어두운 면이 많은 대통령들입니다. 일단 전두환은 5공화국 대통령이었고, 6공화국을 연 사람은 노태우이고 직선제를 처음 도입했죠. 그러니까 대한민국의 대통령이었음을 부정할 수는 없겠으나 우리 정당에서 사진까지 건다는 것은 저는 개인적으로 동의가 안 됩니다.

김연주 이명박과 박근혜 대통령은요?

신인규 두 분은 저로서는 우리가 배출한 대통령으로서 인정은 해요. 그러니까 보수 정당에서 경선을 통해서, 그것도 민주화가 된 이후에 우리가 적법한 절차로 배출한 대통령인데 다만 역할을 제대로 못 했죠. 박근혜 대통령은 직무수행의 부적절로 탄핵을 맞았고, 이명박 대통령은 개인 비리로 구속이 됐단 말이에요. 그러니까 두 분은 앞의 두 대통령과 확연히 구별되는 건데, 저는 우리 당에서는 이명박, 박근혜 전 대통령의 공과를 다 끌어안고 가야 한다고 생각해요.

김연주 공과를 따져서 사진을 걸지 않는단 뜻인가요? 부정적 시선이 존재하는 것은 사실이지만 보수 정당이 배출했는데 말이죠.

신인규 이런 복잡한 사정이 있는 거죠.

김연주 우리나라 현대사에서 보수 정당에서 배출한 대통령이 여럿 있는데, 딸랑 세 개만 걸려 있으니까 그게 굉장히 눈에 거슬린다고 해야 할까, 휑하다고 해야 할까. 신 변호사 말처럼 우리가 지우고 싶은 역사라고 해도 부정할 수는 없는 역사죠. 그럼, 그분들이 출감하게 되면 사진을 거는 날이 올까요?

신인규 저만의 생각인지는 모르겠으나 전두환과 노태우와는 함께 묶이는 것이 싫지만 이명박, 박근혜는 이미 들어왔죠. 우리가 원하든 말든 말씀하신 것처럼 우리가 배출한 대통령이고, 그것 자체를 부정할 수는 없어요.

김연주 국민의 눈치가 어지간히 신경 쓰이는 모양이에요.

신인규 누구도 이런 문제 제기를 하지 않았어요. 우리 당에서 친이

친박 계파 갈등이 아직 남아 있는 상태이고, 우리 안에서 이런 문제들이 정리되면 당연히 그분들의 공과를 우리가 짊어질 책임이 있다고 봐요. 탄핵의 강을 정면으로 건너가야죠.

김연주 그러니까 몇 년 후에나 그분들 사진들을 걸 수 있겠냐는 것이죠.

신인규 감옥에서 나오고 사면이 되면 다 걸어야겠죠.

김연주 그럼 그 사진들이 지금 어딘가에 보관되고 있다는 얘기인가요?

신인규 정확하게 말해 당에서도 입장을 정리하는 게 맞다고 봐요. 지금은 제가 쉽게 말하지만 사실 애매한 거죠.

김연주 민규 씨는 어떻게 생각해요?

김민규 사진에 그렇게 큰 의미가 있는지 몰랐는데요.

신인규 매일 보이니까요.

김민규 제가 그 벽면에서 사진을 보면서 드는 느낌은 두 가지예요. 하나는 드라마 〈제5공화국〉에서 본 장면이에요. 관공서마다 전두환 대통령의 사진이 걸려 있었으니까요. 둘째는 북한에도 항상 사진 두 가지가 걸려 있는 장면이에요. 신경이 많이 쓰이죠. 구시대적인 권위주의의 상징이라고 봅니다. 누굴 어디에 붙이자는 논의를 지속하기보다는 차라리 사진을 싹 다 떼버렸으면 좋겠어요.

신인규 그것도 좋은 방법이네요. 과거는 공과가 있으니까. 우리는 미래를 준비하는 정당이라는 차원에서.

김연주 사진을 다 뗀다?

김민규 다 붙이는 게 복잡하다면요. (일동 웃음)

신인규 민주당도 자신들의 대통령들이라고 생각하는 사람들은 다 붙여놔요. 양당 모두 떼는 것도 좋겠어요.

김연주 왜 정당에 역대 대통령들의 사진이 다 걸려 있지 않은 걸까만 생각했지, 다 떼버리자는 생각은 못 해봤네요.

신인규 우리가 과도하게 의미에 집착한 것이지만 다 떼는 것도 괜찮을 것 같아요.

김연주 MZ 세대다운 발상이라고 할 수 있겠네요. 참신한 지적이라는 생각이 들어요.

신인규 역대 대통령들의 사진을 걸기로 한다면 다 걸고, 그것이 아니라면 차라리 다 뗀다?

김민규 한번 건의해주시죠. 일종의 차별화 전략으로 다 떼는 게 어떻겠냐고.

신인규 아마 제 생각에는 민규 씨 같은 사람이 15년 혹은 20년 뒤에 당을 이끈다면 그때는 그렇게 하겠죠.

김연주 민주당은 뺀 사진은 없네요.

신인규 여당은 김대중을 수평적 권력 교체를 한 1기 대통령으로 보니까요. 대한민국은 하나의 헌법 아래 양쪽이 이런 식으로 나뉘어 있어요. 저는 이것이 갈등의 원인 중 하나라고 봐요. 그러니까 한 공화국 아래 두 집이 있는 거죠.

김영삼의 장점은
시대적 결단력

김연주 그러면 김영삼 대통령에 대한 평가는 어떤가요?

김민규 원래 진보 진영에 있다가 보수당으로 오신 분이죠. 저는 김영삼 대통령의 최대 공적은 정변을 일으킨 군대 사조직인 하나회를 취임하자마자 척결해버린 거라고 봐요. 그것을 2주 만에 했으니까요, 그야말로 전광석화란 표현이 딱 맞는 것이죠.

김연주 그래야 군대 조직의 견제를 받지 않고 문민정부를 이끌어 갈 수 있다고 판단되었겠죠.

김민규 하나회 척결하고 역사 바로 세우기 운동하면서 전두환, 노태우 구속하고, 금융실명제, 부동산실명제를 이분이 했죠.

김연주 업적이 굵직하네요.

김민규 지자체장 선거를 시작하는 것도 김영삼 대통령 때였죠. 그리고 김영삼 하면 떠오르는 키워드를 뽑으라면 세계화일 듯합니다. 세계화는 보통 시장 개방 얘기를 하죠. 김영삼 정부 때 IMF 외환위기라는 사건도 터졌습니다. 시장 개방 때문에 IMF가 터졌느냐. 이건 조금 더 얘기를 해봐야 할 문제인 것 같습니다.

김연주 지금 생각하면 정말 많은 일이 일어났어요. 역사 바로 세우기 일환으로 조선 총독부 해체 폭파한 것도 당시였어요. 안전사고도 잦아 성수대교가 무너지고, 삼풍백화점이 붕괴하고……. 나라가 굉장히 어수선했어요. 말년에는 측근들 비리, 그리고 결정적으로 IMF가 터졌죠.

신인규 김영삼 대통령은 발음이 안 좋아 개그맨들의 성대모사의 대상이 됐죠.

김연주 외견상 입이 약간 벌어져 있는 듯 보이는데, 그래서인지 발음이 안 좋으셨죠. '위대한'이 '이대한'이 되었으니까요. 이분은 개인적인 자부심이 높아 그런지 대일관계에서 내고 싶은 목소리를 다 내셨죠. 그래서 이후에 양국 관계가 경색되는 계기도 되었어요. 국가 지도자가 감정에 충실한 발언을 하게 되면 그 여파가 오히려 부정적으로 돌아오기도 합니다. 당시 조선총독부 폭파도 중지를 모아서 한 것이냐는 등 국내에서의 찬반 논란을 불러왔죠. 또 조선총독부 건물

폭파 소식을 듣고 일본 정부가 그러면 자기네가 그 건물을 가져가겠다고 하자 '버르장머리를 고쳐놓겠다'고 발언해 관계가 경색되었습니다. 국가 대 국가의 관계보다 사감이나 지나친 자신감을 바탕으로 대일관계를 풀려고 했던 측면이 있었어요. 물론 저자세나 굴종적인 자세는 안 되겠지만 말이죠.

신인규 저는 김영삼 대통령은 말 그대로 문민정부이고 민주주의 대통령이었다고 생각해요. 민주화에 공로를 많이 세우신 분이죠. 좀 거슬러 올라가면 박정희 시절에 고생했죠. 특히 전두환 시절에는 정권과 정면으로 맞서 싸웠던 분이고요. 김영삼 대통령이 앞날을 내다보는 통찰력도 있었던 것 같아요. 이분이 세계화를 추진했잖아요. 이후의 역사를 보면 당시 김영삼 대통령은 굉장한 일을 한 거죠. 중요한 역할을 하셨다고 봐요. 그때 이분이 초석을 다 닦아놓아, 어떻게 보면 세계화로 갈 수 있었죠. 초기 세계화의 물결을 바로 올라탔다고 봐야죠. 김대중, 노무현 대통령도 김영삼 대통령이 잡아놓은 방향대로 갔다고 생각해요.

김연주 진보 쪽에서는 인정하지 않겠지만 민주당의 두 분 대통령의 앞길을 밝혀주었죠. 10년도 더 전에 미래를 예측하고, 결국 우리나라는 천연자원이 없고 인적 자원밖에 없으니 세계와 경쟁하고 나갈 수밖에 없다고 판단한 것이죠.

신인규 초석을 닦았다는 측면도 높이 평가할 일이지만 대한민국 내부적으로도 공직자 재산 신고라든지 또 아까 말한 금융 실명제를 시작한 것도 주목해야 한다고 봐요. 이런 것들은 일본도 아직 시행하지 못하는 실정이거든요. 금융실명제 같은 경우는 헌법에 있는 긴급재정경제명령을 전격적으로 시행했던 것이에요. 전두환 때도 금융실명제 얘기가 나왔다가 변죽만 울리고 사라졌거든요.

김민규 저는 5공화국은 그 정권의 성격상 그런 일을 절대로 할 수 없었을 것이라고 생각합니다. 투표로 선출된 대통령의 결기와 결단력, 지도자의 용기가 아니라면 불가능한 일이라고 봐요. 금융실명제가 정치와 경제에 미치는 영향력이 대단한 정책이라는 것을 잘 알고 있거든요.

김연주 사실 김영삼 대통령의 과는, 금융실명제를 단행하고 세계화의 길을 열었음에도 결국 우리나라에 IMF의 구제금융대상이 되는 경제 위기를 초래한 것에 있었습니다. 당시 엄청난 경제 위기로 기업이 도산하고 개인들이 자살하는 등 피해가 막심했습니다.

신인규 저는 김영삼 대통령이 IMF 사태를 초래했다는 책임을 다 지는 것은 좀 억울할 수도 있겠다고 생각해요. 경제적으로 대한민국의 위기를 초래한 것은 분명하지만 말이에요.

김민규 김영삼 대통령에 대한 정치적 평가는 학교에서 주류로 다

루지는 않습니다. 활동을 열거하는 정도죠. YS는 금융실명제를 실시했다, DJ는 남북 정상회담을 주최했다, 이 정도입니다.

김연주 돌이켜보면 정치 권력에 대해 비판하거나 정치인을 유머코드로 사용하기가 쉽지 않았던 시대였어요. 국가 권력을 마음 놓고 일상적인 비판의 대상으로 삼을 수 있었던 것이 아마 김영삼 대통령 시절부터였던 것 같아요. 그런 측면에서 보자면 정말로 이분이 민주주의를 열었던 것이죠. 희화화도 가능해졌고요.

신인규 풍자도…….

김연주 물론이죠. 대개 국민들의 정치에 대한 평가는 지지율이 객관적 지표가 되죠. 우리나라의 역대 정부들은 출발점에서는 굉장히 인기가 좋죠. 뭔가 기대감이 있고 하니까요. 그러다가 후반으로 갈수록 지지율이 떨어지는 경향성이 반복되었죠. 김영삼 정부 때는 그 낙폭이 엄청 났습니다. 당선됐을 때는 최초의 문민정부라고 해서 기대가 지나칠 정도로 높았지만, 끄트머리에 IMF 사태가 터지고 이러니까 완전히 바닥을 쳤거든요. 되돌이켜보면 앞서 언급된 나름의 업적, 결코 성취되기 쉽지 않은 정책들도 펴고 했는데, 말년의 레임덕(임기 종료를 앞둔 지도자의 지도력 공백 상태)으로 인해 개인적으로는 박한 평가에 대한 인간적 고뇌가 깊었으리라는 생각입니다.

신인규 그러고 보니 민주화 이후로 대통령들이 모두 레임덕을 맞았네요.

김연주 지금은 안 그렇잖아요. 희한하게도.

신인규 문 대통령이 예외이긴 하죠. 아직 임기가 끝난 게 아니니까 마지막까지 가봐야죠. 김영삼 대통령은 민주화 이후에 첫 대통령이었는데, 결국은 지지율이 그 급전직하를 하는 바람에 연주 선생님 말씀처럼 말년이 쓸쓸했어요. 저도 어렴풋이 기억나요. 그분이 건강했잖아요. 클린턴하고 나이 차이가 나는데도 조깅을 함께하고 그랬죠. 그런데 대통령이 아들 비리로 대국민 사과를 하는데, 염색도 안 하고, 하얀 머리로 나왔어요. 가슴이 무척 아팠어요.

김연주 일부러 염색을 안 했을 수도 있죠.

김민규 대통령 지지율 하한선이 김영삼 대통령이었거든요. 지지율이 제일 낮았을 때가 6퍼센트였습니다. 그런데 박근혜 대통령 탄핵 당시 한참 지지율이 쭉 빠질 때 4퍼센트를 찍으면서 최저치 기록을 경신했어요.

김연주 그 정도까지?

신인규 4퍼센트는 깨지기 어려워요.

김연주 그 정도면 직접 연관된 사람들, 친인척만 해도 나오겠네요.

김민규 아까 신 변호사님도 지적하셨지만 김영삼 정부의 IMF 책임론은 좀 억울한 측면이 있어요. 반대 진영에서는 김영삼이 시장 개방으로 IMF를 불러왔다고 주장합니다. 더 근본적인 이유는 시장 개방 때문이 아니고 우리나라 시장 자체가 불안하니까, 외국기업이 자본을 빼간 게 문제였죠. 우리가 언젠가는 시장을 개방했을 텐데, 누구라도 한 번은 건드려야 하는 폭탄을 김영삼 정권이 일찍 건드려준 거죠. 저는 개인적으로 그렇게 평가합니다.

김연주 지금 얘기하는 구조적인 측면이 분명히 있을 텐데, 언제 맞아도 맞을 건데 이때 맞은 것이라는 말은, 옳은 지적으로 생각해요. 세계화는 거대한 물결인데 우리가 피할 수도 없었어요.

신인규 그때 개방을 거부하고 쇄국으로 갔더라면 나중에 노무현 정권이 진행한 FTA도 힘들었을 겁니다. 앞에서 길을 깔아 놨기 때문에 아스팔트도 깔고 차도 다니고 하는 거죠. 이런 지도자의 결단들이 되게 중요하다고 봐요. 국민한테 욕을 먹더라도 지도자는 그런 결단을 해야 하는 게 맞고요. 김영삼 대통령의 정치적 결단인 3당 합당에 대한 평가를 꼭 해봐야겠어요.

김연주 저도 당시 무척 놀랐어요.

신인규 그 당시 3당 합당은 굉장히 부정적으로 보였어요. 잡을 손이 없어서 독재 세력하고 손을 잡는 것이, 자기가 대통령

이런 지도자의 결단들이 되게 중요하다고 봐요.
국민한테 욕을 먹더라도
지도자는 그런 결단을 해야 하는 게 맞고요.

하려고 결단한 행동이라고 봤죠.

김연주 지금도 그렇게 생각해요?

신인규 인식이 많이 바뀌었죠. 저는 김영삼 대통령이 그런 선택을 할 수밖에 없었다고 봐요. 결단이고, 결국 문민정부를 열기 위해서는 필연적 선택이 아니었는가, 저는 그렇게 생각해요. 그 방법 말고는 김영삼이 집권할 수 있는 현실적 방법이 없었거든요. 만일 그런 역사적 결단이 없었다면 군부 세력이 더 집권했을 수도 있었죠. 사후 진단이긴 해도 3당 합당은 결국 역사에 긍정적인 영향을 끼쳤다고 생각해요. 우리가 앞에서 점검했던 김영삼 대통령의 정책들도 그가 아니었다면 추진할 수 없었을 겁니다.

김민규 오히려 진보에서 보수로 넘어온 분이었기 때문에 진보적인 정책들을 과감하게 펼칠 수 있었다고 봅니다. 물론 김 대통령의 정책이 흔히 말하는 진보 보수의 기준으로 봤을 때 진보 정책이라고 단정할 수는 없지만, 한국의 발전을 위해 꼭 필요한 정책을 적절한 시기에 과감하게 단행한 것은 맞거든요. 하지만 제가 3당 합당에 대해 말하기엔 역량이 좀 부족해요. 도움을 주십시오.

신인규 당시에 나왔던 유명한 말이 '호랑이 잡으러 호랑이 굴에 들어간다'는 것이었는데, 다들 당신이 호랑이 굴에 들어가면 잡아 먹힌다고 주장했죠. 하지만 결국 김영삼 대통령은 당에 들어가서 호랑이 다 잡았어요. 저는 그런 정치력을 높이 평가해요. 결단력, 호랑이 잡으러 호랑이 굴에 들어갈 수 있는 용기. 반면 안철수 대표에 대해서는 비판도 많고, 결단력이 없다고 하죠. 저는 김영삼 대통령을 벤치마킹할 필요가 있는 모델 같은 정치인이라고 봐요. 제가 볼 때는 정치를 이렇게 해야 한다고 생각해요. 또, 특기할 만한 것이 이분이 인재영입의 달인 같다는 점이에요. 이명박, 노무현 대통령도 이분이 데리고 왔고, 홍준표 의원도 영입했고, 김무성, 정병국 의원도 영입했어요.

김연주 저도 김영삼 대통령에 대한 전체적인 평가에 대해 두 분의 견해를 전적으로 받아들여요. 모처럼 견해 일치하네요.

김민규 그만큼 김영삼 대통령이 뛰어난 정치인이었던 거죠.

MZ 세대의
정치적 감수성은
무관심

김연주 MZ 세대도 김영삼 대통령을 좋아하나요?

김민규 저희 세대는 사실 이승만부터 시작해서 다 똑같다, '그 나물에 그 밥이다'라고 평가하지 않을까 싶습니다.

김연주 다 싫다? 그럼 진보 정당을 좋아하나요?

김민규 이제는 진보 정당도 좋아하지 않아요.

신인규 모두 까기네요.

김연주 도대체 어떻게 하라는 얘기죠?

김민규 요즘 정치부 뉴스에 자주 등장하는 단어가 있습니다. 선당후사니 선사후당이니 이런 얘기예요.

김연주 선당후사先黨後私, 개인의 안위보다 당을 위해 희생한다, 그런 말이죠? 선사후당은 개인이 먼저란 얘기고요.

김민규 맞아요. 근데 사실 제가 개인적으로 젊은 세대들을 표현하자면 선사후사거든요.

김연주 그럼, 자기밖에 모르는 거네요.

김민규 굳이 나쁘게 이야기하자면 이기적인 사람들이다, 이런 얘기를 할 수도 있죠. 하지만 현 세대를 생각해보면요, 대입부터 힘들고, 대입 끝나면 취업 경쟁해야 하고, 인턴도 못 하는데 취업은 더 어렵고 집도 하나 못 사고.

신인규 그러니 젊은 사람들이 연애를 어떻게 하겠어요.

김민규 당연히 결혼도 못 하고 애도 못 낳고. 도대체 자기 삶이 없는데, 자기 삶조차 영유하지 못하는데, 당이 먼저다 정치가 먼저다, 이런 얘기가 들리겠어요.

김연주 나라 자체에 대한 어떤 혐오감이랄까, 뭐 그런 거예요?

김민규 혐오감까지는 아니죠. 그런 데 신경 쓸 겨를이 없다는 겁니다. 나라가 어떻게 돌아가는지 관심을 가지고 보기에는 자기들 살기도 너무 버겁고 힘들다고 봅니다.

신인규 혐오감보다 무관심이 더 안 좋은 건데. 차라리 혐오라는 건 관심은 있지만 미워한단 얘기죠. 무관심은 관심을 쓸 여력조차 없는 거예요. 자기 삶이 너무 급하니까요.

김연주 보수 진보를 막론하고 정치판 자체에 대한 일종의 불신과 이를테면 무관심, 그런 걸까요? 그렇다고 정치가 없을 수는 없죠. 정치는 국가의 존립을 위해 꼭 필요한 것인데요.

신인규 그래서 위기인 셈입니다. 저는 위기 신호라고 생각해요. 지금 세대가 점점 정치로부터는 객이 되는 거죠. 객도 아주 슈퍼 객이 되는 것이죠. 그러면 지배층은 더 좋거든요. 지배층은 관심과 견제를 덜 받기 때문에 통치가 쉬워져요.

김민규 좀 전에 연주 선생님처럼 저희 세대한테 국가의 정책에 그렇게 관심이 없냐고 말하면 꼰대라는 소리를 들어요. 시대가 무슨 시댄데, 지금까지 기성세대가 우리한테 해준 게 뭐가 있다고, 언제 적 나라 타령이냐는 불만인 거죠.

김연주 그 정도인가요? 그러면 앞으로 큰일이네.

신인규 저희처럼 젊은 세대들은 너무 힘들어요. 욕망이 있고, 정치에 관심을 충분히 가질 수 있으나 현실이 너무 팍팍한 거죠. 연주 선생님 때는 좋은 직장은 못 가도 공무원은 다 됐어요. 그런데 요새는 공무원 한 자리에 500명이 달려들어요. 절망적인 상태인 거죠. 그러니까 무관심한 것입니다. 어떻게 보면 무력감을 느끼는 거죠.

김민규 논의의 범주를 한정하자면, 젊은 세대가 관심이 없다고 한 것은 여의도 정치를 얘기한 것입니다. 각자 삶의 환경들이 변하고 이런 것들을 조정하는 일련의 과정을 물론 정치 영역으로 묶을 수 있을 거예요. 그러나 막상 이것도 어렵고 저것도 어렵고 인생에서 되는 건 없는데, TV만 틀면 정치권 뉴스가 나오고 그럼에도 내 삶을 바꿔줄 수 있는 정치의 모습은 보이지 않습니다. 당협 위원장을 교체하는 과정에서 공천 비리가 있었다, 이런 피상적이고 여의도의 고전적인 문법에만 부합하는 말들이 귀에 들어오겠어요? 당연히 안 들어오죠.

김연주 그러면 어떻게 하면 좋겠어요? MZ 세대들은 무엇을 원하는 거죠?

김민규 어려운 걸 물으시네요. (웃음)

신인규 저는 해법은 있다고 봐요. MZ 세대에게 유일한 방법은 당사자주의예요. 10대와 70대의 인구 분포를 보면 10퍼센트와 20퍼센트로 구성돼 있을 거예요. 아무래도 허리가 많을 것이고. 그 분포대로 국회에 들어가야 해요. 그래서 자기 목소리를 제도권 안에서 내줘야 하고요.

김연주 할당제?

신인규 할당제든 뭐든 간에 분포대로 하면 민주적 정당성이 확보되고 이상적이라고 봐야죠.

김연주 그렇게 되면 청년층의 직접 정치 참여가 많아져야 한다는 얘기네요.

신인규 지금 우리의 가장 큰 불만은 50대와 60대 아저씨들이 우리를 이해한다고 말하면서 우리 문제를 대신 풀어주겠다고 하는 겁니다. 대신 풀어주겠다고 하면서 우리를 속이고, 돌아가서는 또 자기들만의 정치를 하는 것입니다.

김연주 속이려는 것은 아니죠.

신인규 속이려고 한 건 아니지만 결과는 속은 것으로 느끼는 것 같아요. 풀어줄 것처럼 기대는 심어주고 결국 해결은 못 하는 정치가 지속되고 있어요.

김연주 글쎄, 젊은 청년 정치인들이 많아져야 한다는 점은 깊이 공감해요. 젊은 사람들은 이해관계가 복잡하게 얽혀 있진 않으니까요.

신인규 유일한 해결책은 저는 그것밖에 없다고 봐요. 누가 대신 남의 코를 풀어줄 수 있는 상황은 아니고, 본인이나 본인 세대가 정치에 직접 참여해 자기 문제는 자기가 해결해야죠. 만일 그들의 대표가 들어가서 문제를 해결하지 못하면 그들은 현 상황을 더 깊게 이해할 수 있을 거예요. 그런데 분명한 것은 젊은 사람들은 정치권의 진입 자체가 어려워서 정치를 할 수 없어요. 우리나라 정치 풍토가 젊은 사람들한테 기회를 안 준단 말이죠.

김대중—
화해와 개방,
정치적 통찰력 탁월

김연주 김대중 대통령에 대해서는 어떻게 평가하나요?

신인규 연주 선생님께서 포문을 열어보시죠. DJ에 대한 인상이 있
으시겠죠.

김연주 DJ는 저도 선생님이란 호칭이 절로 나와요. 아마 선생님 같
은 덕을 가졌기 때문인 것 같아요. 이분은 독재 시대의 핍
박을 받았지만, 개인적으로 정치적 능력, 나라의 장래를 위
해 많이 공부하고 연구했습니다. 국제적 인맥도 넓었고, 퇴
임 후에도 많은 역할을 했다고 생각해요. 상징성이 있는 인
물이었죠.

신인규 DJ 같은 경우는 진보와 보수를 초월해 우리나라 대통령이
라고 생각해요. 이분에 대한 평가는 노무현 대통령하고도

비슷한데, 굉장히 국민의 사랑을 받는 정치인이었죠. 그러니까 지지를 넘어선 애정, 충성, 사랑 등의 단계로 갔던 정치인으로 저는 봐요. 지지자들의 열정도 굉장히 뜨거웠고요. 그런 건 참 부럽죠. 그런 매력 있는 정치인이었지요. 대학 교육은 받지 않으신 것으로 알아요.

김연주 하지만 아는 게 무척 많으시고, 외국어도 능통했고요.

신인규 어떻게 보면 박학다식해서 대학 교육의 무용론을 입증하신 분이 아닐까 싶어요. 언변이나 글솜씨를 두루 갖춘 보기 드문 정치인이었죠. 세계정세나 경제 이런 분야에서도 해박했죠. 이분의 명언이 많아요. "서생적 문제의식과 상인의 현실감각을 가져야 한다"라는 말은 정치인이나 정치 지망생에게 뼈를 치는 말이에요. "행동하지 않는 양심은 악의 편이다"라는 말은 정치인의 말이라기보다는 지식인의 말이죠. 이런 명언이 나온 것도 이분의 비전과 철학 때문이라고 봐요. 제가 진보 진영에 대해 부러운 면은 이런 분들이 그 진영의 뿌리로 존재한다는 점이에요.

김연주 그래도 DJ는 자신을 핍박한 전두환을 용서하고 청와대로 초청해 화해의 제스처를 많이 보여주셨어요. 심지어 전두환 전 대통령은 자기한테 제일 잘해준 대통령은 DJ였다는 유명한 말을 남기기도 했죠. 그리고 노무현 대통령에게도 DJ처럼 자신을 좀 자주 불러달라고 했고요. DJ의 그런 태도는 어떻게 보면 종교적인 느낌도 들게 합니다. 실제로 DJ는 독실한 천주교 신자였어요. 호칭을 한번 볼까요? 특히 동향인 호남에서는 '선생님'이라는 호칭과 인식이 더 일반적이었죠. 옛날부터 선생님이라는 호칭이 자주 사용되다 보니 심지어는 이제 돌아가셨고 시간이 좀 흘렀는데도 이분에게는 저도 모르게 선생님 호칭이 나온단 말이죠. 그리고 DJ가 대통령직을 수행하고 나서 3김 시대가 막을 내렸습니다. 신 변호사가 말한 것처럼 DJ는 능변도 능변이지만, 항상 통계상의 수치가 그냥 줄줄 나왔어요. 그래서 선생님 소리를 많이 들으셨나 싶어요. 선생님이 존경의 의미도 있겠으나 정확하고 모범 답안을 가진 분이란 느낌도 담았겠죠.

신인규 하여튼 개인적인 역량이 있는 분이에요. 지도자로서 역량도 뛰어나신 분인 거죠.

김연주 3김 시대가 막을 내리면서 우리 정치에 있어 최대 타파의 대상이었던 지역주의도 많이 퇴색된 것 같았어요.

신인규 어떻게 공만 있겠어요. 과도 있었죠. 자신과 자기 계파의 욕심 때문에 결과적으로 노태우를 대통령으로 당선되게 둔 장본인이기도 했죠. 그런 것은 지도자의 오점이라고 생각해요. 남북 문제에 혁기적인 변화의 초석을 놓았지만, 햇볕 정책이 과연 성공적이었나 하는 문제가 좀 남아 있어요. 북한은 아직도 핵을 포기하지도 않고 있죠.

김연주 저는 생각이 좀 달라요. 물꼬는 트는 입장에서 보자면 그것만도 힘들어요. 문을 연 사람이 그 집안 문제까지 해결하기 쉬운 게 아니에요. 저는 DJ가 문을 열었으니 다음 혹은 그 다음 대통령이 문제 해결에 나서야 한다고 봐요. 또한, 북한과의 관계는 크게 봐야죠. 군부 정치 시절, 권위주의 시대를 살아 반공에 익숙한 세대에겐 저렇게 가서 만날 수도 있다는 사실이 엄청난 일이었죠. 이런 장면을 연출했다는 차원에서는 신기원을 만든 겁니다. 한 장을 새로 열었다는 의미로 볼 수 있어요. DJ는 일본과의 관계도 새롭게 정립한 정치인이었죠. 이분이 일본 문화를 개방했어요. 사실 개방 이전에는 방송에서 일본식 표현을 쓰는 것 자체가 금지되어 있었죠. 우리가 흔히 건설 현장이나 방송국에서 쓰는 용어 중에 일제식 표현들이 많이 있었는데, 이런 용어들이 전파를 타지 않도록 철저히 조심하는 것이 현실이었거든요. 그런데 DJ가 일본과 문호를 개방하면서 그런 문제들이 단번에 정리가 됐고, 일본과의 관계도 많이 좋아졌어요. 양국 간 관계는 물론이고 양국 국민들의 상호인식 측면에서도 전에 없이 개선된 상황이 연출되었죠. 그런 면에서 한일 관계에서도 신기원을 이룩했어요. 누가 고양이 목에 방울을 달 것이냐인데 DJ가 방울을 달았어요. 선생님은 그냥 나온 호칭은 아닌 것 같아요. YS한테는 선생님이라고 안 부르잖아요.

김민규 IMF 극복, IT 산업 지원, 또 2000년에는 남북 정상회담, 6.15 남북공동선언 등도 이뤄냈어요. 그리고 사실 어떻게 보면 민주당의 계파 정치의 대가라고 해야 할까요. 동교동계라 고 있었죠. 지금도 더불어민주당에는 동교동계가 계속 남 아 있습니다.

신인규 DJ도 말년에 아들 비리라든지 또 측근 비리로 고생은 했지 만 결국 정권 재창출을 했어요. 노무현을 내세워 성공했죠.

새로운 정치의
지평을 연
노무현

김연주 그럼, 자연스럽게 노무현 대통령에 대한 평가로 넘어가볼
까요?

신인규 민규 씨 말로는 교과서에서 DJ 대통령까지는 배웠다는 것
이죠? 학교에서 노무현 대통령은 아예 언급이 없겠네요.
그렇다면 이제부터는 살아 있는 리얼 역사를 배우는 셈입
니다. 어떠세요? 노무현 대통령은 다 기억나실 것 같은데.
저도 당시 대선 때 노란 풍선이나 돼지저금통 모금도 생각
이 나고요.

김연주 노무현 대통령은 저는 개인적으로 거침없는 언사나 1988
년 청문회 스타였다는 게 먼저 생각이 나요. 처음 대중들한
테 각인됐던 것도 5공 청문회였죠.

신인규 노무현 대통령은 아마 우리가 참여했던 토론 배틀 때보다 더 국민에게 깊이 각인됐을 거예요. 그때는 굉장히 유명했다고 들었습니다. 사람들이 청문회를 TV를 통해 다 봤죠. 그때 현대 정주영 회장도 청문회에 나왔어요. 말과 논리로 청문회에 나온 사람들을 완전히 제압했죠.

김연주 그 당시에 정계나 재계에 존재감 있는 분들이 청문회장으로 다 불려 나왔어요. 누구나 조심스럽게 대할 만한 그런 분들을 독특한 화법, 기존에 하던 방식과는 전혀 다른 어법으로 다그치니까 사람들의 시선이 집중될 수밖에 없었어요. 굉장히 관심을 끌었고, 청문회 자체에서 스타가 탄생했죠. 그런데 노무현 대통령은 화법이나 어법 때문에 재임 중에 비판도 받았어요. 그분의 언사를 부정적으로 보는 사람들도 많았죠.

신인규 가볍다고.

김연주 맞아요. 그리고 노무현 대통령에 관해 이야기하자면 지역주의 얘기를 안 할 수는 없는데, 이분은 선거에 나가서 많이 떨어졌어요. 아까 말한 것은 청문회 스타 때였고, 부산에서 YS에게 영입되어 국회의원 배지를 처음 달았습니다. 그런데 3당 합당이 되었을 때 YS를 따라가지 않았죠. 소수파로 남아 야당의 길을 걸었습니다. 이 점을 저는 굉장히 높이 평가할 만한 일이라고 생각해요. 노무현 대통령은 소신의 정치인이란 사실을 입증한 것이죠.

신인규 영남 베이스를 가진 정치인으로서 당시 민주당에서 정치하는 게 쉽지 않았을 거예요. 그러니까 선거에서 자꾸 떨어졌고, 그 때문에 인기를 많이 얻었고, 국민의 지지를 받았습니다. 그러다가 종로에서 보궐선거에 나가 당선되었는데 또 국회의원 배지를 버리고 부산으로 내려갔죠. 또 떨어지고 하면서 지역주의에 항거한 소신 있는 정치인이라는 평가를 많이 받아 DJ가 해양수산부 장관으로 임명하죠. 일종의 DJ 키즈가 된 셈이죠. 당시 업무 수행 평가도 좋았다고 해요. 그때 해수부 직원들이 노무현 장관하고 대화가 잘 됐다고 했어요. 권위주의가 강할 때였는데, 국장에게서 직접 보고 받으러 갔다고 하더라고요. 왜, 장관님이 여길 오시냐고, 제가 가겠다고 하니까 그냥 빨리 보고하라고 했다는 겁니다. 굉장히 실용적인 스타일인 거죠. 어쨌든 장관 수행도 잘했단 평가들이 있었고, 이후로 이분이 곧바로 대통령에 도전했습니다. 2002년도에 민주당에서 소위 국민참여경선을 처음 했을 때였죠. 근데 노사모(노무현을 사랑하는 사람들의 모임) 얘기를 뺄 수가 없어요. 노무현의 힘과 그 동력의 기반은 노사모라는 사조직이 뒷받침한 거죠.

김민규 처음으로 디지털이 선거 문화에 도입된 셈이죠?

신인규 그렇죠. 혁명적인 변화였습니다.

김연주 지금으로 말하면 페이스북 같은 거네요. 지금 페북으로 정치하듯이 그때는 온라인으로 노무현 대통령에 대해 칭찬하고 그랬어요. 노사모는 PC방에서 모였다고 그러더라고요. 지금은 상상이 좀 되지 않는 일이죠.

신인규 정치사에서 지역 베이스의 지지가 아니라 자발적 지지로서 팬클럽처럼 진행된 정치 모임은 노사모가 처음이었을 겁니다. 동서를 초월하는 최초의 모임인 셈이었죠. 그래서 정부 이름도 참여정부라고 노무현 대통령이 지으신 거고, 새로운 정치의 지평을 연 훌륭한 인물이라고 저는 감히 평가합니다.

김민규 저는 노무현 대통령 하면 딱 떠오르는 이미지가 밀짚모자 쓰시고, 손녀랑 자전거 타시는 모습이에요. 저는 노무현 대통령의 첫인상이 개인적으로 좋았어요. 역사를 쭉 봤을 때 대통령은 다 딱딱한 이미지가 강합니다. 문재인 대통령까지도요. 그런데 노무현 대통령은 그냥 딱 봤을 때, 동네 아저씨 같은, 동네 할아버지 같은 그런 매력이 있어요. 그리고 되게 개방적인 가치관을 가지고 계셨던 분이라고 생각되는 것이, 대통령이 평검사들과 직접 토론을 했다는 점이었어요. 제가 알기로 문재인 대통령은 반대했다고 하더라고요.

신인규 대통령이 직접, 체급이 전혀 다른 평검사들과 대화를 했죠.

김연주 그 당시에 유명한 말이 있어요. "이쯤 되면 막 가자는 거지요"라고.

김민규 그런 걸 보면서 권위주의를 내려놓은 분이라는 평가를 하게 됐어요. 그것 자체가 최근에는 쉽게 찾아보기 힘든 진보적인 행동이라고 저는 생각합니다.

신인규 탈권위의 상징이죠. 그래서 진보 보수 양쪽에서 열광하는 명실공히 한국의 대통령이 된 거죠.

김민규 요즘 젊은 세대들은 노무현 대통령처럼 연설하는 것을 보고 무척 좋아해요. 다른 정치인들과 다르니까요. 사투리 섞으면서 처음부터 끝까지 일관된 어조로 끝까지 밀고 나갔는데, 그것이 상당히 격정적입니다. 그러니까 연설을 읽지 않고 하는 거죠. 노무현 대통령의 전시 작전권 환수에 대한 연설은 안 들어본 사람들이 없을 거예요.

신인규 명언이 있었어요. "부끄러운 줄 알아야지."

김연주 연설은 평가받을 만했죠. 말을 잘한다기보다 잘 들리는 연설이라고나 할까.

신인규 연설 얘기 나오니까 그때 민주당 경선할 때 명연설이 있었죠. 남로당 장인어른에 대해 공격받을 때, 그랬죠. 아내를 버리면 믿어줄 거냐고.

김민규 "그런 아내를 제가 버려야 합니까"였죠.

신인규 굉장히 유명한 연설이었죠. 저 개인적으로 정치는 말과 글로 한다고 보거든요. 아무리 비전과 사상이 가슴속에 가득 차 있으면 뭐 해요. 표현이 안 되면 알 수가 없는데요. 표현력이 굉장히 중요하죠.

김연주 그 거침없는 표현력 때문에 호불호가 갈리기도 했지만, 정치와 외교는 말로 하는 것이기에 정치인으로서의 자질은 충분히 갖추었다고 보여집니다.

신인규 저도 정치인은 타고난다고 봐요. 이분이 정치 경력, 스펙으로는 당시 2000년도로 돌아갔을 때 상당히 약했거든요. 재선 의원 출신으로 장관도 했지만, 많은 선거에서 떨어져본 게 거의 전부였어요. 그런데 한방에 대통령이 될 수 있었던 것은 이분의 말과 글과 아까 언급한 몸에 밴 소탈함 때문에 대중에게 흡입력을 갖지 않았나 싶어요.

김연주 남들이 가지 않는 길을 갔다는 것이 근시안적으로 보면 왜 저런 선택을 하는지 의문이 들게 했지만, 큰 그림으로 봤을 때 결국 전혀 다른 운명을 펼쳐지게 했습니다.

신인규 노 대통령은 그런 상황을 의도한 건 아닌 듯싶고 자기가 가야 할 길이라고 생각했기 때문에 간 것으로 봐야 할 것 같아요. 선거에 질 줄 알면서 나간다는 게 굉장히 어려운 일이에요. 그런 게 모여 뒤늦게 평가가 이루어진 것이죠.

김연주 노무현 대통령의 죽음에 대해서는 어떻게 생각해요?

김민규 노무현 대통령이 서거하셨을 때가 제가 일곱 살이었을 때

일 겁니다. 제가 그날은 기억이 생생하게 나요. 되게 애들 같은 얘기긴 한데 그전까지는 죽음이 뭔지 몰랐어요.

김연주 그래요. 최초로 죽음이 뭔지 인식한 순간이 오죠.

김민규 어렸지만 죽음이 뭔지 딱 그 순간 알았어요.

김연주 저도 그런 적이 있었죠. 아, 저것은 죽음이구나!

김민규 저녁에 할머니랑 밥 먹고 뉴스를 보는데, 권양숙 여사가 돌아가신 노무현 대통령을 붙잡는 장면을 보았어요.

신인규 오열하는 모습을?

김민규 저 상황이 죽음이구나. 죽음에 대해 저는 그때 처음으로 인식했어요.

김연주 죽음에 대해 일찍 알게 되었네요. 저는 초등학교 3학년 때 죽음을 처음으로 인식했어요. 어렸을 때 봤던 정치적인 상황과 장면은 굉장히 오래 각인되는 것 같아요. 저의 경우에는 육영수 여사 피격 사건이 가장 충격적이었어요. 그때 봤던 장례식 장면이 아직도 눈에 선해요.

김민규 지금도 머리에 충격이 남아 있어요. 본론으로 돌아와서 노무현 대통령 이야기를 이어가겠습니다. 저희 세대 얘기를 조금 더 하자면, 저만 해도 어느 당이든 관계없이, 자기 진영은 옳고 남의 진영은 틀려, 이런 배타적이고 오만한 인식은 상당히 거슬립니다. 노무현 대통령은 보수 진영에서도 높이 평가하는 게 한미 FTA 체결입니다. 그때 자당 내에서도 반발이 굉장히 심했다고 해요.

신인규 맞아요. 진보 진영에서 반발이 심했죠.

김민규 반발이 그렇게 심했는데, 이게 옳은 길이니까 간다고 하고서, 때로는 다른 진영의 바른 목소리를 들으며 국정을 운영했다는 점은 굉장히 높게 평가해야 할 것 같아요. 개인적으로 봤을 때는 진보 정당에서 배출한 대통령 중에서는 가장 이상적인 정치 행보를 보였던 분이 아닌가 싶어요.

신인규 결국, 노무현 대통령이 이명박 대통령으로부터 공격을 받았을 때 자살이란 엄청난 결심을 한 것은 실은 고립감 때문이었던 것 같아요. 만일 공격당할 때 노무현을 지켜줄 정치적 세력이 있었다면 그런 선택을 하지 않았을 거라고 봐요. 그런데 모두 등을 돌린 이유가 바로 그 FTA 때문이었죠. 그것 때문에 자신의 우군들이 다 떨어져 나간 거예요. 이라크 파병도 있었지만요. 결정적인 것은 FTA였죠. 그것 때문에 노무현 지지자들이 나중에는 땅을 치고 통곡했죠. 문재인 대통령의 지지율이 떨어지지 않는 것도 진보 진영의 노무현 학습 효과 때문인 것 같아요. 우리가 등을 돌리면 문재인 대통령이 무너진다, 노무현처럼 문재인을 잃을 수 없다, 뭐 이런 생각인 거죠.

김민규 진중권 전 교수님의 의견을 차용하자면, 노사모는 팬 세력이고, 문재인 대통령의 지지 세력은 팬덤이라고 했어요. 후자는 정치인의 덕목이나 정책을 보고 지지하는 것이 아니라 연예인에 열광하는 모습이라고 봐야 할 것 같아요.

김연주 적절한 분석이라고 봐요.

기대를 저버린
보수 최악의 대통령
이명박

김연주 이명박 대통령 얘기를 좀 정리해보죠. 국회사무처에 비록
　　　사진이 걸려 있지 않지만요. MB는 초장부터 삐걱거렸던 것
　　　이 소고기 광우병 파동 때 사람들이 촛불을 들고 나왔어요.
　　　그리고 사과를 했단 말이죠. 처음부터 국민을 설득시키는
　　　데 실패했어요.

신인규 국민 설득에 실패했다?

김연주 사람들이 이명박이라는 인물에 대해서 가진 기대는 대기업
　　　에서 CEO를 지냈기 때문에 굉장히 유능할 것으로 봤다는
　　　거죠. 특히 경제에 기대감이 컸고, 뚝심 있고 추진력이 있
　　　을 것이라 믿었어요. 그런데 기대와 달리 여론에 휘둘리는
　　　일이 많았죠. 또한, 생각 없이 즉흥적으로 행동하는 것처럼

보이기도 했고요. 독도 방문이 그 대표적인 예라고 할 수 있습니다. 어차피 독도는 우리가 실효지배하고 있는데요. 지도자가 반드시 직접 나서야 할 필요성이 없는 일에 나서서 괜한 빌미를 제공했다고 할까? 2012년 한국과 일본 국민이 상대국에 대해 느끼는 인식에 있어 일본 국민의 한국 인식이 급전직하를 했죠. 결국 지도력의 발휘에 문제가 있었다고 봅니다.

김민규 저는 이명박 대통령이 사람들로부터 칭찬받는 부분이나 비난받는 부분이 하나로 귀결된다고 생각합니다. MB의 기업가적인 면모가 바로 그것이거든요. MB의 국정 운영의 전반적인 스타일이 제가 봤을 때는 기업가 스타일입니다. 예를 들어서 51이 이익이고, 49가 손해라면 기업가로서는 2가 이익이죠. 잉여가 나면 움직여야 하는 게 시장의 원리입니다. 이게 기업의 메커니즘인데 사실 국정은 그렇게 하는 게 아니죠. 여러 사람의 의견을 들어야 하고, 내 방식은 이것이지만 국민의 여론을 수렴해서 새로운 길을 열어야 하고, 여야의 말을 동시에 들어야 하고, 이런 순간에 결정적인 정치적 결단이 필요합니다. 경제적인 마인드로만 접근할 일이 아니죠. 결단력이 없지 않았나 하는 생각이 들어요. 하지만 저는 MB도 분명히 잘한 점은 많다고 봐요. 단적으로 봐도 그 당시 2008년이면 세계적인 불황이었으니까요.

신인규 리먼브라더스 사태가 왔을 때도 우리나라는 경제에서 호황을 유지했죠. 통화스와프로 위기관리 능력도 보였고요. 하지만 저는 MB가 아주 무능한 빵점 대통령이라고 봐요. 잘한 부분은 경제 부분이라고 할 수 있는데, 제가 깊이 있게 MB의 경제 정책을 논할 수는 없겠지만 그냥 무난하게 관리했다는 정도로 봐요. 칭찬받을 만큼의 경제적 성과를 냈다고 생각하지 않아요. MB를 제가 박하게 평가하는 이유는 뭐냐면 운하 때문이에요. 과하게 말하면 그분은 청계천으로 집권했어요.

김연주 그것의 확대 버전으로 대운하 사업을 펼쳤죠. 국토를 난개발했어요.

신인규 그러니까 청계천을 한 번 더 했거든요. 그것 때문에 국론 갈등도 매우 많았죠. 정치는 비전과 이념을 갖고 해야 하는데 말이에요. 그냥 청계천에 성공했으니까 운하 한 번 더 팔 테니 나 대통령 시켜달라는 식이었어요. 깊이가 없어요. 제가 볼 때 일단 그게 첫 번째 지적할 점이고, 두 번째는 이념과 철학의 부재예요. MB가 경제를 많이 안다고 하면 그냥 기재부 장관을 하는 편이 더 나았을 수 있죠. 세 번째는 보수를 궤멸시켰어요. 저는 그 이유가 계파 정치 때문이라고 생각해요. 비전과 철학도 없이 사람만 내세워 정치했고, 굉장히 교만했고 거의 칼잡이처럼 날뛰었죠. 그러니까 집권하자마자 2008년도 총선 때 같은 당 안에서 공천학살을 해버린 거예요. 친박들 입장에서는 학살을 당했기 때문에 그때부터 자기들이 살려면 친이를 죽여야 하는 상황에 몰렸어요. 쉽게 말하면 보수가 비전이나 철학 없이 계파 다툼하는 토양을 이분이 다 제공했다고 볼 수 있어요. 그러니까 대통령이 돼서는 안 되었던 분이고, 결국 지금도 탄핵만 안 당했다뿐이지 구치소에서 나올 수도 없는 상황이거든요. 사면을 받지 않는 이상 자력으로는 못 나와요. 그러니까 이게 본인에게도 비극이었고, 보수 전체도 이분으로 인해서 다 비극을 맞았습니다. 저는 이명박 대통령이 박근혜 대통령보다 더 못하면 못 했지 잘한 게 없다고 봐요. 솔직히 MB에게 미안한 말이지만 사람으로서 매력도 없어요. '내가 해봐서 안다'는 식인데 꼰대 마인드이고, 뻥튀기 장사한테 가서도 '내가 뻥튀기 해봐서 안다', 환경부 장관을 만나면 '내가 땅 파봐서 안다'는 식이었죠. 그리고 대통령 혼자 그냥 다 엉뚱한 결정을 한 거죠. 이때 대북이나 외교 정책 등 뭐 하나 잘한 것이 없어요. 냉정하게 보면 아무것도 한 게 없어요. 보수 대통령을 두고 이런 말을 하는 저도 솔직히 비참합니다.

박근혜—
개인 역량과 통치력 부재로
자멸한 정권

김연주 박근혜 대통령으로 넘어갈까요?

신인규 박근혜 대통령은 정권 재창출이 아니라 정권교체나 마찬가지였어요. 그만큼 MB가 국민들에게 매력이 없어 국민들이 정권교체를 원했어요. 박근혜는 실제로 MB 시절 자신의 계파를 공천학살로 잃고 야당처럼 탄압을 받았어요. 그래서 사람들은 박근혜를 야당 후보로 생각한 측면이 있죠.

김민규 저는 이분 때부터 기억이 또렷하게 납니다. 사실 어린 마음에 첫 번째 여성 대통령의 탄생이라 많이 놀랐어요. 정치인 박근혜의 행보를 거시적으로 평가하자면, 당 대표 시절이나 임기 초반에는 그렇게 못 하진 않았다고 봅니다. 그냥 무난하게 국정을 운영하다가 갑자기 어느 순간 빵 터졌죠.

결국, 국민들이 너도나도 촛불을 들고 광화문으로 모이기 시작했습니다.

신인규 촛불시위 때 저는 참여했었어요.

김민규 시작은 좋았는데, 뒤로 갈수록 문제가 심각해진 것 같아요.

신인규 고등학생인 민규 씨가 봤을 때 박근혜 정권이 어디서부터 어긋난 것 같아요?

김민규 국정농단의 주범인 최순실 씨 얘기를 안 할 수가 없죠.

신인규 십상시 문건이 나왔을 때부터 뭔가 망조가 보였던 거네요.

김민규 사실 망조의 시작은 시간을 조금 더 거슬러 올라가야 합니다. 국민이 제일 분노하기 시작했던 건 세월호죠. 국가가 국민을 보호하지 못했다는 것도 문제였지만 그보다 당시 보여주었던 대처가 거의 절망적이었습니다. 사고는 일어날 수 있지만, 그것에 적극적이고 능동적으로 대처해서 우리 국민을 어떻게든 살려내겠다는 것이 정부의 역할이자 당위 이죠. 국민의 생명과 국가의 안보, 이런 것들이 정치공학적 으로는 보수 정당의 비교우위여야 합니다. 국민은 정부가 지킨다는 확신을 줘야 하거든요. 거기서부터 어긋났어요. 세월호 참사 와중에 보톡스 주사를 맞았다느니, 영양주사를 맞았다느니 말들이 많았죠. 저도 그때 많이 분노했고 울었던 기억이 납니다.

신인규 황당한 얘기들이 많았습니다. 저는 세월호 사건 직후에도 얼마든지 기회가 있었다고 봐요. 대처를 못 하고 있는데, 최순실이 툭 튀어나왔단 말이죠. 물론 보수 언론과 당시 여당의 알력과 갈등도 한몫했다지만 충분히 위기를 막을 기회는 있었다고 생각해요.

김민규 여담이지만 제 개인적인 경험을 좀 나눠보려 합니다. 제가 중2 때 촛불 집회가 막 시작됐고, 그때 사회 시간에 탄핵소추권을 국회에서 발휘할 수 있다고 배웠어요. 오늘 학교에서 배웠는데, 집에 가서 뉴스를 보니까 탄핵소추권이 가결됐다는 기사들이 나오는 거죠. 또 헌법재판소로 넘어가 6인 이상의 재판관이 찬성하면 탄핵소추가 가결된다고 책으로 배웠는데, 얼마 뒤에 실제로 가결이 됐습니다. 책에서 배운 것을 눈으로 직접 봤던 거죠.

김연주 당시 정말로 역동적이었죠. 헌재의 판결로 대통령직을 계속 수행할 수 있을 것이란 말도 있었어요.

신인규 박근혜 대통령은 중도확장으로 집권했거든요. 그러니까 김종인, 이준석, 이상돈 교수를 영입해서 중도를 앞으로 내세우고 선거에서 이겼단 말이에요. 그런데 막상 요직은 박정희 시대 인물인 김기춘을 청와대로 데려왔어요. 그분은 대통령보다 열 살 위였고요. 막상 자신은 비선 조직을 돌렸죠. 경제민주화를 하겠다고 국민한테 표를 얻고서 당선되자마자 경제민주화는 폐기했어요. 김종인 위원장은 초반부터 함께 안 한다고 선을 그었고요. 이준석 대표님도 그때부터는 딴 길을 간 거고요. 사실 결별한 셈이에요. 대선에서 당선의 원인을 따져보면 여성 대통령이라는 것과 어르신들의 부채의식이 작용했다고 생각해요. 민주당 지지자가 문재인 후보를 찍어달라고 얘기하려고 시골 어머니에게 전화를 드렸더니 어머니 하는 말이, 그동안 네가 찍으라는 후보는 다 찍었다. 그러니 이번에는 내가 원하는 후보를 한번 찍어달라고 오히려 반대로 애원했다고 하잖아요. 죽기 전에 마지막 소원이라는 말도 덧붙였다고 해요. 왜, 박근혜 후보를 밀어줘야 하냐고 물었더니 이렇게 답하더랍니다. "아버지를 잃었잖아. 엄마를 잃었잖아. 결혼도 안 하고 혼자 살았잖아." 어르신들은 미안해서라도 대통령 한번 시켜주자는 것이었죠. 일종의 팬덤 정치라고 할 수 있을 겁니다. 그런데 문제는 박근혜 대통령이 역량이 부족했다는 거예요. 이런 문제점은 앞으로 보수가 반성해야 한다고 봐요. 이념도 없고 정치 철학도 없었죠. 팬덤으로 옹립한 것은 문재인 대통령도 마찬가지죠. 역량이 없는 사람을 과거의 부채의식을 탕감하려고 대통령으로 만들어 미안함을 씻은 거예요. 역량이 없는 사람인데요. 박근혜 대통령은 당선된 뒤에 자기를 당선시켜준 극렬 보수층을 보고 정치를 한 거죠. 빚을 갚은 거예요. 자신을 뽑아준 중도가 원하는 경제민주화를 버리고 자신을 밀어준 극렬 지지층만 보고 그들만 있으면 이긴다고 확신한 것이죠. 박근혜 대통령의 탄핵 때문에 운동권 세력에게 이니셔티브를 또 넘겨주었잖습니까. 그래서 지금 586 운동권 공화국이 된 거죠. 그 책임이 결코 작다고 말할 수 없을 겁니다.

김연주 인구 분포로 봐도 박정희 대통령에 대한 향수를 가졌던 사람들이 많았으니까 유권자의 선택에 영향을 미쳤을 것으로 봐요. 박근혜 대통령은 어머니가 돌아가시고 나서 퍼스트레이디 역할을 했고, 그것은 국정 경험이었죠. 또 이분이 정치인으로 변신한 뒤로 선거의 여왕으로 불리면서 선거를 잘 관리해 업적을 인정받아 대통령이 됐습니다. 저도 솔직히 말하면 개인적인 역량이 부족했다고 봅니다. '수첩 공주'라고도 했죠. 특히 청와대에 들어가고 나서 자기가 살아왔던 방식대로 너무나 협소한 삶을 살았던 거예요. 영국 갔을 때는 호텔 화장실 변기를 뜯어냈다는 비상식적인 일이 있었죠. 세월호 얘기도 했지만, 모든 것을 차치하더라도 지도자가 국가위기사태 때 너무나 적절치 못한 태도를 보였어요.

신인규 최소한이라는 게 있는 거죠.

김연주 그렇죠. 최소의 마지노선이라는 게 있는 것이죠. 식구가 무슨 일이 생겼다면 버선발로 뛰어나가는 게 인지상정인데 말입니다. 저도 그날 아침부터 텔레비전 보고 있었거든요. 배가 전복되는 과정을 다 봤어요.

신인규 당시 YTN에서 생중계됐습니다.

김연주 아침부터 생중계했어요. 대통령이 오후 6시쯤에 올림머리를 하고 나타나서 '아이들이 구명조끼를 입었는데 왜 구조가 어렵습니까'라는 말을 했죠. 아무리 자식을 낳아 키워보지는 않았다 하더라도 자식 키우는 부모들의 비통한 심정을 헤아리는 기본을 갖추었어야 한다고 봅니다.

신인규 이미 배는 다 가라앉았을 때였고, 대통령 본인이 사태의 심각성을 전혀 모르는 상황이라는 사실이 드러났죠. 국민이 불신할 수밖에 없었어요.

김연주 저는 앞으로 상당 기간 여성 대통령은 나오기 힘들다고 봅니다. 또 박근혜와 MB는 재판을 받으러 갈 때의 태도도 문제라고 봤어요. 전두환의 자기 집 앞에서의 이른바 골목 성명과도 비교가 됩니다. 그런 것조차 없지 않았습니까? 대통령직을 수행했던 사람으로서 국민에 대한 예의라든가, 최소한의 결기, 자기 목소리가 있어야 했다고 생각합니다. 사과를 한다거나 시쳇말로 찍소리라도 한마디를 해야 하는 게 아닌가요? 그럴 용기조차 없었다는 점에서는 비판받아 마땅하다고 생각해요.

신인규 무책임하다는 얘기죠. 저도 그런 면이 굉장히 실망스러워요. 마지막 순간에라도 잘못을 인정했으면 좋았죠.

김연주 너무 스킨십이 없었어요. 너무 외골수처럼 고립된 삶을 살았던 거죠.

신인규 두 대통령의 사면 얘기를 하는데, 대통령도 명분이 있어야 사면을 해줄 거 아닌가요. 박근혜 전 대통령은 끝까지 재판도 안 나갔거든요. 당연히 반성도 안 하고, 궐석 재판으로 최고형이 나온 거였죠. 악수 중 악수만 골라서 두었어요.

김민규 그 당시에 도의적인 책임을 지고 하야를 했어야 맞다고 봅니다.

김연주 저도 탄핵이 추진될 때, 그렇게 했어야 마땅하다고 봤죠. 정치적 결단을 해서 책임을 지는 모습을 보였어야죠.

김민규 헌법재판소가 박근혜의 파면 이유를 촌철살인으로 지적했어요. 제가 판결문을 읽어봤거든요. 국민들이 분노한 지점과 잘못한 것을 처음부터 끝까지 다 나열합니다. 국민주권주의 훼손했다, 대의민주주의 훼손했다, 헌법을 어겼다, 공무원 임명권을 남용했다, 언론의 자유와 생명권 보장을 위배했다, 이런 식으로 말이죠. 어린 저희들의 눈에도 시작부터 잘한 게 하나도 없고, 대통령 자격도 없었어요. 탄핵은 정당했다고 생각합니다.

신인규 박근혜 대통령이 자신의 임기 시절에 임명한 헌법재판관들이었거든요. 탄핵이 나오자 대통령 측에서는 헌법재판소를 공격했어요. 헌법재판소도 잘못됐다, 다 매수당했다, 이런 식이었어요. 아직도 탄핵을 부정해요. 매를 더 버는 겁니다.

죽음에서 비롯된
역사적 변곡점

김연주 일단 여기까지 정리해보죠. 오늘 우리는 전직 대통령들에 대한 나름의 평가나 생각들을 수다처럼 털어놓았습니다. 그런데 우리가 의도한 것은 아니었지만 좀 이상한 방향으로 흘렀어요.

신인규 이상한 방향이요?

김연주 네. 정작 우리들은 토론 배틀 출신인 보수의 전사들인데 진보에서 배출한 대통령들에 대해서는 너그럽고 칭찬 일색이었던 반면에 보수가 배출한 대통령들에 대해서는 혹독한 비판만 했다는 사실이죠.

신인규 아, 그랬나요?

김민규 그러고 보니 맞는 말씀이세요.

김연주 다행히 우리의 평가가 아전인수라는 평을 듣지는 않겠어요. (웃음) 어쨌든 MZ 세대의 정치적 감수성을 확인할 수 있는 귀한 시간이었습니다. 저도 함께 참여했지만 제가 MZ 세대를 지켜봤을 때 대한민국의 역사적 변곡점은 대체로 누군가의 죽음이었던 것 같습니다. 586세대의 변곡점은 육영수 여사의 죽음이라든가, 박정희의 죽음이었던 것 같아요. 물론 제가 우리 세대를 대표한다고 말할 수 없겠지만요. 그리고 MZ 세대에는 노무현의 죽음이나, 세월호를 통해 또래 학생들의 죽음을 손놓고 지켜봐야 했다는 점이 충격이 아닐 수 없습니다. 그것은 참으로 참혹하고 비통한 죽음이었죠. 박근혜 대통령의 탄핵이나 MB의 재판과 감옥행, 이것들도 엄밀히 말하면 죽음이라고 할 수 있죠. 아주 강력한 정치적이며 사회적인 죽음입니다. 저는 박근혜 대통령과 이명박 대통령에 대해 MZ 세대의 평가를 듣고 많이 놀랐어요. 저는 MZ 세대의 말에 동의는 하지만 저희 세대는 그렇게 칼처럼 날카롭지가 못한 것 같습니다. 물론 그것은 제 개인적인 성향일 수도 있지만요. 분명한 것은 역사에 대한 평가는 냉혹하고 냉철할 필요가 있다는 것이겠지요.

03

갈등 사회와 절차의 공정성

조국의 시간이 남긴
불공정의 폐허

김연주 제가 볼 때 조국 전 장관 사태는 보수와 진보의 문제가 아니라 도덕에 관한 문제예요. 가끔은 중차대한 사태가 진영의 정체성을 확인시켜줄 때가 있죠. 저는 조국 사태를 보면서 우리 보수가 무엇을 해야 하는지 각성하게 됐다고 봐요. 저도 그런 각성의 결과 조용한 중년의 삶을 뿌리치고 토론 배틀에 참전하게 되었고요. 조국 사태는 여러 층위를 가진 문제이지만 다른 무엇보다도 입시 문제입니다. 그래서 MZ세대의 막내이자 고등학생인 민규 씨가 먼저 말을 시작해보면 어떨까요. 학생이라 조국 사태가 피부로 느껴질 것 같아요.

김민규 당장 저만 해도요, 조국 사태가 터졌을 때 감정적으로 진영 논리를 대입해서 사안을 바라보는 것을 극도로 경계했습니다. 흔히 한국 사회의 '역린'으로 여겨지는 교육이라는 분야에서 누군가가 부당한 특혜를 받았다면, 그 사람의 당적이나 출신이 뭐가 중요하겠습니까. 조국 전 장관의 가족 입시 비리를 보면서 나는 보수 진영 사람이니까, 진보 진영의 위선을 심판하겠다, 이런 단편적인 논리로 거리에 나선 게 아니었거든요. 화가 났던 이유는 심각한 윤리적인 문제였습니다. 조국 사태에 대해서 분노한 이유는 이래요. 저를 비롯한 젊은 세대들의 정치적 발자취를 상기해보자면요, 보수 진영에 대한 반감 혹은 실망의 감정들을 기반으로 해서 박근혜 대통령 탄핵에 앞장섰고, 진보 진영에게 표를 몰아주었습니다. 그런데, 민주당 차기 대선 후보로 언급까지되었던 당시 조국 전 장관을 보니까, 암담하다 못해 한심했어요. 기회는 기득권을 가진 자들에게 선택적으로 평등했고, 과정은 자기들한테만 공정했고, 결과는 아주 부정의했습니다. 이런 분노를 가지고 젊은 세대가 거리로 나서니까 민주당에서 어떻게 나왔습니까? '우리 위대하신 조국 선생님에게 뭐라 하는 거 보니까 다 자유한국당과 한통속 아니냐, 젊은 세대가 심각하게 우경화된 거 아니냐.' 역으로 자기들이 진영 논리를 대입하기 시작합니다. 우리 빼곤 다 적폐다, 이런 오만방자한 마인드가 마음에 안 들었던 것이죠.

이런 극단적인 주장의 맥을 짚어보자면 제5공화국 수준의 논리입니다. '우리 각하를 어떻게 모함할 수가 있느냐. 민주화를 외치는 너는 빨갱이다.' 이런 논리와 다를 바가 없어요. 이성적으로 해명하고 사과할 거라고 기대했던 국민들의 기대를 저버린 거죠. 권력을 잡았으니 우리만 옳다는 구시대적인 담론이 공적으로 배척되어버린 대표적인 사례라고 봅니다.

신인규 조국의 부도덕, 조국의 말 바꾸기, 조국의 내로남불 등이 '공정 이슈'에 예민한 MZ 세대의 기본적인 정서를 건드렸다고 봐요. 공정에 대해서 젊은 층은 아주 민감하게 반응해요. MZ 세대는 능력 때문에 당하는 불평등은 참을 수 있어도 불공정은 절대로 용납할 수 없어요. 공정이 첫 번째였고, 다음은 교육 현장에서 발생한 사건이라는 점입니다. 그곳은 가장 공정해야 할 곳이란 말이에요. 더구나 우리 사회의 가장 큰 문제가 교육에 있거든요. 부동산 문제의 근원에도 교육이 자리 잡고 있습니다. 어디가 교육받기 좋은 곳이냐, 대치동이냐, 목동이냐, 이런 질문이 부동산 문제를 만들었어요. 교육의 영역에서 공정을 건드려 사태가 일파만파로 퍼져나갔다고 봐요. 더구나 조국 집안은 교육자 집안인데 도대체 말이 안 되는 일을 한 겁니다. 조국은 강단에서 제자들에게 바르게 살라고 가르치면서 자기 자식들은 편법으로 키웠단 말이에요. 의사는 한국 사회에서 모두가 선망하는 직업입니다. 남들은 피땀 흘려서 공부해도 못 가는데, 의대를 특혜로 갔다? 그러니까 여기서 도덕성의 기반이 무너졌다고 보는 것이거든요. 이것은 말도 안 되는 특혜이고요. 공정은 깨고, 다수에게 피해를 주면서 자기 자식에게는 특혜를 주었죠. 일종의 셀프 특권인 셈입니다.

김연주 공감합니다.

신인규 먼저 꼭 짚어야 할 점이 있어요. 현재 586은 더 이상 재야 세력도, 야당도 아니에요. 이것을 잊으면 안 돼요. 한때 독재 타도를 외친 멋진 진보 세력도 이제는 자기를 희생하면서 나라를 구하려 했던 저항세력이 아니라 이미 기득권화된 세력입니다. 자기들이 솔선수범해 노블레스 오블리주는 못할지언정 오히려 부도덕을 정당화했어요. 이것은 도덕이고, 또한 법의 문제입니다. 그런데 진보 기득권은 이것을 진영 문제로 만들어버렸죠. 그 과정에서 문빠들이 나섰어요. 그러니까 영락없이 조국 일가의 도덕성 문제는 증발하고, 문제가 진영 논리 속으로 빨려 들어갔습니다. 그 때문에 나라가 뒤집혔다고 봐요. 광화문 집회가 있었고, 맞불 집회처럼 서초동 집회가 있었단 말이죠. 이후 2020년 8월 5일, 7개월 만에 『검찰개혁과 촛불시민: 조국 사태로 본 정치검찰과 언론』이라는 제목으로 조국 백서가 출간되었어요. 저자는 김민웅 경희대 미래 문명원 교수, 전우용 한국학중앙연구원 객원교수, 최민희 전 국회의원 외 일곱 명입니다. 조국 사태가 검찰개혁의 문제로 둔갑했단 말이에요. 저는 둘은 다른 문제라고 봐요. 전형적인 프레임 싸움으로 문제의 본질을 왜곡했다고 보는 것이죠. 그러니까 조국 백서에 대항하기 위해 진중권 등 다섯 명의 인사들이 조국 흑서를 출판했어요. 조국 흑서는 출간되자마자 초판이 다 팔렸습니다. 어찌 보면 586들은 프레임 싸움의 기술자들이죠. 하지만 엉뚱하게 조국 사태는 진보 진영의 위선을 폭로하는 계기가 됐다고 봐요. 그들은 기본적으로 선민사상에 젖어 자신들만 선이고, 상대는 적대 세력이며 동시에 악이라고 규정한 것이죠. 그러니까 그들은 자신들만 항상 옳아요. 이것은 너무나 위험한 생각입니다. 이제 국민들은 그런 우월주의 내지는 선민사상이 싫은 것이죠.

김연주 주식에 투자할 때도 내부자 정보를 이용해서 거래할 수는 없어요. 그런데 지금 이 두 분은 교수란 말이에요. 자신들의 우월적 지위로 자식들에게 특혜를 주었어요. 아들이 미국 대학을 다닐 때, 아빠 엄마가 아들과 동시에 로그인해서 대리 시험을 봤다는 의혹까지 불거졌는데, 도대체 교수라는 사람들이 어떻게 그럴 수가 있을까 하는 생각이 들었어요. 요즘에 아이들 유학 보낸 집이 어디 한둘인가요? 그렇다고 그 부모들이 대리 시험 같은 부정을 저지르는 경우가 과연 얼마나 될까요. 미국에도 SAT나 ACT 등 우리 수능시험에 해당되는 학력 평가 제도가 있죠. 세계 많은 국가에서 시행하는데 나라마다 시차가 있기 때문에 그것을 악용해 정답을 공유하고 고득점을 취하려는 불법적인 경우가 과거에 종종 있었어요. 물론 전체에 비하면 극소수에 불과한 일탈이기는 하지만요. 상식적인 사람들이 과연 그런 선택을 할까요? 설사 일순간 유혹을 느끼더라도 그것은 너무나 부도덕한 일이고, 아이들의 미래를 오히려 망칠 수 있다는 것을 알기 때문에 대부분의 부모들은 양심에 따라 행동합니다. 따라서 매우 극소수만이 그러한 부정을 저지를 뿐이죠. 그런 관점에서 보자면, 학자로서의 양심을 들먹이지 않더라도 아들의 학교 시험을 대신 쳤다는 것은 이해하기 어렵습니다.

김민규 불법적으로 점수를 얻을 방법을 알았다고 해도 우리 같은 일반인들은 그것을 실행하기 쉽지 않습니다. 사람들은 각자 도덕적 마지노선이란 것이 있기 때문이죠. 물론 입시 비리 건은 사법적인 판단이 이루어져서 위법성이 입증되었습니다만, 더 나아가 그 이면에 있는 '공인의 도덕성'에 관한 논의도 필요하다고 봅니다. 조국 교수의 부도덕 문제에 대해서는 조국 교수를 두둔했던 유시민 작가도 따로 얘기해봐야 한다고 했어요.

김연주 사실 조국 사태 터지고 아이들한테 미안한 감정을 느낀 부모가 한둘일까요? 조국 부부처럼 못 해줘서 미안하다는 생각 말이에요.

김민규 불법이야 법으로 단죄하면 된다지만, 가시적인 위선과 편법에 뒤따라오는 연쇄적인 문제들도 너무나 큰 사안이었습니다. 말씀하신 것처럼 정신적인 충격도 그중 하나겠지요.

김연주 맞아요. 실상 애들이 어릴 때 외국으로 유학 보낸다고 안 좋은 시선으로 바라보는 분들도 있죠. 저도 아이를 유학 보냈었는데, 제가 도움을 준 것이라고는 방학 때 한국에 나오면 과외를 시켜주는 정도였거든요. 대부분의 부모들이 합법적인 경계를 지키고, 그걸 넘어갈 생각은 잘 하질 않죠. 그런데 학교 사회에서 먹고사는 점잖은 교수들이 그런 짓을 했다니…… 그것도 두 분 다 최고 대학에서 공부한 사람들이잖아요. 그런 사실이 더 큰 정신적인 충격을 주었다고 생각해요.

김민규 조금 더 근본적인 이야기를 하자면, 저는 조국 교수의 위법성도 문제이지만, '법무부 장관 조국'이라는 사람의 사법기관과 사법행위에 대한 태도도 문제라고 생각합니다. 한참 재판이 진행 중일 때 법원에서 판결이 나오면 법적으로 승복하겠다고 했거든요.

김연주 말도 안 되는 소리죠. 그럼, 대한민국 국민이 법원에서 판결이 나오면 받아들이지 않을 재간이 있어요? 더구나 그분은 한국 최고 대학의 법학과 교수 아닌가요? 그런 당연한 말을 왜 하는데요?

신인규 현재 2심까지는 유죄가 나왔고, 곧 대법원에서 확정판결이 날 것으로 예상합니다.

김연주 이런 상황까지 왔는데, 조국 교수의 태도가 굉장히 수동적이에요. 결론이 나면 마지못해 받아들이겠다, 텀블러 들고 머리카락 날리면서도, 카메라 앞에 꼿꼿하게 서서 미안하단 얘기를 한 적이 없어 더 화가 나더라고요.

신인규 학생 운동권 출신들은 선민사상에 젖어 사는 것 같아요. 그들의 머릿속에는 하나의 관념이 굳게 자리 잡고, 아직도 그런 생각이 뿌리 깊게 남아 있어요. 자기들은 악에 대해서 저항했던 선한 세력이고, 자신들에게 딴지를 거는 세력은 악이다, 자기들은 선의 계승자이고, 선은 자기들 전유물이라고 알아요.

김연주 선민의식이라 함은 선택받은 특별한 존재란 뜻이잖아요.

신인규 그런 의미죠. 그들은 자신들이 선의 편에서 선택된 존재라고 믿어요. 그렇지 않고서는 조국이나 현재 586 세력을 이해할 수 없어요. 만일 조국이 대법원에서 유죄판결이 나면 아마 이럴 겁니다. 재판이 잘못됐다. 또, 판사를 악의 편에

그들은 자신들이 선의 편에서 선택된 존재라고 믿어요.
그렇지 않고서는 조국이나 현재 586 세력을 이해할 수 없어요.

넣어야 자신이 선이 되는 것이니까요. 다음에는 법원 판결을 받아들인다고 해도 그것은 조국 교수가 선하기 때문에 대승적 차원에서 판결을 받아들이는 거라고 할 겁니다. 저는 그렇게 보고 있어요.

김민규 흔히 조국 교수를 옹호하는 진영에서는 '너도 마찬가지' 전략을 씁니다. 조국 자식들만 그런 것이 아니다, 자기가 쓴 논문에 자식 이름을 올리는 편법으로 명문대학 입학한 교수 자녀들이 한둘이 아니다, 나경원 아들은 서울대를 동원했다고 언론에 여러 번 나왔다.

김연주 의대 교수도 편법으로 자식을 대학에 보내 재판에서 유죄 판결을 받은 바 있죠. 소위 사회지도층에게는 보다 엄격한 도덕적 잣대가 필요하기에, 같은 일을 저질렀더라도 더 강력한 처벌이 마땅하다고 생각됩니다. 그리고 무엇보다 다른 이들도 같은 일을 저질렀다고 해서 조국의 행동이 정당화되는 것은 아닙니다.

김민규 저는 조국 사태가 한국 교육에 얼마나 막심한 폐해를 주었는지도 짚어봐야 한다고 생각해요. 이번 사태는 단적인 입시 비리를 넘어 상당한 사회적 파장을 야기했습니다. 고등학교에 재학 중인 학생으로서 당장 피부로 느끼는 현상들도 많습니다. 예를 들어 수시 입학 제도(정시 모집 전에 대학에서 입학생을 미리 뽑는 제도)에 엄청난 영향을 주었어요.

신인규 맞아요, 그것은 제 문제이기도 합니다. 제가 로스쿨 출신입니다. 로스쿨 제도도 일종의 수시 제도와 유사해요. 조국 사태 이후 로스쿨 입학의 공정성을 의심하는 시선이 많아졌어요. 그런 시선 때문에 사법고시 제도의 부활을 말하는 사람들이 많아요. 당장 홍준표 후보가 그 주장을 대선 공약으로 들고나왔습니다.

김연주 맞아요. 그런 폐해를 없애기 위해서 역으로 가는 거죠. 예를 들어 학교장 추천 제도를 통해 오지의 한 고등학교에서 100년 만에 처음으로 서울대에 한 학생이 진학했다고 칩시다. 저는 이런 제도가 교육의 평등 가치를 실현한다고 생각하거든요. 공부 잘하는 사람이 다 차지하는 것은 정당하다고 생각하지 않아요. 세금에는 누진세가 있고, 조직에는 여성 할당제가 있고, 기초생활보장 수급자에게 생계급여를 지급하는 것처럼 저는 교육에서도 분배적 정의가 실현되어야 한다고 봐요. 미국에서 정치적인 약자를 보호하기 위해 이런 제도가 있어요. 이것이 실질적 평등의 가치를 실현하는 일이에요. 장애인과 비장애인을 똑같은 출발점에서 뛰도록 하는 것이 반드시 공정한 경기는 아니란 말이죠. 더구나 이런 제도들은 진보적 가치를 담고 있습니다. 그런데 조국 때문에 이런 가치들이 의심을 받게 되었어요. 이런 상황에 대해 조국 교수가 입장을 좀 밝혔으면 좋겠어요.

김민규 선생님께서 비유를 잘해주셨습니다. 좀 과장해서 말하면 누진세가 정착되어가고 있는데, 탈세범들 때문에 조세 제도를 전면 개편해서 역진세를 내게 생겼어요. 그리고 한 가지 분명히 짚고 넘어가야 할 것이 있습니다. 수시 제도는 단순히 소외계층에게 혜택을 주자는 차원에서 시행된 것이 아니에요. 그러니까 엄밀히 말하면 누진세 역진세 비유는 완전히 적합한 표현은 아닙니다.

김연주 무슨 말이죠?

김민규 조금 전에 시골 학교 출신의 친구가 100년 만에 서울대에 갔다고 하셨잖아요. 그런 친구들의 실질적인 능력을 말씀 드리는 겁니다. 수시 제도가 보편화된 배경을 살펴보면요, 실제로 시골 고등학교에서 1, 2등 하던 학생들이 수시로 대학에 입학할 경우 특목고(특정 과목의 인재 육성을 목적으로 한 인문계 고등학교) 출신의 학생보다 1, 2학년 때는 성적이 뒤지지만 3, 4학년 때는 성적이 더 뛰어났다는 통계적인 결과를 바탕으로 확대 시행한 제도예요. 대학 입장에서는 추구하는 인재상이나 건학 이념에 따라 능력 있는 학생들을 선발하는 새로운 통로를 개척한 것입니다. 또한, 수시가 수능 때문에 파행적으로 운영되는 고등학교 교육을 정상화한 측면도 분명히 있어요.

신인규 대학 수시 입학 전형이나 로스쿨 제도는 더 발전해나가야 하는데, 조국의 뻔뻔함으로 인해서 이런 입시 시스템이 위기를 맞았어요. 사회의 믿음이 무너지는 바람에 사람들이 이런 제도의 공정성을 의심하기 시작했거든요. 변호사도 그래요. 사법고시는 정시 100퍼센트랑 똑같거든요. 성적으로 줄을 세워 끊어서 뽑는 거예요. 그렇게 했을 때는 다양한 법조인들이 나오지 못해요. 쉽게 말하면 가난하거나 장애가 있거나 탈북자 같은 소수자분들에게 법조인이 될 기회가 사라질 수밖에 없어요. 로스쿨은 이런 사람에게 기회를 주거든요. 이런 사람들이 조금은 다른 방식으로 이 사회의 발전에 이바지할 수 있을 것으로 봐요. 우리 사회는 이미 다원화되어 있고 앞으로 더 다양해질 수밖에 없거든요. 다양성의 가치는 이런 작은 것들이 모여 만들어진다고 봐요. 연주 선생님이 말씀하신 실질적 평등을 실현하는 길이기도 하고요.

김민규 저는 고등학생이라 입시 문제는 민감할 수밖에 없습니다. 당장 지난 3년간의 수험생활만 돌아봐도 그래요. 저도 수시와 정시라는 입시 제도를 두고 많이 고민했습니다. 그런데 고등학교 1학년 때 조국 사태가 터졌어요. 2년 전에 중간고사 준비를 하면서 친구들이랑 웃으며 했던 이야기가 기억이 납니다. 우리 아빠는 조국이 아니고, 우리 엄마가 정경심이 아니니까 새벽 2시까지 코피 흘리면서 공부를 해야 한다고 열을 냈죠. 조국 교수를 옹호하는 사람들은 '야당이 공세를 지속하는 것을 보니 수시 체계가 잘못'이라고 태도를 바꿨습니다. 불리한 사안에 대해서는 '적폐 세력이 만든 제도의 탓'이라는 뻔한 논리가 또 나오는 거죠. '인턴 생활이 그렇게 중요하냐, 표창장이 뭐가 대단하냐, 그것이 합격에 얼마나 영향을 미치겠냐?' 주변 어른들이 했던 이런 식의 얘기들이 현생 학생들은 듣기 무척 불편했어요. 조민 씨가 입학했을 당시는 지금과도 수시의 양상이 확연히 달랐을 때입니다. 지금보다 대입에 있어서 훨씬 살벌했던 시절이었어요. 생활기록부 장수나 외부 활동 내역으로 싸웠을 때였죠. '나는 40장인데, 너는 50장이네. 나는 작은 단체 봉사활동 했는데 너는 큰 기관 인턴 했네. 그럼, 네가 붙겠네.' 이런 식의 말이 오갈 때였어요. 그런 상태에서 표창장이 별것 아니라고 말할 순 없죠. 그런 얘기를 하는 분들은 교육 비리라는 이번 사안의 본질을 전혀 모르고 있어요.

김연주 입시에 아무런 영향을 주지 않았다면 조국 부부가 힘들게 표창장을 만들진 않았겠죠.

신인규 대학 총장의 표창장, 인턴 생활 몇 줄 같은 것들이 입시에 큰 영향을 끼친다고 생각해요. 그것을 중요하지 않다고 말하는 것 자체가 위선이라고 봐요.

김민규 저로서는 자괴감을 많이 느낍니다. 표창장이나 인턴 경험이 합격에 큰 영향을 주지 않는다고 가정해봅시다. 그런데 다른 한편으로 생각해보면요, 우리는 합격에 별 영향을 미치지도 않는 표창장이나 인턴 생활조차 할 수 없는 사람들인 거예요. 그런 점에서 허탈감이 심해진 겁니다. 수시라는 제도의 범위가 상당히 넓습니다. 서울대만 해도 학생부를 종합적으로 평가한다는 학종 전형, 실력 있는 재야의 고수들을 선발하는 지역 균형 전형, 저소득층 배려 전형 등 수시 체제가 이루어낸 성과나 표방하는 가치는 상당히 다원적입니다. 그런데 한 사람 때문에 이 제도들 자체가 폐단이니까 다 없애자, 이런 아메바식 논리로 나온단 말이죠. 흉기 살인사건이 났으니까 전국 칼 공장 폐쇄하라는 논리입니다. 대입을 준비하고 있는 저로서는 웃기기만 합니다.

신인규 그것 때문에 조국 교수에게 더 분노하는 거예요. 조국이 뻔뻔하게 버티는 바람에 우리가 쌓아온 이런 제도들에 대한 신뢰가 원점 타격을 받고 있어요. 쉽게 말하면 이것까지 다 무너지니까 조국은 더 가중 처벌받아야 하는 거죠. 그것이 저희들 입장에서는 더 화가 나는 거예요. 저는 로스쿨 출신인데 조국으로 인해서 의전원을 불신하고 있으니 그 때문에 저는 정말로 억울한 일이 생겨요. 당신 가만 보니까, 아버지가 판사셨던데, 네 아버지 힘으로 여기 들어온 거 아니지 않아? 그런 질문이 덤벼오는 거죠.

김연주 한 사람이 만든 불신 때문에 정정당당하게 살아온 사람들이 도매금으로 넘어간다는 거죠.

신인규 미꾸라지 한 마리가 우물을 흐려 흙탕물이 된 꼴이라는 거죠. 그 미꾸라지가 송사리였다면 그냥 넘어갔을 수도 있고, 우물이 금방 자정이 될 수도 있는데, 조국이라는 공적 책임이 막중한 공인이 그런 부도덕한 일을 저지른 거잖아요. 2017년부터 민정수석을 지냈고, 법무부 장관으로 임명까지 되었던 사람이죠. 그 전부터는 진보 진영의 핵심 인사이자 진보 아이돌이란 말이에요. 그러니 엄청난 영향력을 완전히 부정적으로 사용하고 만 셈이죠.

김민규 지금 교육계의 현황을 말씀드리자면, 생활기록부에 기관 이름을 못 적어요. 예를 들어서 내가 유엔 대사로서 모의회의에 배석했다, 그러면 유엔이라는 기관명이 빠져요. 아빠가 유엔의 고위 관료일 수도 있으니까. 몇 시간 봉사했다는 시간만 들어가요. 내후년부터는 대학 들어갈 때 자소서 (자기소개서)도 없어요. 수시 전형인데도 그렇습니다. 그러니까 자신의 학교생활과 생각들을 소개하는 글인 자소서에, 뭔가 불순한 의도를 가진 내용이 녹아 들어갈 수 있다는 논리예요. 저희 때부터 교사 추천서도 없어졌습니다. 추천한 사람이 친분 있는 사람일 수도 있으니까요. 그러니까 수시 체계 자체를 흔들고 있는 거죠.

신인규 보수와 진보의 차이가 뭐냐면, 우리는 우리 진영 사람이라고 해도 문제라고 지적하고 엄벌해야 한다는 얘기를 하지만 진보 진영은 조국을 감싸기만 한다는 거예요. 나경원 전 의원 사건에 대해서도 우린 같은 잣대를 들이대려고 노력하죠. 그러나 진보 진영은 전형적으로 '우리가 남이가?'처럼 진영 논리가 우선적으로 발동하는 거죠. 그것이 바로 문제의 핵심입니다.

김민규 조국 사태의 문제는 진영의 문제가 아니라 한국의 기득권 세력의 위선이 조국 일가의 비리를 통해 발현된 것이라고 봐요. 나경원 전 의원도 수사를 통해 위법성이 증명된다면, 저는 2년 전과 같이 분노로 거리에 나설 겁니다.

신인규 〈김어준의 뉴스공장〉을 열심히 들었어요. 저는 절대로 진영의 논리로 사고하고 싶지는 않거든요. 그런데 조국 사태가 터지고 나자 갑자기 김어준 씨가 조민 씨의 대변인이 되는 거예요. 변호사도 그렇게 변론 안 해요. 죄가 있으면 털 건 털고 가자, 그래요. 안 그러면 더 악영향을 주거든요. 조민 씨를 무리하게 변호하는 것을 보고, 그때부터 〈뉴스공장〉을 안 들어요. 저는 조국이 언론 시스템을 무너뜨렸다고 봐요. 조국이 뭐라고, 조국의 자녀 하나 구하려고 사회 제반 시스템을 다 무너뜨립니까.

김연주 진보 진영에서 이런 생각을 하는 것 같아요. 조국을 손절하면 청와대가 위험해질 수도 있다. 그러니까 조국은 조국이 아닐 수 있죠.

신인규 그것이 사실이라면 문제죠. 그렇다면 김어준 씨는 TBS 전파를 정권을 지키는 데 쓰려는 셈이죠. 사실 조국 사태는 아주 많이 일어나는 입시 비리예요. 비리를 감쌀 것이 아니라 여든 야든, 힘이 있든 없든, 죄가 있으면 감옥 보내면 되는 겁니다. 왜 이렇게 저항을 하는 거죠. 그렇게 저항하는 힘의 과시를 통해 재판에 영향을 주려는 것이죠. 제 눈에는 그렇게 보여요. 조국 교수가 죄를 인정하고 반성의 모습을 보이면 입시 제도에 영향을 주지 않았을 겁니다. 오히려 제도가 더 발전해나가겠죠. 저는 우리 헌법 체계 내에서 이런 정도의 국가운영을 원하는 겁니다. 무리해 엉뚱하게 진영의 이익을 챙기려다 보니 교육 시스템, 언론 시스템, 사법 시스템이 무너져 내리는 거죠.

김연주 김경수 전 도지사도 죄가 인정돼 직을 내려놓고 감옥에 갔어요. 저는 그것이 정치인다운 행동이라고 봐요. 법치주의 국가에 사는 사람들은 죄가 있으면 당연히 벌을 받아야죠.

김민규 조만간 대법원에서 결과가 나올 테니 기다려보죠.

김연주 맞아요. 정치 공작할 생각하지 말고 심판을 기다리면 됩니다. 항상 무리하려다 보면 똥볼을 차게 되죠. 솔직히 민주당 측에서 조국이 위험해지면 문 대통령이 위험할 수 있다는 불안 심리를 갖는 것을 어느 정도는 이해해요. 민주 진영에서는 자신들이 노무현 대통령의 손을 놓아버린 바람에 그가 쓰러졌다고 믿죠. 그것은 진보와 보수를 떠나서 가슴 아픈 일이에요. 한데 민주당의 입장은 조국에 대해서 이중적인 태도도 있지 싶어요. 이번 경선에 참여한 민주당 대선 주자들 중에서 이낙연 측은 조국과 절연하려고도 했으니까요. 이제 진보와 보수를 떠나 문제를 대승적 차원에서 풀어가는 마음의 여유를 가질 때가 된 것 같아요.

신인규 대선 때문에 쉽지 않을 겁니다. 선거는 문제를 풀어주기도 하지만 문제를 꼬이게도 하거든요.

김연주 저는 한국 정치가 이런 식으로 가면 안 된다고 생각하기에 답답해서 드리는 말씀입니다.

김연주 조국 사태는 MZ 세대가 당면한 절박한 문제와 비교해볼 때, 어찌 보면 아주 사소한 문제라고 생각해요. 공정의 가치를 훼손했던 측면에서 무시할 수 없는 사태이긴 하지만요. 그런 중요한 문제가 사소한 문제로 전락할 만큼 현재 MZ 세대가 직면한 상황이 심각해 보입니다. 저도 우리 자식들이나 그 친구들을 생각하면 괜히 미안하고 죄를 지은 것 같아요. 저나 우리 세대가 아이들 밥그릇을 빼앗은 것 같고, 그런 생각을 하면 그냥 마음이 아파요. 뭘 좀 해줄 수 없을까? 민규 씨는 고등학생이라니까, 저 친구는 앞으로 밥벌이 잘하려나, 그런 엉뚱한 생각이 들고 그래요. 혈기왕성한 젊은이들이 취직해보겠다고 몇 년을 혼자 감옥 같은 고시원에 처박혀 살고 있잖아요. 젊은 나이에 뭐 하는 짓이지? 청년인데, 연애도 한 번 못 하고 말이죠. 솔직히 이런 모습이 사람이 제대로 사는 거라 할 수 있을까요? 어떤 이유로도 그것은 너무나 가혹한 거예요. IMF 이후 양극화 문제는 MZ 세대의 빈곤 문제와 결이 좀 다르긴 한데, 저는 이 문제가 핵심이라고 봐요.

김민규 역사적인 맥락을 짚어보자면, IMF 때문에 양극화가 심해졌다고 하지만 그 훨씬 전에도 양극화는 굉장히 심한 상태였어요. 김대중 대통령이 집권하자 사회 전반적인 시스템을 디지털화하기 시작합니다. 그것이 하나의 현상이라고 할 만큼 강력하게 진행됐어요. 오늘날 IT 강국이란 타이틀은 그런 현상의 결과입니다. 하여간 디지털화 덕분에 공적이고 객관적인 정보를 전국적 표본 집단을 선정해서 데이터화할 수 있는 인프라가 구축된 것이죠. 그 때문에 이미 한국 사회에 산적해 있던 문제, 산업화 때부터 쭉 이어져왔지만 표면으로 잘 나타나지 않았던 양극화의 양상들이 수면 위로 드러나기 시작한 것이라고 봅니다. 정확히 말하면 수치들이 눈으로 볼 수 있게 되니까, 잠재해 있던 문제가 당면 문제로 부상한 셈이죠.

김연주 민규 씨는 역시 똑똑해요. 제가 괜히 걱정한 것 같아요. 자기 밥벌이는 충분히 할 것 같네요. 사실 민규 씨가 본질을 정확하게 봤어요. 현재 우리를 지배하는 디지털 문명만이 아니라 기계 문명이라는 것도 인간의 모든 문제를 분명히 인식하도록 할 때가 있죠. 그것이 때로는 우리를 불편하게 만들기도 하지만 때로는 모르고 넘어가면 안 되는 문제를 분명히 알려주기도 합니다. 양극화나 청년 문제는 그런 것 같아요.

김민규 보이지 않다가 점점 보이기 시작하니까, 사람들이 문제의식을 느끼게 된 것이죠. 양극화에 대한 인식을 진단하기 위해서는 MZ 세대만의 특성을 짚고 넘어가야 할 것 같습니다. 제가 개인적으로 평가하는 저희 세대의 특성은 '디지털 감수성'입니다. 디지털화 시대를 삶으로 겪은 세대인 만큼 다른 세대와의 차이점이 분명히 존재하는 거죠. 그 어느 때보다 이성적이고 합리적으로 사고하는 세대이지만, 역설적으로 이성의 공백을 부분적으로 채워줄 수 있는 감성적인 콘텐츠를 찾기 시작합니다. 이런 경향이 전 세대보다 부각된다고 봅니다. 인스타나 페이스북에 항상 그런 페이지들이 있습니다. 공감글귀나 위로글귀 같은 것들이 상당한 소구력을 갖고 상품성도 갖습니다. 이유는 모르겠으나 다른 세대들보다 공감력이 굉장한 것 같아요.

김연주 그러니까 아줌마들이 드라마 보고 우는 것 같은 거죠?

김민규 네. 저희는 핸드폰으로 호흡하는 세대니까, 페이스북이나

인스타그램 등에 반응하는 거죠. 그런데도 자기중심성이 강해요. 정말 나쁘게 얘기하면 이기적인 거죠. 보기에 상당히 모순적입니다. 하지만 자기중심성이 강하다는 것은, 다르게 말하면 타인의 처지를 자신의 모습에 투영하는 능력이 탁월하다는 것입니다. 그렇기 때문에, 옳은 것은 옳다, 그른 것은 그르다고 판단할 수 있는 나름의 정의관들이 각자 확고한 것이죠. 저는 조국 사태나 윤미향 사태, 최근에 일어나는 화천대유 같은 정치권의 부패를 보며 젊은 세대가 분노했던 것도 이런 점에 기인한다고 봅니다. 불의를 보았을 때, 입장을 바꾸어 생각해 화나는 지점이 있다고 판단하면, 앞뒤 재지 않고 거리로 뛰어나가는 겁니다. 누구보다 자기중심적이지만 누구보다 정의감에 사로잡혀 있다고 볼 수 있는 것이죠. 이런 특성을 이해한 채로, 우리 세대의 관점에서 양극화를 바라볼 때는 두 가지가 혼재된 것 같아요. 보편적인 예시를 들어보겠습니다. 삶을 영위하기 힘들 정도로 어렵게 사는 가족이 있다는 소식을 접하고 나면, 힘들어하는 그 가족들을 보고 굉장히 마음 아파합니다. 그런데 본질적으로 생각해보면요, 이런 문제는 복지정책의 강화나 재무구조 개편 등을 통해 정치가 해결해야 한단 말이에요. 젊은 세대들이 보았을 때, 보수 정당은 전통적으로 시장과 성장만 외쳐왔으니 그런 가슴 아픈 사안에 보수 정당의 책임이 크다고 생각하는 겁니다. 사람들이 굶어 죽어가는데 자기들 밥그릇 싸움 하고 있는 모습만 매체에 노출됩니다. 그러니까 여기서는 디지털 감수성을 보수 정당이 해결하지 못한 거죠. 지금까지 보수 정당이 젊은 세대에게 외면받던 이유도 '자신들만의 이성'만 외치며 가려운 곳을 긁어주지 못한 점에 있다고 생각합니다. 그런데 진보 정당의 문제는 다른 양상입니다. 보수 정당에 대한 대안 정책으로 내놓은 게 70년째 증세란 말이죠. 복지를 위한 증세를 단행하니, 아까 '자기중심적'이라고 했던 지점과 상충하는 겁니다. 나라에서 취업도 못 시켜줘, 학자금 대출 갚기도 힘들어, 그런데 그나마 아르바이트한 돈을 세금으로 뺏어간다? 이런 난관에 봉착하는 겁니다. 쉬운 설명을 위해 자기중심적이라는 표현을 사용했지만, 변론을 해보자면 어쩔 수 없는 상황인 거예요. 내 삶도 그만큼 팍팍하거든요. 양극화를 해소하기는 해야겠고, 그렇다고 없는 사정에 내 돈으로 하는 것은 고민의 소지가 있다는 거죠. 또한 MZ 세대는 합리적인 대안을 모색하는 교육을 중점적으로 받아온 세대입니다. 무조건 증세를 한다고 어려운 분들의 삶이 개선되지 않는다는 것을 충분히 알고 있는 것이죠. 세제를 새롭게 개편하고, 재무구조를 개혁해서 그분들에게 실질적인 혜택이 돌아가는 정책을 진보 정당이 합리적으로 설득해왔다면 지금처럼 외면받지는 않았을 거라 생각합니다. 이때 진보 정당은 MZ 세대를 설득할 만한 합리적 대안의 부재와 자기 중심성을 해결하지 못했다는 한계를 안고 있는 것이죠.

김연주 아르바이트하는 친구한테 나라가 세금을 얼마나 받겠어요. 오히려 세금을 크게 늘리면 그 친구가 혜택받을 가능성이 더 크지 않은가? 제가 따지자는 것은 아니고, 그냥 물어보는 거예요.

신인규 가난한 사람을 도와주고 싶지만 나는 손해 보기 싫다는 것이죠. 그냥 다 맘에 안 든다는 거죠.

김연주 왜 마음에 안 들고, 불만이죠?

신인규 '왜, 맘에 안 들고 불만이냐고 저한테 물었어요?' 이렇듯 MZ 세대는 그것도 불만인 겁니다.

김연주 알겠어요. 제가 뭔지 잘 몰라도 잘못을 한 것 같네요. 하여간 저는 기성세대로서 MZ 세대의 문제를 해결해주고 싶은 마음이 너무 간절하지만 실은 뭐라고 할까, 벽 같은 것이 느껴집니다. 우리 세대가 어른으로서 전향적인 자세를 가져야 한다고 봐요.

신인규 현재 MZ 세대의 상태는 모든 게 불만이죠.

김연주 불만 요소들을 하나씩 던져봐요.

김민규 공부하기도 힘들고요.

신인규 취직도 안 돼요.

김민규 연애를 못 하는 것도 불만이고요.

김연주 요즘 20대들은 연애 욕구가 없나 봐요. 젊은 사람들 소개팅 이런 것도 안 하는 것 같아요.

신인규 연애는 해도 문제고, 못 해도 문제죠. 돈도 직장도 없으니까. 유승민 후보가 MZ 세대와 대화를 하다가 매우 곤란해한 적이 있어요. 젊은 친구가 젠더 갈등 이해하시냐고 물었죠. 유승민 후보가 "이해하죠"라며 말을 예쁘게 했어요. 그러니까 양성평등 하겠다고 얘기했죠. 여가부를 폐지한다고 강하게 말했어요. 그런데 그 자리에 모인 젊은 친구들이 마음에 안 든다는 거예요. 양성평등이란 말 자체가 싫다는 거예요. 유승민 후보는 정치인인데, 당연히 양성평등이라는 단어를 써야죠. 대통령을 꿈꾸는 사람이니까요. 유권자가 반이 여자란 말이죠. 근데 반은 양성평등이란 단어를 쓰는 유승민 후보도 싫은 거죠. 그러니까 지금 MZ 세대들은 반페미니즘을 외쳐달라는 거예요. 그러나 저는 정치인의 언어는 누구를 반대하는 방향으로 가는 건 신중해야 한다고 생각해요. 지금 우리 사회는 양극단으로 가고 있어요. 균형이 필요해요. 어떻게 한쪽 주장만 들어요? 정치인은 균형 잡는 사람인데요.

김연주 우리 대선 후보 중에서 유승민 후보가 곤란해할 정도라면 모두 다 낙제 아닐까요.

신인규 그러니까 홍준표 후보가 좋다는 거예요. 그분은 반 페미니즘 외쳐주잖아요. 시원하다! 역시 홍카콜라! 그냥 시원하게 얘기하시죠. 시원하니까 오히려 소통이 더 잘 된다는 거죠.

김연주 양극화는 경제 갈등인데, 얘기를 그쪽으로 좀 풀어가보죠. 일단 불만 요소를 계속 진행해볼까요? 취업인가요?

김민규 저는 사실 아직 학생이라 취업을 몸으로 느끼는 것은 아니죠.

신인규 그래도 미래가 곧 다가올 테니까 걱정은 되는 거죠.

김연주 진학도 결국 취업이랑 연관되는 건데, 일자리가 없는 게 사실이고요.

신인규 부동산도 일단 걱정이 되죠. 제가 결혼하려면 집이 있어야 하니까요.

김민규 제 친구들로 세대가 조금 내려오면, 문제를 그렇게 크게 보지는 않는 것 같아요. 부동산을 못 사서 걱정이다, 분노한다, 취업을 못 해서 불만이다, 이런 것보다는 지금까지 견뎌온 삶과, 앞으로 살아가야 할 삶의 순간순간이 버거운 것 같아요. 그냥 산적해 있는 겁니다.

김연주 건들지 마! 선인장이네.

김민규 찌르는 게 아니라 엉뚱할 때 건들면 무는 겁니다. 기성세대가 실수한 지점을 시정하기 위해 우리 세대가 이렇게 삶을 포기해가면서 노력하고 있는데, 우리한테 왜 자꾸 책임을 전가하냐는 겁니다. 출산율이 낮은 것도, 취업이 어려운 것도 사실 저희는 객체이지 않습니까? 그런데 역으로 강요하는 게 많죠. 그게 불만인 거예요.

신인규 심지어 자신들을 MZ 세대로 묶는 것도 싫어한대요. 왜 당신들이 우리를 마음대로 분류하냐는 것이죠.

김연주 MZ 세대는 약간 정리가 안 되는 세대인 것일까요…….

신인규 문제는 앞이 안 보이는 거예요. 동굴에 있더라도 끝에 빛이 보이면 사람은 살거든요. 그걸 보고 따라가죠. 그게 인간의 생존 본능이란 말이에요. 근데 지금 우리 세대는 작은 빛조차 사라져버렸어요. 그냥 암흑만 보여요. 앞날이 깜깜해요. 저는 그래도 변호사 라이선스를 땄어요. 사람들은 제 먹거리는 해결된 것으로 알아요. 저를 그렇게 분류하거든요. 저는 그게 무척 불만이에요. 나는 그게 아닌데. 자꾸 그런 분류에 저를 넣어요. 저도 앞날이 막막하거든요. 진짜 막막해요. 그런데 아직 직업이 없는 제 친구들은 현실적으로 더 막막하죠.

김연주 너무 극단적인 답이라 눈물이 나네요. 그렇다 해도 살아야 하는데, 죽으면 안 되는데, 하지만 방법이 없어 보이네요. 이런 사회구조를 만든 기성세대의 한 사람으로서 정말 미안하고요. 이런 모든 것의 뿌리에 경제적 양극화가 도사리고 있을 겁니다.

신인규 당연하죠. 문제는 돈이죠. 사람 사는 게 돈입니다. 돈만 해결되면 결혼도 할 수 있고, 돈이 있으면 먹고사는 게 해결되니까요. 물론 돈이 전부라고 할 순 없지만, 삶에서 돈의 역할이 너무 커요.

김연주 맞아요. 우리는 자본주의 사회에 살고, 자본은 결국 좁은 의미의 돈이죠. 돈의 소유 여부가 한 개인에게 미치는 영향은 절대적입니다. 돈 벌려고 산단 말은 어느 정도 사실이죠. 먹고사는 게 죄다 돈이니까요. 솔직히 공부하는 것도 나중에 좋은 직업을 잡아 돈 벌려고 하는 것이죠. MZ 세대 얘기를 듣고 있으니 솔직하게 말을 하지 않을 수가 없네요. 더구나 코로나 때문에 돈이 너무 돌지 않으니까, 더 짜증이 날 것 같아요.

신인규 코로나 때문에 놀지도 못하니까, 스트레스가 풀리지도 않아요. 문제가 근본적으로 해결되지 않아도 한 번씩 놀아주면 맘이라도 풀릴 텐데. 그것도 못 하니까 분노가 하늘을 찔러요. 말씀하신 것처럼 경제적으로 암울하고요.

김연주 지금의 어른들도 마찬가지로 힘듭니다. 어쩌면 MZ 세대보다 더 어려울지도 몰라요. 돈은 없는데 자식들 눈치 보면서 살죠, 때로는 자식들이 캥거루족인 경우도 있고, 고령화 사회의 연로하신 부모님의 병 바라지를 해야 하는 경우도 많아요.

신인규 제가 변호사라 면접위원을 많이 다녔어요. 두 자리를 뽑으면 40명이나 지원해옵니다. 보수가 매우 낮은 자리인데요. 40명의 스펙을 제가 다 봤어요. 이런 현실을 어른들은 모를 거예요. 심지어 로스쿨 변호사 시험에 떨어진 사람이 왔다니까요. 두 명을 뽑으니까 38명의 지원서는 그냥 폐기되는 거예요. 그 사람들은 또 딴 데 원서 쓰겠죠. 또 훌륭한 사람이 한두 자리에 뽑히겠죠. 그런데 원서 한 장 써보세요. 얼마나 힘든데요. 서류 내고 자소서 쓰는데요. 정신이 진짜 없어요.

김연주 그러니까 청년들이 극단적 선택을 하는 경우도 있죠. 뉴스에 나오는 거 보면 방에 자소서가 100장씩 있었다잖아요.

신인규 아직 한참 어린 민규 씨를 보면 더 암담하단 생각이 들어요. 그래서 미안하기도 하고요. 사실 제가 누구를 위로할 형편도 아니에요.

김연주 경제 양극화는 꼭 우리 사회의 문제가 아니라 전 세계 모든 나라의 문제라고 할 수 있어요. 코로나 이후에 더 심해졌거든요. 돈이 돈을 버는 세상이니까 있는 사람들은 억만장자가 되는 거죠. 당연히 없는 사람의 비율은 더 늘어나고 형편도 더 어려워지죠. 돈이 그쪽으로 쏠렸으니까요.

김민규 없는 사람들은 더한 사각지대로 가는 거죠.

김연주 근데 우리나라의 체감 양극화는 더 심한 것 같습니다. 좁은

땅에서 워낙 피 터지게 경쟁하는 사회라 그렇죠. 경쟁주의, 실력주의, 1등 지상주의…… 대한민국, 우리나라에 유달리 이런 게 많아요. 미국, 일본 등의 경우를 봐도 우리만 하지는 않아요. 우리와는 좀 다른 세상 같습니다. 한국은 20인용 밥솥에다가 밥을 해놓은 걸 갖고, 나눠 먹다가 이게 미니 밥솥으로 바뀐 거죠. 그러니까 완전히 오징어 게임 세상이 된 겁니다.

신인규 〈오징어 게임〉이란 미니시리즈가 한국에서 나온 게 괜히 그런 게 아닌 것 같아요. 한국은 초경쟁사회입니다. 미국 사람들은 이렇게 죽기 살기로 경쟁하지 않아요.

김연주 뭐가 제대로 없는데, 나눠 먹어야 하니까 더 경쟁이 심해지는 거예요. 우리나라 사람들이 기본적으로 경쟁에 길든 국민인데, 너무 파이 자체가 작다 보니 더 힘들어요. 가장 심각한 문제는 취업, 즉 일자리 문제라고 생각됩니다. 스펙을 쌓는 것도 다 일자리를 위한 것이죠. 여러 제반 상황이 조금씩 좋아지고 사회적 갈등 요소들도 조금씩 완화되어야 전체적으로 풀릴 텐데.

신인규 면접위원으로 다녀보면 양질의 일자리가 없어요. 양질의 일자리도 없는 데다가, 질 낮은 일자리라도 있어야 먹고사는데 지금은 그것조차 막혔어요. 정치권이나 기성정치 세력이 마땅한 대안을 내놓지도 못하는 실정이고요.

김연주 지금은 다 공시생들밖에 없어요. 내가 아는 사람들도 죄다 공무원 시험 준비해요. 근데 전부 공무원만 해서 되겠어요? 돈이 없어 공무원 준비 못 하는 MZ 세대는 알바나 비정규직 일하고, 실상 비정규직이나 알바나 비슷한 말이지만요. 취업준비생, 알바, 비정규직…… 이렇게 나가다 보면 MZ 세대는 가난을 예약한 세대로 비치지 않을지요. 그들은 양극화 경제의 갈등을 취업 문제로 보고 있을 겁니다. 취업 문제와 관련해 문재인 정권 시절 가장 뜨거웠던 이슈는 인천국제공항공사, 일명 인국공 사태였을 겁니다. 그 얘기를 한번 해보죠. 정권 차원에서 비정규직을 정규직으로 전환해준 케이스인데요.

김민규 저는 그것이 상투적으로 이야기하는 역차별 문제였다고 생각해요.

신인규 인천국제공항공사에서 엄청난 숫자의 인원을 정규직으로 전환해 문제가 발생했죠. 당시 20~30대 취업준비생들이 모여 있는 한 온라인 카페에서는 인국공 사태를 성토하는 청년들의 비판이 쏟아졌어요. 20대 취준생들은 인국공 사태의 본질이 정규직화 과정에서의 불공정이라고 했어요.

김연주 대통령이 인천국제공항공사 인사에 개입해 비정규직이 시험을 보지 않고 정규직으로 전환했단 말이죠. 어쨌든 고용된 사람들은 불안한 고용 상태에서 벗어났어요. 그것도 적지 않은 숫자가.

김민규 그렇게 볼 수도 있겠으나 중요한 것은 과정의 공정성이죠. 결과로 과정을 호도하려는 시도로밖에 보이지 않습니다.

김연주 시험을 치지 않고 정규직을 양산했다?

김민규 단적으로만 봐도, 국가가 특정 공기업에 개입해서 비정규직을 다 정규직으로 전환해준다는 뉴스 기사보다, 공채 시험 TO를 늘렸다는 기사가 더 반가울 거라고 생각합니다.

김연주 제가 알기론 연봉 3,500만 원 정도인 보안검색원이라고 들었는데요.

김민규 그것이 앞서 언급한, 결과로 과정을 호도하려는 주장이라고 봅니다. 연봉이라는 것은 과정 이후에 주어지는 결과적인 수치이죠. 그 결과를 어떻게 취득하였는지, 그 사회적 맥락과 과정에 보편적 합의가 선행되어야 한다는 겁니다.

신인규 실제로 당사 국제공항공사 스펙 따려고 몇 년 공부하는 사람도 있다고 했어요. 그런데 대통령 말 한마디에 누군가의 노력이 물거품이 됐어요. 과연 MZ 세대가 그것을 받아들일 수 있을까요?

김민규 연봉이나 승진 기회 등을 볼 때 양질의 일자리라고 할 수는 없겠죠.

김연주 양질의 일자리는 아니라고 해도 비정규직에서 벗어났으니 고용은 안정화된 것이라 할 수 있지 않을까요?

신인규 국제공항공사는 비정규직들이 워낙 많이 정규직으로 변해 그들이 노조를 결성해 단결하면 임금체계나 승진 기회 등이 바뀔 수도 있다고 봐요.

김연주 그럴 수도 있겠네요.

신인규 정규직 전환을 반대하는 게 아니라 그것이 극히 일부에게 주는 특혜란 거죠. 전체 시스템이 좋아지거나 혹은 전반적인 일자리 질 향상으로 나타나는 게 아니란 말입니다. 저는 인국공 사태를 보면 문재인 정권이 MZ 세대의 분노를 모르는 것 같아요. 당시 김두관 의원이 '보안검색 직원은 공사 취준생들이 합격해 일할 분야가 아니고 몫을 빼앗는 것도 아니다' 이런 글을 페북에 올렸는데 사안의 본질을 모르고 한 말이라고 생각해요. 그때 이른바 '부러진 펜 운동'이 벌어졌어요. 뭐냐 하면 취업준비생들이 그동안 열심히 취업 준비를 했지만, 인국공 사태로 인해 상대적 박탈감을 느낀 나머지, 아예 공부를 중단한다는 일종의 항의 표시였죠.

김민규 평창동계올림픽 여자 아이스하키 남북 단일팀을 구성할 때도 문 대통령은 자신의 슬로건인 공정성을 훼손했습니다. 기회는 평등하게 주어져서 다 같이 노력했는데, 단일팀 형성이라는 외압으로 일부 선수들은 과정에서 중도 하차하게 된 겁니다. 과정도 없는데 결과의 정의는 논할 수도 없겠죠. 자료를 찾아보면 당시 20대는 문 대통령 지지가 아주 높았는데도, 급하고 무리하게 구성하는 단일팀을 압도적으로 반대했어요.

김연주 원래 IMF 이후 대한민국을 강타한 양극화와 경제 갈등에 대해 한번 얘기해보려고 했는데, MZ 세대를 위한 넋두리처럼 돼버렸네요. 하긴 현재의 절망적인 상황에 대해 무슨 답이 있겠습니까? 하지만 하나의 분명한 결론은 있는 것 같아요. MZ 세대는 어떤 가치보다도 공정의 가치를 중요하게 생각한다고 여겨져요. 옆의 친구가 정규직이 된다고 해도 그것이 공정의 과정을 통해 성사되지 않으면 손뼉을 칠 수 없다는 겁니다. 모두 수고하셨습니다.

김민규 네, 감사합니다.

신인규 다음 토론 주제는 뭐로 하죠?

김연주 청년들의 문제에 대해 본격적으로 다뤄보면 어떨까요?

신인규 좋습니다.

미니 인터뷰_즉문즉답 20
김민규

1. 혈액형은? *AB형*

2. 감명 깊게 읽은 세계명작과 인상 깊은 문장은? *어니스트 헤밍웨이의 『노인과 바다』, "사람은 파멸당할 수 있어. 하지만 패배하지는 않아."*

3. 어릴 때 꿈은? *파워레인저, 판사*

4. 이럴 때 어떡해요, 하고 정말 물어보고 싶은 사람은? *할머니*

5. 친구를 딱 한 명만 꼽으라면? *친구 같은 아버지, 김태성*

6. 가장 존경하는 인물은? *김도태 목사(유년 시절 교회 목사님)*

7. 가장 부끄럽고 후회하는 일? *가정 형편이 어려웠던 초등학생 때 야구부 시켜달라고 울면서 떼썼던 일*

8. 혼자 소리 내어 울었을 때는? *국제고에 입학해서 첫 중간고사를 망쳤을 때*

9. 다시 태어나서 직업을 가진다면? *요리사, 여행가이드*

10. 남들이 모르는 습관 한 가지? *커다란 베개가 옆에 있어야 잘 잔다.*

11. 내 인생 최고의 책은? *톨스토이의 『사람은 무엇으로 사는가』*

12. 고교 학창시절 제일 좋아했던 과목은? *고3 수험생은 모든 과목이 버겁다. 그나마 한숨 돌리고 싶을 때는 경제 공부를 한다.*

13. 알고 있는 유머 한 가지는? *내 부모님은 두 분 다 동안이다. 그런데 김민규는 아니다. 음수와 음수를 곱하면 양수가 된다는 수학적 명제를 귀납적으로 증명하는 삶을 살고 있다.*

14. 모든 판단과 선택의 기준? *원칙적인 이성과 요동치는 감성 사이 그 어딘가*

15. 어떤 사람이 가장 아름다울까? *스스로의 아름다움을 찾아가는 사람*

16. 고졸 출신이 행복하기 위한 조건? *지금은 중졸이라 해답을 제시할 수 없다. 다만, 중졸인 김민규도 행복하게 사는 걸 보면 학력이 행복의 충분조건은 아닌 듯하다.*

17. 한국에서 꼭 없어져야 할 법? *특목고 · 자사고 일괄 폐지 시행령, 임대차 3법(열심히 살아서 내 집 하나 장만하고 가끔 후배들 보러 학교에 놀러 가고 싶다.)*

18. 정치인의 최고 덕목은? *진정성, 부드러운 카리스마*

19. 본인의 이름으로 짓는 어머니에게 보내는 3행시.

    김 : 김치찌개에 따뜻한 밥이라도 먹여 보내겠다고 달콤한 새벽잠에서 일어나시던

    민 : 민들레같이 수수하고 강인하던 우리 어머니

    규 : 규울(?) 박스랑 용돈 봉투 챙겨들고 자주 찾아뵙는 자상한 아들이 되겠습니다.

20. 마지막 질문은 스스로 묻고 대답하기. *김민규의 삶을 지탱하는 동력이 있다면? – 사랑과 사람. 두 가지를 위해 살아왔고, 살아갈 것이다.*

04

청년이라는
이름의
원죄

대장동,
부동산,
MZ 세대들의 좌절

김연주 갑자기 대장동 사태가 터졌어요. 물론 어느 날 불쑥 터져 나온 것은 아니겠죠. 이미 휴화산 상태로 잠재되어 있다가 허공으로 터져 올라온 겁니다. 실상 오늘도 전국 곳곳의 개발 현장에서 이런 일이 암암리에 있을 것으로 추측됩니다. 어떻게 성남에서만 이런 일이 있었겠어요? 다만 그 규모가 이렇게 크지는 않겠죠. 수도권이 아닌 지역은 개발 이익이 이렇게 천문학적인 숫자는 아니겠죠. 지방의 경우 수도권보다 부동산 광풍이 덜 했으니까요. 하지만 문제는 그 내용을 정확히 알 수 없다는 사실입니다. 그 점이 아주 중요합니다. 새로운 정권이 들어서면 이 문제는 꼭 정리해야 할 것 같아요. 그럼, 이런 유추를 해볼 수 있지 않을까요. 우리는 지난 몇 년 동안 부동산 때문에 고통당했고, 지금도 고통당하고 있어요. MZ 세대는 엄청난 좌절을 경험했고, 인생에서 포기해야 할 것이 하나 더 늘었단 말이에요. 원래 상황도 그렇게 좋은 것은 아니었습니다. 결국 특정 집단이나 세력에게 그 엄청난 돈을 몰아주느라 대다수 국민이 고통을 받았나? 저로서는 이런 의문이 들 수밖에 없습니다. 도대체 국가는 무엇을 하고 있었나 묻지 않을 수 없습니다. 국가는 광의 개념이지만, 우리가 흔히 국가라고 하면 현재 권력을 쥐고 있는 정권을 말하는데, 정확히 말해 문재인 정권은 무엇을 했는지 묻지 않을 수 없는 것입니다. 앞선 정권이 박근혜 정권인데, 잘못이 있었다면 정권 바뀌고 고쳐 바로잡아야 하는 것이 아닌가요? 이렇게 비정상적인 토건 세력을 가만히 보고만 있었던 말입니까? 더구나 문재인 정권은 부동산 문제는 자신 있다고 장담했어요. 화천대유, 천화동인. 뭔가 대단한 회사 같아요. 이번 사태는 그렇지 않아도 부동산 때문에 좌절한 MZ 세대뿐만 아니라 모든 국민에게 말로 다 할 수 없는 깊은 상처를 주었을 겁니다. 더구나 불난 집에 기름을 부은 꼴은 곽상도 의원의 아들이 화천대유로부터 50억 원을 받았다는 사실입니다. 그 돈이 퇴직금인지 성과급인지 산업재해 보상금인지 약간 성격이 불분명해요. 이런 상황이 청년들을 더욱 열 받게 했을 겁니다.

그뿐이 아닙니다. 박근혜 탄핵 당시 박영수 특검의 딸도 화천대유에서 일하고 적잖은 대가를 받았다고 합니다. 곽상도, 박영수 이런 사람들은 토건세력이 아니라 소위 법조인들입니다. 그러니까 토건세력과 법조 권력이 묶여 있다는 것이 밝혀진 셈입니다. 이런 상황을 두고 유승민 후보는 우리나라 판검사들이 이렇게 썩었냐며 탄식했습니다. 유 후보는 기성세대입니다. 저는 그의 탄식에 깊이 공감합니다.

김민규 네, 저도 공감합니다.

신인규 정말 놀라운 일입니다.

김연주 경제적으로 너무 힘들어 많은 것을 포기해야 하는 MZ 세대가 느낀 절망감은 기성세대가 느낀 절망감과 비교할 수 없을 겁니다. 저도 MZ 세대의 엄마로서 말로 다 할 수 없는 굴욕을 느꼈습니다. 그들에게 너무나 미안합니다. 우리 세대가 이렇게 해먹는 바람에 MZ 세대가 힘든 것이 아닌가 하는 자괴심에 밤잠을 설쳤습니다. 도덕적인 경계선을 넘지 않고 하루하루를 살려고 노력했던 저희 세대 대부분도 비슷한 책임의식에 말할 수 없는 수치를 느꼈을 것으로 짐작됩니다. 아무튼 착잡한 마음으로 토론을 시작해보겠습니다. 제가 기성세대로서 이번 사태를 보고 억장이 무너져 넋두리처럼 약간 긴 말씀을 드렸습니다.

신인규 저는 화천대유, 천화동인 등 대장동 게이트가 한국 사회를 강타한, 단군 이래 최대의 토건 공공비리라고 봐요. 이번 사태의 핵심을 연주 선생님이 푸념과 함께 정확히 짚어주셨습니다. 먼저 청년층을 분노하게 만든 부동산 문제가 있고, 또한 권력과 결탁한 부정부패가 있고, 제일 중요한 것은 초호화판 법조인 전관들이 끼어 있다는 사실입니다. 한마디로 말하면 한국 주류층이 서로의 이익을 주고받는 카르텔을 형성했다가 터진 셈입니다. 그 폭탄에 여권의 대선 후보 이재명이 엮이면서 메가톤급으로 폭발한 것이죠. 이번 사태를 구체적으로 지적하면 특혜성 개발 방식입니다. 이재명식의 공공개발이 깨끗하고 공공에 이익을 준다는 논리잖아요. 과연 그것이 맞는지 점검해봐야 합니다. 왜냐면 우리나라가 앞으로도 개발을 계속해야 할 테니까요. 그 과정에서 부패를 어떻게 막을 것인지 문제를 논의해야겠죠. 이것은 원론적인 얘기이고, 문제의 핵심은 MZ 세대의 상실감이라고 봐요. 그 액수가 상상을 초월합니다. 곽상도 아들 곽병채가 받은 50억 원은 대장동 게이트 액수인 1조 원에 비하면 너무 작게 느껴질 정도입니다. 여야 모두 어느 정도 비리에 연루되어 있다는 씁쓸함을 주는 것이죠. 그러나 주된 책임은 어디에 있는지 가려야 합니다.

김연주 고등학생인 민규 씨의 느낌은 어떤가요?

김민규 수치에 집착하지 않으려고 노력했습니다만, 그렇다 쳐도

돈의 액수가 너무 자극적이에요. 로또 당첨으로도 얻을 수 없는 금액이 소수에게 갔으니까요. 그런데 제가 개인적으로 더 실망했던 지점은 여야의 대응 방식입니다. 제가 봤을 때 이번의 대응 방식이 조국 사태 때와 유사한 측면이 있어요. 주변에 진보 진영을 지지하는 친구들한테 대장동 사태에 대해 물어보면 이런 식으로 나옵니다. '이재명이 윤리적으로 문제가 될 수 있을지언정 당장 확인할 수 있는 위법성은 없다' 식의 뉘앙스예요. 지금의 김민규가 평범하게 앞으로 20년 산다고 하면요, 부동산도 못 갖고, 집도 못 사고, 취업도 힘들 겁니다. 그런데 여야 구별할 것도 없이 권력자들이 투기로 천문학적인 액수의 부당이익을 취한 겁니다. 그래서 요즘 친구들 사이에 '너도 화천대유 해라' 이런 농담이 유행입니다. 화천대유는 성공의 상징인 셈이죠.

김연주 화천대유가 성공의 상징이라니, 황당한 풍자이군요. 하지만 저는 MZ 세대의 마음을 충분히 이해해요.

김민규 정치권의 대응이 굉장히 미숙한 것 같아요. 젊은 세대들한테 분노를 살 수밖에 없도록 행동해요. 이재명 지사는 공공 개발로 이익을 환수했고, 드러난 위법이 없으니까 잘한 것이라는 피상적인 논리만 펴고 있습니다. 위법성의 문제는 차차 밝혀지겠죠. 지금 보이는 것은 꼬리뿐이고, 몸통은 드러나지 않은 상황이에요. 점점 윤곽은 드러나고 있습니다만. 제가 생각하는 정치권의 도의적인 책임은, 사법적인 판단을 내리기 전에 국민들에게 잘못했다, 정치적인 책임을 마땅히 지겠다고 약속하는 겁니다. 당장 50억 원을 받아 그 실체가 드러난 곽상도 의원과 그 아들이 보인 태도는 MZ 세대에게 말할 수 없는 좌절과 분노를 느끼게 했습니다. 특히 그분은 여당 인사의 자녀들의 저격수 역할을 했거든요. 지금까지 하셨던 말의 신뢰를 스스로 떨어뜨린 꼴이에요. 심지어 그의 아들 곽병채는 포르쉐를 타고 나타나 50억 원이 성과급이란 주장을 했죠. 화가 날 따름입니다.

김연주 저도 논평을 썼거든요. 인천에서 유리창 외벽 청소하다가 29세 청년이 떨어져 죽었어요. 일용직으로 첫날 출근했다가 49층 높이 건물에서 유리창을 닦고 내려오다 15층에서 보조 장치가 없어 떨어졌다고 합니다. 그런데 누구는 아토피, 이명으로 산재로 50억 원을 받았다고 했어요. 그런데 막상 산재 신청은 하지도 않았단 말입니다. 당연히 산재인가 의심을 할 수밖에 없어요. 더구나 그 친구는 골프도 치고 조기 축구회에서 맹활약했다고 하더라고요. 그러니까 곽상도 아들과 29세 청년과 비교된다는 말이에요. 불공정이란 말이 나올 수밖에 없습니다. MZ 세대는 공정 감수성이 아주 높은 세대입니다. 공정이란 거창한 말을 꺼내지 않는다 하더라도 누가 곽상도 아들의 말을 곧이곧대로 믿을 수 있겠습니까. 문제는 이런 현실에 대해 마땅한 개선책도 없다는 실정인 것이고, 부당하게 취득한 거액을 사회로 다시 환수할 방법도 없다는 것이지요. 이번 사건이 썩은 기득권 계층을 물갈이하는 계기가 됐으면 좋겠어요. 젊은 세대에게 너무 미안해 그런 헛된 희망을 품어봅니다. 그런 마음이라도 가져야 살 수 있을 것 같아요.

신인규 많이 속이 상하셨겠어요.

김연주 속이 상한 것도 있지만 젊은 친구들에게 미안해서 그러죠.

신인규 한국은 선진국에 진입했다고 하지만 아직도 이런 부패의 고리가 있는데, 우리가 선진국에 진입했다고 자화자찬할 수 있을까, 가끔 그런 생각을 해요.

김연주 부패의 고리가 엄청나요. 조사를 더 해봐야겠지만 규모가 점점 더 커지고 있어요.

신인규 합법적 사기꾼들이 활개를 치고 있는 겁니다. 어쨌든 이재명에 대해서도 캐다가 이게 나왔단 말입니다. 이번 사태를 통해 모순적인 구조가 다 드러났어요. 우리나라는 민주주의 30년을 했고, 오랜 산업화 기간을 통해 선진화가 됐는데, 시스템이 무력화됐다는 느낌을 받았어요. 게다가 비리에 대한 검찰 수사도 너무 무디게 진행되고 있잖아요. 국민들이 모두 비슷한 공황 상태를 느꼈을 것으로 봐요. 그리고 무엇보다도 수습이 잘 안 되는 상황이에요. 실은 수습할 능력이 없는 것 같고요. 우리나라 젊은 세대들은 진작에 근로 의욕을 잃어 일을 제대로 하지 못하고 있어요. 열심히 노력해도 안정을 누릴 수 없는 상황이니까요. 지금 대한민국 부의 불평등은 노력해 극복할 수 없는 상황이에요. 연주 선생님 세대처럼 적금을 붓고 열심히 일해서는 사회적인 성공을 만들 수가 없어요. 너무 높은 장벽을 뛰어 넘어갈 수가 없습니다. 그래서 젊은 사람들의 관심이 비트코인으로 간 겁니다. 부모에게 돈을 좀 얻을 수 있는 젊은 친구들은 부동산으로 간 것이고요. 지금 안 사면 나는 바보 된다는 마음으로 주식, 비트코인, 부동산 등에 매달렸죠. 그런데 대장동이 그런 노력마저 부질없다는 것을 보여주었어요. 특히 곽상도 아들 곽병채가 얻은 50억 원을 보면서 나는 절대로 안 된다는 생각이 팽배해지고 있어요. 부모를 잘못 만났다는 인식이 더 강해진 거죠. 그리고 이번 사태를 보는 관점을 한번 따져볼 필요가 있어요. 기성세대 전부는 아니라고 하더라도 많은 분이 대장동을 진영 문제로 보거든요. 우리 보수 내에서도 구보수 세력은 이재명 후보가 몸통이고, 이재명 후보가 나쁜 사람이라고 해요. 반면 이재명 후보 쪽에서는 곽상도 의원이 문제고 국민의힘 국회의원들이 토건세력과 손을 잡아 터진 게이트라고 보죠. MZ 세대는 이번 사태를 진영의 문제로 인식하지 않아요. 부패와 기득권 세력의 문제로 보거든요. 그러니까 젊은 세대에게는 여야가 따로 없어요. 보수 내에서 그런 관점으로 문제를 보는 세력이 신보수 쪽이에요. 실제로 당내에서 같은 편인데도 우리한테 이럴 수 있냐고 말해요. 저만 해도 입장이 분명합니다. 부패 기득권 구조에 대해서 자비는 없다, 이번 사태와 연관된 사람들에게는 다 책임을 물어야 한다, 미안함이나 동료 의식도 없다. 왜냐면 부패를 잘라내지 않고는 보수가 살 수 없기 때문입니다. 다른 무엇보다도 국민에게 큰 죄를 지었는데, 우리 편이라고 따로 봐줄 수 있는 상황이 아니에요.

김연주 민규 씨 친구들은 뭐라고 해요?

김민규 화천대유를 보면서 앞날이 어둡다고 하죠. 사회 진출도 못했는데, 이런 부정부패가 터졌습니다. 달리기 하려고 신발 끈 묶고 있는데 심판이 돈먹었다는 겁니다. 반면에 조금 긍정적인 친구들은 기회라고 말해요. 부정적 이익을 취한 소위 적폐 세력을 청산할 기회인 것도 사실입니다. 조금 전에 신 변호사님이 말씀하신 것처럼 이 문제 또한 진영의 문제는 아닌 것 같아요. 기득권 세력이 부당한 조직력을 기반으로 부정적인 이득을 취한 것입니다. 원칙대로 처벌하면 되는 겁니다. 저는 이번 사태가 기회라고 봐요. 부패 세력이 지금까지 쓰고 있던 추악한 가면을 찢어버릴 기회입니다.

김연주 수사 얘기를 좀 해볼까요? 부패 세력을 뿌리 뽑으려면 수사를 해야 할 테니까요. 수사는 검찰에서도 할 수 있고, 공수처에서도 할 수 있고, 경찰에서도 할 수 있겠죠.

김민규 그럼 굳이 특검을 주장하는 이유는 뭐죠?

김연주 이번 사태에 여당의 대통령 후보가 걸려 있어요. 그동안의 검찰 행태로 볼 때 과연 이재명 후보를 제대로 수사할 수 있겠느냐는 것이죠.

신인규 맞습니다. 검찰이 중립적인 입장에서 수사할 수 있을 것이냐죠.

김연주 힘들 겁니다. 현재 검찰이 중립적일 수가 없는 상태입니다. 그러니까 특검을 반드시 도입해야죠. 여야가 다 걸려 있으니까 특검으로 중립적이고 공정하게 수사해야 합니다.

김민규 특검 도입 가능성은요?

김연주 박범계 법무부 장관이 결정해야 한다고 들었어요.

신인규 상설특검법이 있어 장관의 판단만으로 오늘이라도 특검을 진행할 수 있죠.

김연주 저쪽에서 특검으로 김경수 경남도지사를 잃었어요.

신인규 여당이 쉽게 응하진 않을 거예요. 그래서 상당히 무력감을 느껴요. 지금 현실적으로 다른 카드가 없는 거예요. 그래서 매우 답답합니다. 저 같은 MZ 세대 입장에서는 곽상도 의원을 포함해서 문제가 되는 사람들은 싹 다 조사가 필요하다고 봐요.

김연주 당내에서 곽 의원을 옹호하는 세력도 분명히 있어요. 하지만 이준석 대표의 입장은 분명합니다. 부패 세력은 잘라버리고 가겠다는 것입니다. 우리가 제 살을 깎는다는 심정으로 하지 않으면 다 죽는 거예요.

신인규 검찰이든 경찰이든, 공수처든 특검이든 제가 볼 때는 아무 상관이 없어요. 그들은 모두 나라에 녹을 먹는 공무원들이고, 그곳은 사정 기관입니다. 그들에게 범죄자들을 잡으라고 국민이 월급을 준단 말이죠. 그런데 이들을 못 믿겠어요. 이게 불행입니다. 저는 그 책임이 추미애 전 법무부 장관에게도 있다고 봐요. 그 뒤에 문재인 대통령이 숨어 있었고요. 그런 것들이 누적되어 불신을 만든 것이죠. 이게 누적돼서 아무도 못 믿는 불상사가 난 겁니다. 우리 입장은 단호해요. 누구라도 공명정대하게 밝혀주면 됩니다. 본질적으로 수사 주체보다 실체적 진실에 관심을 가져야 해요. 불행하게도 지금 검찰과 경찰이 실체적 진실을 밝혀주리라는 기대 자체가 사라진 것이 문제이지만요.

김연주 밝혀질 것 같진 않아요.

신인규 저는 여야가 진실을 밝히는 데는 관심이 없다고 보거든요. 냉정하게 말하면 여기 모인 우리는 기득권 밖에 있어요. 하지만 안에 있는 사람들은 누가 날아가면 자신에게 불똥이 튀니까 진실이 궁금한 게 아니죠. 또한, 그들은 대선의 유

불리만 따져요. 그러니까 기득권자에게 진실이 중요하지 않을 수도 있어요. 저희는 이런 접근법에 분노하고 있는 겁니다.

김연주 정치권에서는 그런 태도를 보일 수가 있어요. 정권 쟁취가 중요한 일이니까요. 제가 볼 때 문제는 검찰입니다. 우리가 흔히 검찰은 중립을 지켜야 한다고 말하잖습니까. 검찰은 누구에게도 휘둘리지 않고 제 할 일만 하면 됩니다. 이것이 검찰개혁의 요체죠. 그런데 이 정부 들어서는 검찰개혁을 한다지만 순전히 자기편 들어줄 검찰을 만든 것 같아요.

신인규 그러니까 특검을 해야죠.

김연주 저는 특검해야 한다고 봐요. 민규 씨는 어때요?

김민규 저는 이렇게 생각해요. 회초리로 맞을 것이냐, 몽둥이로 맞을 것이냐? 전자가 검찰이나 경찰 수사이고, 후자는 특검이겠죠. 여야의 처지에서 각자 보자면 서로 다칠 사람이 다릅니다. 야당에는 곽상도 전 의원 혹은 국회의원 몇 명 되겠지만 여당은 이재명 대통령 후보란 말이에요. 급소를 방망이로 때린다고 하는데, 잘못 맞으면 정권을 넘겨줘야 할 판이란 말이죠. 그래서 여당에서는 특검을 받을 수 없죠. 하지만 급소라고 할 정도의 '부정의 아킬레스건'이 있다면, 회초리든 몽둥이든 모든 것을 동원해서 적폐라는 괴물을 쓰러뜨려야 한다고 봅니다.

신인규 냉정한 평가예요. 둘 다 자기 이익을 챙기죠. 검찰은 직업 공무원이라 미래 권력의 눈치를 보지 않을 수가 없어요. 하지만 특검은 달라요. 특검은 검찰과 달리 미래 권력에 대해 좀 자유로워요. 그러니까 특검으로 하자는 것이죠.

김연주 우리나라가 갈수록 일자리가 줄어 기회가 없는 나라가 돼
버렸어요. 취업 문이 너무 좁다 보니까 그런 생각이 들어
요. 인구는 줄고 있는데 경쟁률은 더 높아지는 그런 상황이
되는 거죠. 그러다 보니 MZ 세대가 엄청난 스펙을 가진 거
예요. 그래도 괜찮은 일자리는 없고요. 제가 볼 때 기득권
을 가진 사람들이 위에서 꽉 누르고 있어요. 밑에서는 그걸
뚫고 올라가려니까 더 큰 힘이 필요한 거죠. 그래서 고스펙
사회가 만들어졌죠. 스펙은 엄청난데 사회에 나와서 얻을
수 있는 과실이나 혜택은 점점 더 줄어든 거죠. 신 변호사
도 예전 같았으면 먹고살 걱정은 안 하고 살았을 거예요.

김민규 말단 공무원 하나 뽑는데 박사 학위 소지자가 지원하는 세

상입니다.

김연주 저도 그런 기사를 보고 무척 놀랐어요. 뭔가 맞지 않는 그런 현상이 일반화된 지가 꽤 됐어요. 모두가 너무 높은 경쟁에서 비롯됐죠. 과도한 경쟁사회이고 입구가 좁으니까. 나도 뭘 좀 많이 가져야 좁은 문을 통과할 수 있다는 생각에 악순환이 계속되고 있다고 봐요.

신인규 절망스러운 일인데, 나아질 기미가 없죠.

김연주 나아질 기미는 전혀 안 보이고 갈수록 더 강화되고 있어요.

신인규 그래서 애를 또 못 낳는 거죠.

김연주 맞아요. 그렇게 연계가 된 문제예요. 그런 상황인데 자식을 어떻게 낳아요.

신인규 제 생각에 민규 씨 때는 더 힘들 거예요. 경쟁이 점점 더 심해져가니까요. 인구가 줄면 경쟁이 느슨해져야 하는데, 오히려 일자리는 차츰 줄어요. 왜 그럴까요? 기계가 사람이 들어가야 할 일자리를 빼앗아 가요. MZ 세대는 아무리 스펙을 쌓아도 취업을 할 수가 없어요. 직업이 없으니까 돈도 없고 의욕도 없는 겁니다.

김연주 그런데 신인규 씨는 직업이 변호사란 말이죠. 변호사가 취업을 걱정한다는 것은 기성세대에게 잘 와 닿지 않아요. 그런 풍문을 언뜻언뜻 듣긴 했지만요. 또한, 변호사가 경제적인 이유로 결혼을 못 한다면 과연 독자들이 상상할 수 있을까요?

김민규 저도 연주 선생님 말씀에 동의해요. 그럼, 저 같은 고등학
생들은 어떤 직업을 선택해야 할지 방향을 잡을 수 없네요.

신인규 사람들은 변호사라고 하면 죄다 화천대유에 등장하는 그런
사람인 줄 알아요. 변호사도 둘로 나누어 봐야 합니다. 우
선 고위급 검사나 판사 출신의 전관 기득권 출신 변호사입
니다. 혹시 예전에 노무현 대통령을 수사해 유명해진 홍 모
검사라고 알아요?

김연주 알죠.

신인규 그는 동양그룹, STX, 솔로몬저축은행 등 보통 변호사는 쉽
게 맡을 수 없는 재벌 총수 사건을 처리했어요. 그 때문에
퇴임 당시 13억 원이 전부였던 재산이 열 배 이상 불었답
니다. 개업 1년 만에 100억 가까이 매출을 올렸다고 해요.
결국, 그도 법조 비리로 후배 검사들의 손에 넘겨졌지요.
이번 대장동 사태도 마찬가지잖아요. 그 사건에 이름을 올
린 사람들은 죄다 전관 법조인들입니다. 그들은 전관이란
스펙이 있고, 그것을 장착하면 변호사라도 급이 달라져요.
전관들이 돈이 되는 것들은 죄다 먹어버리죠. 전관들은 일
하지도 않으면서 돈을 먹는 겁니다. 그것도 상상할 수 없는
금액을 말입니다. 또 다른 변호사들은 재야에 길러져요. 전
관이 아닌 저 같은 지방대 출신의 변호사들은 할 일이 없어

요. 돈이 되는 일을 비롯해 약간 허드렛일까지 전관이나 좋은 법무법인에서 다 가져가요. 저희는 할 수 있는 게 없는 거죠. 그런데 변호사가 욕을 먹을 때는 저희도 도매금으로 함께 먹는다니까요. 정말 억울하죠. 이런 양극화는 변호사 쪽만 있는 것은 아닐 겁니다. 방송국도 마찬가지일 겁니다.

김연주 있죠. 어디라고 없겠습니까? 저도 토론 배틀에 참여하고 정치 현장에 뛰어들면서 생각을 많이 했어요. 여행이나 다니면서 중년의 삶을 그냥 즐길 수도 있었어요. 강남에서 여자들끼리 모여 앉아서 담소로 시간을 보낼 수도 있을 것이고요. 그런데 이 사회가 잘못된 방향으로 가고 있을 때, 좀 보탬이 되어야겠다 하는 처절한 책임감에서 나온 거예요. 제가 어제도 오늘도 그런 생각을 했어요. 지금 여기서 뭘 하는 건가? 자꾸 이런 자각을 하게 되는 겁니다. 그러다 보면 분명히 제가 이 사회에 보탬이 되는 부분이 있을 것으로 믿어요. 중년의 책임감, 의무감으로 투신했어요. 그런 저의 순수한 마음을 이해해주시기를 바랍니다. 방송인으로 활동했던 저의 과거를 다 부정할 수는 없는 거죠. 그럼, 왜 정치에 투신하는데 보수 쪽인가 하는 문제가 남아요. 저는 조국 사태를 주목해서 지켜봤어요. 제가 생각할 때 진보가 공정의 가치를 깼다고 봐요. 그래서 보수에 투신한 거죠. 이번에 대장동 사태도 마찬가지고요. 저는 곽상도 의원의 아들이 잘못했다고 공격했어요. 전관 변호사들도 잘못했다고 생각해요. 그들은 공정의 가치를 어겼습니다. 약간 주제에 벗어난 얘기일 수도 있는데, 조금 전에 전관 변호사 얘기를 하니까, 제가 괜한 생각이 들어 한마디 했습니다.

김민규 기득권의 법률적 정의는, 특정한 자연인 또는 법인이나 국가가 정당한 절차를 밟아 이미 차지한 권리입니다. 제 개인적인 생각은, 기득권자 자체에게 화가 난 것이 아니라 그들이 기득권을 이용해 이익을 독점하기 때문에, 사회적인 세력이나 권력을 투명하게 얻을 수 있는 계층 이동의 사다리를 걷어찬 점을 비판하는 것이라고 봅니다. 그렇지 않아도 기술 혁신으로 일자리가 줄어들고 있는데, 특정 세력이 사회적 가치를 독점해 공정하지 못한 방식으로 분배하는 것이 문제입니다.

신인규 현재 안락하신 분들이 있죠. 우리 사회에서 몇 퍼센트인지는 모르겠어요. 이런 분들은 이것이 당연하단 생각을 버려야 합니다. 노블레스 오블리주까지는 안 해도 군대 가고 세금만 꼬박꼬박 내줬으면 좋겠어요. 결국, 삼성도 편법으로 세금 피할 생각 하지 말고 정상적으로 내라는 겁니다. 젊은 세대들은 특혜에 굉장히 민감해요. 그들은 기본적으로 자신도 특혜를 받아 성공하길 원하지 않아요. 그럼 뭐냐? 공정한 기회를 폭넓게 제시해주면 돼요. 기회를 폭넓게 거의 남발 수준으로 해주었으면 좋겠어요. 그렇게 하려면 기성세대가 기득권을 일정 정도 내려놓아야 해요. 자신이 가진 파이를 나누어준다는 생각으로 말이죠. 하지만 제가 경험한 기성세대는 전혀 자신의 소유를 내려놓을 생각도 하지 않고 뒷세대를 위해 자신을 희생하고 기회를 만들 생각도 하지 않아요.

김연주 저는 심각한 책임감을 느끼고 젊은 세대를 보면 마음이 아파요. 하지만 기성세대에게 희생하란 말은 쉽지 않아요. 이 세대들도 힘겨운 시간을 지나 이제 겨우 받아먹을 수 있으려나 했는데 어떻게 그것을 또 내놓으려고 하겠어요. 희생은 강요할 수 없다고 봐요.

신인규 저도 희생이 힘들 거라고 봐요. 하지만 희생하지 않으면 저는 공멸할 거라고 봐요. 연금을 보세요. 애들이 없는데, 어떻게 연금이 유지되겠어요. 또한 현재 상황이 이어진다면 심각한 사회적 혼란이 일어날 수도 있을 겁니다. 양보하지 않으면 전부를 잃을 수도 있습니다. 잘못하다가는 우리 공동체가 무너질 수도 있다는 우려가 듭니다.

김연주 정말 어려운 문제군요. 스펙 얘기가 여기까지 왔네요. 화제를 바꿔 MZ 세대 입장에서 대선 주자 두 분의 스펙을 한번 비교해볼까요? 우선 이재명 후보는 공장 노동자 출신에다가 법학과를 나와 변호사가 됐습니다. 엄청난 입지전적인 인물인 것은 분명해요.

김민규 만일 제가 지지난 대선 때 유권자였다면 아마 이명박 후보에게 투표했을 겁니다. 그렇다 해도, 어렸을 때 어머니랑 뻥튀기 장사를 하면서 힘들게 살았던 것이 이유였을 것 같지는 않아요. 입지전적인 정치인은 그분들의 어려웠던 삶의 과정이 매력적으로 다가오는 건 맞아요. 노무현 대통령 같은 경우에는 고졸 출신의 인권 변호사가 경선을 통과하고, 또 갑자기 부상한 정몽준 후보와의 단일화를 통해 다시 자신의 존재감을 부각하고, 그러다가 정몽준 후보의 경선 불복종 선언으로 곤경에 빠지죠. 하지만 이런 우여곡절을 밟고 우뚝 일어나는 승부사의 모습을 유감없이 보여주었습니다. 그런 과정마다 감동의 드라마가 있었습니다. 그런 스토리를 비롯한 복합적인 요인들로 인해 후기에 지지율이 급등하였고, 대통령이 됐단 말이죠. 저는 우리 국민들이 학벌이나 특정 스펙과 같은 단편적인 가치로 늘 정치인을 판단하지는 않는다고 봐요. 국민이 대통령을 선출할 때는 삶을 총체적으로 파악할 수밖에 없는 것이죠. 서울 법대 출신인 윤석열 후보는 9수로 사법고시에 합격했다고 합니다. 아버지가 대학교수이고 넉넉한 집안의 아들이었습니다. 9수를 했다는 사실이 윤 후보님의 가정 형편을 말해주고 있죠. 그런 점을 봤을 때 이재명 후보와 극적인 대비가 일어난다고 할 수도 있을 것 같아요. 그런데도 지금 여론조사 양자대결만 하면 윤석열 후보가 크게 앞서는 결과가 많습니다. 특별한 집안 사정만이 국가 지도자를 뽑는 기준이 될 수 없다고 봐요.

신인규 저도 비슷한 생각입니다. 민규 씨가 말한 대로 국민이 정치인을 고르는 것은 그가 정치 현실에 들어와 만든 이미지 때문이라고 봐요. 노무현 대통령은 지역주의와 싸워 자기 브

랜드를 만들었습니다. 사실 그런 점에서 한국 정치의 새 지평을 열었던 사람이라고 할 수 있죠. 또한 고졸 출신이라는 점은 당시 사회 분위기상 약점이 될 수도 있었는데, 노무현 대통령은 자신의 탁월성 때문이기도 하겠지만 그것을 자신의 이미지로 만드는 데 성공했어요. 아마 대학 졸업장 없이 평생을 열등감 속에 살았던 수많은 보수당 지지자들이 남몰래 노무현 후보를 찍었을 겁니다. 실제로 제가 그런 사람들을 여럿 만난 적이 있고요. 이재명 후보도 중앙대 출신 혹은 공장을 다녔던 이력, 이런 것보다, 다들 침묵하고 있을 때 박근혜 탄핵을 제일 먼저 외쳤다는 점이 관건이에요. 대단히 판단이 빠르고, 어젠다 선점 능력이 탁월한 것이죠. 기본소득, 지역 화폐, 수많은 이슈를 만들었어요. 그것들은 논쟁을 불러왔고, 그것을 자신의 이미지로 만드는 데 성공했습니다. 배경이 중요한 것이 아니라 무엇을 실천했고, 현재 무엇을 하고 있느냐가 중요합니다.

김연주 윤석열 후보도 마찬가집니다. 자신은 사람에 충성하지 않는다는 말을 하고 고난의 길을 스스로 걸어갔어요. 그리고 문재인 대통령이 자신을 임명해주었는데 공정의 기준으로 조국 사태를 주도해 보수의 지지를 받은 것이란 말입니다. 그런데 아직 검사 출신이란 허물을 다 벗지 못했어요. 저는 그렇게 보고 있어요. 그러니까 누가 어떤 스펙을 가졌다고 특별히 대통령이 되는 데 유리하고 불리한 상황은 없을 것이라는 생각이죠. 핵심은 그가 어떤 어젠다를 가지고 자기 이미지를 만들어가느냐가 중요한 것 같아요.

김민규 제가 지켜봐도 그렇습니다. 보수 진영 지지자들이 우리를 문재인으로부터 구출해줄 사람이 윤석열밖에 없다고 보는 이미지가 본인의 의사와 관계없이 형성된 거죠. 조국 사태 이후에 정치적 메시아가 된 겁니다. 그래서 TK에서도 지지율이 나오는 거죠. 마치 이런 거예요. 이성을 좋아할 때는 처음에 감정적으로 호감을 가지게 됩니다. 특별한 이유가 없어요. 그 사람이 왜 좋았는지 사후에 따져보죠. 대통령 스펙도 이런 거라고 봐요. 나중에 그가 대통령이 되고 나서 사후 분석하는 겁니다. 그러니까 그것이 중차대한 의미가 있다고 생각하지는 않습니다.

김연주 두 사람도 MZ 세대인데, 자신들의 스펙 쌓은 얘기를 한번 해보죠.

신인규 저는 아버지가 엘리트 출신이라 자식도 엘리트 교육을 받기 원하셨죠. 제가 강남 8학군에서 학교를 나왔는데, 저희 동네는 20년 전에 이미 SKY 캐슬이었어요. 딱 20등까지만 잘라 과외선생님을 직접 모셔와 수업을 받았습니다. 21등은 절대로 끼워주지 않았어요. 한때는 예체능 과외까지 받을 정도로 극성이었어요. 그러니까 스펙을 쌓을 수밖에 없었죠. 당시에는 그런 교육을 당연하게 생각했어요. 하지만 저는 앞으로 제 자식이 생기면 절대로 그런 교육 시킬 생각 없어요. 막상 그런 교육을 받았다고 더 발전한다는 느낌도 없었고 그 경험은 저만으로 충분하다고 생각해요. 하여간 저는 그런 상황에서 최선을 다해 열심히 했어요. 지나치게 과열된 사교육의 부작용을 많이 느끼기도 했고요. 연주 선생님 얘기도 해보세요.

김연주 우리 시대는 말만 잘 듣고 따라 하면 그냥 스펙 쌓였어요. 요즘 젊은이들에 비하면 편했다고 할 수 있었죠.

신인규 덜 복잡한 사회라 그런가? 영어 시험도 종류가 많지 않았죠?

김연주 네. 고도성장 사회니까 어느 한 가지에만 전력을 다하면 그런대로 성과가 나는 시절이었죠. 그 시대에도 과외가 있었고, 극성 부모들이 있었습니다. 하지만 저는 그렇게 느꼈어요. 이것저것 하지 않았어요. 요즘은 스펙을 다층으로 쌓아야 하잖아요. 복잡한 사회라 그럴 수밖에 없죠. 스펙이란 말 자체가 없었어요. 그냥 열심히 하는 정도였죠. 민규 씨는 어때요?

김민규 저는 조금 어려운 형편의 동네에 살았어요. 중견기업 다니는 아버지랑 동네에서 학원을 운영하는 어머니와 함께 살았죠. 소위 말하는 중산층이었습니다. 평범한 집이었고 남들 다 다니는 학원 다니면서 공부했는데, 어쩌다 보니까 운이 좋아서 인천국제고에 합격했어요. 〈나는 국대다〉 토론 배틀 나갈 때 제 이력에 '인천 해송초등학교 졸업, 박문중학교 졸업, 인천국제고등학교 재학'이라고 적었던 기억이 납니다. 그때 저는 내놓을 만한 스펙이 너무 없다고 탄식했습니다. (웃음)

김연주 앞으로 고스펙을 쌓아야 할 것 같은데 느낌은 어때요.

김민규 쉽지는 않겠죠.

신인규 고스펙 경쟁은 다 같이 멍청해지는 경쟁 같아요. 이런 예시가 적절할지 모르겠는데요. 제가 로스쿨에서 모의재판 때문에 자리 경쟁을 한 적이 있었어요. 서로 좋은 자리를 잡으려고 아침부터 줄을 서요. 그 시간이 점점 빨라져요. 나중에 새벽 4시에 줄을 서는 친구들이 있었고. 급기야는 텐트 치고 밤을 새우는 친구들이 있었어요. 다 같이 바보가 되는 거죠. 저도 스펙을 다 같이 상향 평준화하는 건 필요하다고 봐요. 근데 지금 우리 사회에서는 다들 불안하고 빡빡하게 무익한 스펙 경쟁에 매달리는 거예요. 오로지 경쟁의, 경쟁에 의한, 경쟁을 위한 경쟁인 셈이죠. 어느 정도 예측, 관리 가능한 상황, 사회 구성원들이 합의된 틀 안에서 경쟁하고 서로 승복하는 구조들을 만들어 스펙 경쟁을 해야죠. 지금은 무한정으로 들판에 풀어놓고 다 함께 죽도록 뛰는 겁니다.

김연주 오징어 게임인 셈이죠.

신인규 저는 로스쿨 다닐 때 그 게임을 포기했어요.

김연주 왜 그랬어요?

신인규 인간의 욕망, 이게 참 끝이 없고, 이게 뭔가 사회제도적으로 관리 안 되면 다 같이 죽는다고 저는 생각해요.

김연주 그게 일종의 만인에 의한 만인의 투쟁이니까요.

김민규 그런데 마땅한 대안이 없습니다. 경쟁주의를 비판적으로 바라볼 수도 있고, 긍정적으로 바라볼 수도 있어요. 조금 미화해서 이야기해보자면, 고스펙 사회로 간다는 것은 어떤 자리를 두고 보다 합리적이고 치열하게 경쟁한다는 겁니다. 그것은 결국 국민의 평균적인 수준이 높아진다는 얘기거든요. 그것을 잘 활용해 국가 생산성을 고양할 수 있는 방안에 대한 논의가 필요하다고 생각합니다. 물론 소모적인 경쟁을 완화할 수 있는 후속 조치들도 뒤따라야겠지요. 수준 높은 국민들이 국가 경제를 이끄는 동력을 만들어야 하는데, 수준을 고양하는 과정에서의 폐단이 상당하다니, 참 복잡한 논제입니다.

신인규 저와 생각이 같으면서 약간 달라요. 경쟁에 대해서는 원칙적으로 찬성하는 거예요. 저는 경쟁이 인간의 상향 평준화로 갈 수 있는 유일한 방법이라는 걸 믿는 사람이에요. 근데 원칙과 내용을 가진 질서 있는 경쟁이었으면 좋겠다는 거예요. 한마디로 건설적인 싸움을 했으면 좋겠다는 거죠. 지금 우리 사회는 힘이 센 자만 먹는 정글 같아요. 정글 속에서 무한경쟁으로 경쟁을 위한 경쟁만 하고 있는 것은 아닌지도 같이 점검해봐야 한다는 뜻이에요.

김민규 현 상황이 앞서 언급했던 조국 사태나 화천대유와 같은 사례들처럼 기성세대의 개입으로 공정한 경쟁이 이루어지지 않고 있다는 의미로 하신 말씀이라면 충분히 공감합니다.

신인규 그렇게 볼 수도 있어요. 달리기하는데 갑자기 헬기가 날아와 한 사람을 태우고 가요. 알고 보니까 그 친구 아버지가 아들을 태우고 가려고 동원한 헬기였어요. 공정한 경쟁구조가 확립되어야 할 거예요.

김민규 알겠어요.

김연주 민규 씨는 대학에서 뭘 전공할 생각이에요?

김민규 경영학이요.

김연주 사업할 생각인가요?

김민규 정치를 할 생각입니다. 정치인 중에서 경제학 전공한 분 많잖아요. 그런데 경영학을 전공한 사람은 드물어요. 그래서 정치인들이 올바른 기업 정책을 만들지 못하고 있다고 생각해요. 피상적으로 규제나 완화냐를 논한다는 것이죠. 기업의 내부 구조나 산업적인 메커니즘을 충분히 학습하고 실효성 있는 목소리를 낼 수 있는 정치인이 되고 싶습니다. 경영학을 전공한 정치인이 되어 기업 발전과 국가 발전을 위한 올바른 정책을 세워보고 싶어요.

김연주 김민규 씨가 훌륭한 정치인이 되는 날이 빨리 왔으면 좋겠어요.

3포 세대에서
7포 세대로

김연주 연애, 결혼, 출산을 포기하는 것을 3포라고 들었어요. 그런데 4, 5, 6포 심지어 7포 세대라는 말까지 들립니다. 7포가 뭔지 궁금하지만 솔직히 말하면 MZ 세대가 무슨 말을 할지 무서워요.

김민규 그래도 답을 드려야죠. 집과 일을 포기하고, 마지막 남은 꿈과 희망마저 포기할 수밖에 없어요. 그래서 7포가 됐어요.

김연주 숨이 막히네요. 제발 용기를 갖고 굳세게 살아야 하는데.

김민규 우리 앞 세대는 성공을 강요당하면서 살았다고 들었습니다. 제 아버지도 그런 세대를 사셨던 분이에요. 당시 자료들을 살펴보면 성공이란 말이 들어가는 미디어 자료들이 상당히 많습니다. 그때가 고도성장 사회였기에, 특정 분야에 종사하며 크게 성공하는 사람들이 많았던 것 같아요. 지금 세계적인 기업이 된 우리나라 대기업들이 해방 이후 고도성장 과정에서 급격하게 성장한 회사들입니다. 지금은 별세하신 기업가들 중 많은 분들이 아주 짧은 기간에 정권의 비호를 받으면서 세계적인 기업으로 성장했죠. 그 말로가 좋지 않았지만요. 대우그룹은 DJ 정권 초기까지 국내 굴지의 기업으로 이름을 날렸습니다. 이처럼 성공을 구가하는 사회적 분위기가 자연스럽게 교육으로 전이되었다고 봅니다. 현재 한강 남쪽, 일명 강남이라는 지역은 특별히 물려받은 재력이 없는데도 대학 교육을 통해 성공한 사람들이 모여 사는 동네이죠. 자료를 보면 그 시대를 살았던 사람들은 성공의 질은 차이가 있다고 해도 다들 성공가도를 걸었어요.

김연주 사실입니다. 그런 사람들이 모여 사는 동네가 현재 강남으로 상징되고 있죠. 강남 사람들이 교육에 대한 집착이 강한 것은 자신들이 교육을 통해 성공했던 기억 때문입니다.

김민규 당시는 자기 분야에서 가시적인 성과를 내지 못하면 약간 무능하다는 취급을 받지 않았을까 그런 생각도 들었어요. 그만큼 크고 작은 성공이 일상화되었던 시절입니다. 저희들은 전혀 다른 세상에 살고 있어요. 성공을 강요받던 기성세대의 삶의 양태와는 정반대의 상황이 벌어지고 있으니까요. 성공세대가 후세대에게 포기를 강요하고 있습니다. 무언가를 포기해야 하는 원인은 다양하겠지만, 가장 큰 요인은 자금이라고 봅니다. 돈이 없으니까 못하는 거예요. 저희는 곽상도 의원 같은 특별한 부모를 만나지 않았기 때문에 삶이 여유롭고 풍족하지는 않습니다. 당장 저만 해도 그래요. 저는 부모님께 물려받을 게 없기 때문에 앞으로의 삶을 스스로 개척해가야 합니다. 밑천 없는 삶을 시작한다는 것은 기성세대와 비슷하나, 경쟁의 문이 점점 더 좁아지고 있다는 게 문제입니다. 가진 것 없는 사람들이 포크를 들고 파이로 뛰어가는데, 파이가 계속 작아지고 있는 겁니다.

김연주 민규 씨는 시간이 좀 걸리더라도 무엇이든 해낼 수 있는 충분한 능력이 있다고 봐요.

김민규 정치를 할 사람으로서, 저라는 개인이 그럴 능력이 있느냐, 살아갈 수 있느냐는 중요하지 않다고 생각합니다. 한 개인의 문제가 아니라 저희 세대의 문제로 문제의식을 확장해야 하는 거죠. 세대에 대한 이야기를 더 해보자면요. 지난 보궐선거나 이번 대선 앞두고 여야 후보들의 공약을 꼼꼼히 살펴봤는데 정치권이 젊은 층들의 요구를 충분히 짐작은 했다고 봐요.

김연주 그렇게 몸부림치는데, 어떻게 모르겠어요. 7포란 말 자체가 우리는 지금 죽을 지경이다, 도와달라는 뜻을 담고 있죠.

그런데 4, 5, 6포 심지어 7포 세대라는 말까지 들립니다.
7포가 뭔지 궁금하지만 솔직히 말하면
MZ 세대가 무슨 말을 할지 무서워요.

그것을 모르기는 힘들 겁니다.

김민규 정치권에서 대충 윤곽은 잡은 듯합니다. 젊은 층이 돈이 없구나! 풍족하고 만족스러울 만한 삶을 영위하기 위한 조건이 열악하구나! 그런데 이걸 피상적으로 이해하려다 보니까 정확한 진단은 못 하는 거죠. 지난번 서울 재보궐선거 때, 데이터를 몇 기가씩 주겠다, 청년출발자산을 얼마씩 주겠다, 이런 단기적인 보급형 복지를 공약으로 내놓았습니다. 대선 공약도 양상이 비슷합니다. 성인이 되면 몇천만 원 주겠다, 여행 자금도 주겠다 등의 공약들이 나왔죠. 다리가 부러져서 붕대를 감아달라 했는데 급한 대로 파스나 붙여주고 있는 꼴입니다. 7포 세대인 저희에게 앞으로는 아홉 개, 열 개를 더 포기해야 하니까 잠깐 눈감아달라는 것으로 보이는 거죠. 저는 이것이 일종의 포기에 대한 대가성 정책이라고 봅니다. 그래서 그런 공약 내놓으시는 분들이 젊은 표심을 얻지 못했죠.

김연주 포퓰리즘으로 보인단 뜻이죠.

김민규 그렇죠.

김연주 그런 정책을 낸 사람들의 뜻은 그게 아니라고 해도 그렇게 인식될 수도 있겠네요. 그런 정책 중 일부는 제가 보기에도 포퓰리즘인 것 같고요.

김민규 풍족한 돈을 손에 쥐게 하는 것이 궁극적인 해결책일 것이라고 봅니다. 그런데 돈을 준다는 것이, 국가가 나서서 한 달에 기본소득으로 8만 원씩 주고, 데이터 5기가씩 준다는 개념이 아닙니다. 앞서 언급했던 것들은 일종의 정치적인 마약이라고 봐요. 마르크스가 종교는 인민의 아편이라고 한 것과 비슷한 측면이 있어요. 사회생활을 지속해야 할 세대들에게 당장 필요한 것은 당장 먹을 수 있는 고기가 아니라 강에서 고기를 잡을 수 있는 그물이라는 겁니다. 청년들에게 고기가 아니라 그물을 주려면 저는 고용시장의 개편이 선행되어야 한다고 봐요. 저는 그런 점에서 유승민 후보의 경제 정책 기조에 동의하는데, 특히 고용시장의 경직성 완화에 대해 이야기를 나눠보고 싶습니다. 지난 4년 동안 문재인 정부의 경제 정책은 시장에 질서 없이 개입해 기업이나 자영업의 산업적 흐름을 엉뚱하게 만들었습니다. 불이 났으니 급한 불은 꺼야겠고, 당장 기업은 여건이 안 되니 뻔한 돌파구를 찾기 시작합니다. 시장을 죽이는 바람에 늘어난 인력 예비군, 즉 실업 인원을 공무원 증원으로 상쇄하겠다고 나왔습니다. 급한 불 끄겠다고 손에 잡히는 액체는 다 뿌려대다 보니 기름도 뿌린 겁니다. 그러니까 국가 채무가 1,000조가 넘죠. 열거하려면 하루 종일 해도 모자라겠으나, 당장 이런 가시적인 지표들만 보더라도 4년 동안의 문재인 정부의 경제 정책이 허상이라는 것이 밝혀졌다고 생각합니다. 총수요를 진작시켜 경기를 활성화하겠다고 하였으나 그것도 못 했고, 더 나아가 노동자들의 생활 수준을 고양시키겠다는 약속도 못 지켰습니다. 실업 대란이 일어나고 있는 상황에서 고용된 사람들의 높은 임금을 보장해주는 것이 노동자 권익 신장입니까? 국가가 시장의 경직성을 조절하려고 했다가 이도 저도 아니게 된 것이죠. 그래서 노동의 미래나 노동자 인권, 성장 동력 등 보수와 진보의 건강한 이념 발전을 위해서라도 저는 고용과 피고용의 경직성이 완화해야 한다고 봅니다. 국가가 할 일은 앞장서서 일자리를 만들 것이 아니라, 일자리를 만들 수 있는 기업 환경을 조성하고, 더 나아가 실업자들을 위한 사회적 안전망을 구축하는 것이죠. 정부와 기업이 각자의 역할을 성실히 수행하기에 작금의 구조는 너무 비탄력적입니다. 구조의 개선이 선행되어야 한다는 것이죠. 그것이 모든 것을 포기하면서 살아야 하는 MZ 세대의 일원으로서 제 나름의 해답입니다.

김연주 신 변도 포기를 강요하는 사회에 대한 생각이 많을 것 같은데요.

신인규 저는 민규 씨가 잘 정리했다고 생각합니다. 여기서 중요한 것은 MZ 세대가 포기한 것이 아니라 포기를 당했다는 사실입니다. 그러니까 능동태와 수동태는 명확하게 구별해야

할 것 같은데, MZ 세대는 명백하게 인간의 기본권을 포기
당했다고 보거든요.

김연주 굳이 그렇게 강조하지 않아도 기성세대로서 깊은 아픔과
함께 죄의식을 느끼고 있습니다.

신인규 제가 연주 선생님 마음을 아프게 하려고 그런 말을 한 것은
아닙니다. 연애하고 결혼하고 애 낳는 것은 인간의 본성이
란 말이죠. 이런 인간의 본성을 포기하도록 한 세력, 주체
가 있을 거란 말이죠.

김민규 그런 사회구조를 말하는 것인가요?

신인규 그래요. 저희 세대가 그런 세력을 원점 타격해야 한다고 생
각해요.

김연주 좀 무섭네요.

신인규 제가 그런 생각을 한 것은 MZ 세대만 살자고 하는 것이 아
니라 모든 세대, 대한민국이 다 함께 살자는 뜻이에요. 저
는 MZ 세대에게 포기를 강요한 세대가 이 문제를 풀 수 있
다고 봐요. 실제로 그들이 풀 힘을 갖고 있거든요. 그 힘으
로 결단하지 않는 이상 제도적으로 풀릴 수가 없어요. MZ
세대는 여러 가지를 포기해야 하는데, 핵심은 취업이라는
일자리와 주거라는 부동산일 것 같아요. 모든 문제가 이것
과 걸려 있어요. 저는 그것을 지방분권으로 어느 정도 해결
할 수 있다고 봐요. 여기서 말하는 지방분권은 중앙정부의

권한을 축소해 지방으로 이양하는 것을 말합니다. 미국의 주를 생각하면 될 것 같아요. 여당의 대선 후보로 나왔던 김두관 후보의 공약에 그 내용이 상당히 구체화되어 있습니다. 야당의 하태경 후보도 비슷한 내용을 제시했습니다. 저는 정치권에 대한 큰 불만 중 하나가 정책의 방향이 대단히 단선적이란 사실입니다. 사회 문제는 절대로 단선적으로는 풀리지 않아요. 대표적으로 저출산 정책 같은 거예요. 돈이 없어서 애를 못 낳나 보다 하고, 현금을 지급했어요. 저출산을 극복해보려고 이런저런 정책을 쓰느라 10년 동안 400조 원 정도의 돈을 쏟아부었다고 해요. 400조라고 하니 상상이 되지 않는 돈이죠. 저는 그 돈을 누가 해먹지 않았을까? 그런 의심이 생겨요.

김연주 차라리 골고루 그냥 나누어주었으면 꽤 될 것 같은데요.

신인규 그게 단선적인 정책의 폐해죠. 저는 젊은 세대가 아이를 낳으려면 스스로 먼저 행복해야 한다고 생각합니다. 아니면 최소한의 희망에 대한 기대를 가지든지요. 그러니까 행복한 사회를 만들기 위해 결단해야 한다고 봐요. 그러기 위해서는 대한민국을 대개조할 수밖에 없어요. 그게 일종의 사회적 대타협이라고 할 수 있습니다. 못 이루면 공멸이고, 이룩하면 그나마 살아나는 거예요. 저는 선택의 여지가 없다고 봅니다. 다 살고 싶지, 죽고 싶은 사람이 어디 있겠어요. 저는 여기서 보수도 패러다임의 전환을 해야 한다고 생각해요. 사실 핵심은 부동산입니다. 지난 서울시장 선거 때도 부동산 때문에 여당이 당했단 말이죠. 저는 수요를 억제하거나 공급을 늘리거나 다 소용없다고 생각해요. 지방분권을 통해 국토를 넓게 써야 합니다. 전국을 수도권처럼 만들어 사람들이 지방으로 내려갈 수 있도록 유도해야 한다고 봐요. 이제 보수가 이런 정책까지도 어젠다를 치고 나가야 합니다. 대기업을 살려 함께 살자는 낙수 효과나 과거 단편적인 경제 성장론은 이제 수명을 다해서 국민들이 믿지 않아요.

김민규 보수가 패러다임의 대전환을 할 시기가 됐다, 그러지 않으면 공멸이다.

김연주 저희 세대 남녀는 사랑하면 서로 만나 단칸방에서 시작했죠. 하지만 MZ 세대에게 그런 것을 강요할 마음은 없어요. 솔직히 웬만큼 갖춰지지 않고는 결혼할 수 없다는 것을 충분히 이해해요. 저희 때와 경험의 폭이 달라도 너무 달라요. 그럼에도 저는 포기를 당했단 표현은 충격적으로 들었어요. 아, 포기를 당했구나. 포기하는 게 아니라 포기를 당했구나. 그리고 우리 신 변호사가 대개조라고 했는데 오자와 이치로라는 일본 정치인이 『일본 개조 계획』이라는 책을 썼어요. 1990년대 중반에. 그 책은 주로 정치판의 선거

제도를 개혁하지 않으면 일본이 앞으로 나아갈 수 없다, 파멸이다, 일본도 파벌 정치에 경제계랑 막 얽혀 뇌물과 이권에 엉망이었다는 얘기예요. 그게 곪아 터져 선거제 개편을 하면서 일본이 한 걸음 앞으로 나아가는 정치개혁을 했어요. 그런데 대한민국 대개조 계획을 세워서 근본적 변화를 가져오지 않고는 어렵다, 공멸이다, 이렇게 말했단 말이죠. 저는 이러한 신 변호사의 견해에 공감해요. 그리고 그런 대개조 계획에 참여할 생각이 있어요. 그 과정에서 제가 손해를 봐야 한다면 손해 보겠어요. 어떻게 거부할 수 있겠어요. 하지만 결코 쉬운 일이 아니란 생각이 들어요. 사람들이 과연 합리적으로 그 필요성을 받아들이도록 그들을 유인할 만한 해결책이 있는가? 그것에 대해 저는 회의감이 좀 많이 들어요. 우선 사람들이 해결 방법에 대해 전부 공감해야 합니다. 그렇게 해야만 그 해결책을 밀고 나갈 추진력을 얻을 수 있을 것이란 말이죠.

김민규 중앙의 권력을 실질적으로 지방으로 이양하는 지방분권을 대안으로 제시한 것이라고 이해하겠습니다.

김연주 신 변호사는 지방을 광역으로 나눠 개발해 인구를 지방으로 보낼 수 있으면 주택 문제가 상당 부분 해결되고, 새로운 직장이 만들어질 수 있다고 했단 말이에요. 저는 그 말에 공감해요. 국토의 균형발전은 사실 노무현 대통령의 머

릿속에 들어 있었고, 그것을 어젠다로 내놓고 대통령이 됐
단 말입니다. 2003년 노무현 정부는 신행정수도의 건설을
위한 특별조치법안을 제안했고, 이는 당시 국회에서 투표
의원 194인 중 찬성 167인으로 통과되어 결국 2004년에
정식으로 공포, 시행됐어요. 그 문제 때문에 사회가 전반
적인 혼란에 빠졌죠. 결국 헌법재판소 심판에 결론이 났습
니다. 그 유명한 '관습 헌법' 개념이 나왔습니다. '대한민국
의 수도는 서울이다'라는 겁니다. 수도 이전은 법률개정 절
차가 아닌 헌법 개정 절차를 밟아야 한다는 겁니다. 제게도
그 판결은 좀 충격이었습니다. 한국은 성문법을 취하고 있
는 나라잖아요.

김민규 그때와 지금 상황이 많이 달라졌습니다.

김연주 저도 그 얘기를 하고 싶습니다. 과연 상황이 얼마나 달라졌
을까요? 그 정책은 민주당 정권이 추진했어요. 그 정책을
온몸으로 추진하려 했던 노무현 대통령은 이미 돌아가셨
죠. 그리고 그분의 비서실장을 하던 문재인이 대통령이 되
었습니다. 그런데 왜 노무현 대통령의 유지를 이어받아 지
방분권을 하지 않을까요? 왜 안 한다고 생각합니까? 더구
나 대통령은 문재인이고 당 대표는 이해찬이었습니다. 두
분 다 노무현 대통령의 가장 가까운 사람들이었죠.

김민규 애초에 지방분권은 노 대통령만의 꿈이 아니었을까요?

김연주 수도 이전 계획은 이해찬 당 대표도 깊이 관여한 것으로 알고 있습니다. 한마디로 말하면 민주당도 진정으로 지방분권을 원하고 있지 않다는 뜻입니다. 처음 부동산이 꿈틀댈 때 김태년 원내대표에 의해 수도 이전 문제가 나왔다가 들어갔어요. 그들에게도 이 문제는 필요할 때마다 한 번씩 꺼내는 정치적 수사일 뿐입니다. 저는 국회의원들이 국토 균형발전이 부동산 문제를 해결할 수 있는 해법이란 사실을 모르지 않을 거라고 생각합니다. 그리고 이번에 김두관 후보가 상당히 체계적인 지방분권 제안을 했습니다. 김두관 후보는 남해 출신이고 경남 지역에 기반을 두고 있기 때문에 그런 얘기를 할 수 있었겠죠. 김경수 도지사도 비슷한 주장을 했었으니까요. 하지만 국회의원들이 그것을 수용할 수 있었을까요? 저는 자신들의 이해관계 때문에 하기 힘들었다고 봐요. 이번에 지방분권 어젠다를 들고 나왔던 김두관과 하태경 의원들은 국민의 주목을 받지 못했어요. 우리가 해결책을 몰라 일을 못 하는 것이 아니란 뜻입니다.

신인규 이제 수명도 길어져 은퇴 후 몇 년을 더 살아야 할지 모르는 상황입니다. 또 사람의 수명은 계속 늘어나고 있어요. 나이가 들어 일할 능력이 없으면 복지 혜택이라도 있어야 하는데 안전망이 없어요. 지금 우리 사회는 아무리 들여다 봐도 어디 하나 기댈 데가 없는 거예요. 예전엔 적금을 부어 돈을 모아, 집 살 계획을 세워보았죠. 이자율이 7퍼센트 정도 됐으니까요. 신도시 개발도 많아 집을 살 기회도 있었죠. 지금은 돈을 모을 수도 없지만, 부동산값 폭등 때문에 그런 돈으론 집을 살 수가 없어요. 그래서 곽상도 아들이 되고 싶어 모두 죽기 살기로 비트코인에 매달리는 겁니다.

김연주 미친 집값이죠.

신인규 서울에서 살기가 힘든데, 왜 지방으로 가는 것이 싫을까요. 현재의 지방은 먹고사는 게 더 어려워요. 예전 서울의 산동네 꼭대기인 셈이죠. 출구가 없는 창고에 갇혀버린 꼴입니다. 부동산이 해결되지 않으면 아이를 낳을 수가 없어요,

김연주 그 말에 전적으로 공감하면서, 젊은 사람의 생각과 생활방식도 많이 달라진 것을 인정해야 할 것 같아요. 제 또래 사장님들이 하는 말이 요즘은 직장에 뼈를 묻겠다는 생각을 하는 사람들이 많지 않다는 거예요. 지인인 치과병원 원장이 그러더라고요, 젊은 간호사가 직장을 그만둔다고 하면서 유럽 여행을 가기 위해서라고 하더래요. 우리 때 같으면 상상할 수 없는 일이라고 할 정도로 많이 달라요. 우리 세대는 자기 삶을 나름대로 설계해 소득을 늘려 인생의 큰 그림으로 그렸단 말이죠. 요즘은 몇 달 동안 모은 돈을 유럽 여행 경비로 써버린다는 거지.

김민규 왜 그럴까요?

김연주 가치관이나 사고방식도 변한 거죠. 우리 세대가 잘했다는 뜻이 아니라 우리가 소중하게 생각했던 생활의 방식과 가치관과는 달라졌다는 거예요. 그것을 인정해요.

김민규 서로의 차이를 확인하고, 인정하는 선에서 끝내야 할 듯합니다.

신인규 문제 해결 방법을 도출하기도 힘들고, 설사 어렵게 도출한다고 해도 서로의 이해관계 때문에 문제를 해결하기도 힘들어서 문제입니다.

이준석 현상과
청년의 미래

김연주 저희는 〈나는 국대다〉라는 배틀에서 만났단 말이에요. 두 사람도 다 공감하겠지만 그 기획은 단순히 신인을 정치 현장에 등용시킨다는 의미를 넘어선 일대 사건입니다. 그리고 토론 배틀이 만들어지기까지 상당한 한국 보수 정치의 지형 변화가 있었습니다. 정치 변화에 민감한 사람들이라면 토론 배틀을 보고 한국 보수 정치의 위험한 실험을 분명히 눈치챘을 겁니다. 우선 토론 배틀이 있기 전에 이준석이란 한 인물이 있었단 말입니다. 이준석을 제외하고 최근 한국 보수 정치의 변화를 얘기하기 힘들 겁니다.

김민규 저는 이준석 대표는 한국 보수 정치의 가능성이라고 봐요.

신인규 이준석 당 대표 때문에 보수정치 저변에 희망이 생겼다고 봐요.

김연주 일종의 조명탄 역할을 했다고 생각해요. 호수 위의 오리처럼 물밑에서 물갈퀴로 저었겠지만, 사람들이 보기엔 전혀 없었던 것이 불쑥 튀어나왔어요. 그리고 조명탄처럼 어두운 밤하늘을 확 밝혔기 때문에 상징성이 있어요. 또한 보수임에도 진보보다 훨씬 순발력이 있어요. 이렇게 젊은 보수가 드물고 이렇게 순발력 있는 보수도 드물죠. 여러모로 보수의 미래를 짊어질 정치인이라는 생각이 들어요. 이준석 당 대표가 변화의 물꼬를 트는 바람에 저희도 작은 역할이라도 하기 위해 이렇게 모였잖아요.

김민규 역사가 필연을 가지고 움직인다는 주장도 일리가 있지만, 작고 사소한 것들이 큰 변화를 일으키는 동력이 되기도 하죠. 지금 우리가 이렇게 모인 것도 작고 사소한 일일 수 있습니다. 하지만 이런 것들이 모여 큰 물결을 이룰 수 있을 것으로 봐요. 베를린 장벽이 그때 그 시간에 무너진 것은 우연이라고 할 수 있거든요. 저는 이준석 당 대표가 그런 기폭제가 될 것이고, 변화의 최전방에 그가 있다고 생각합니다.

김연주 맞아요. 이준석 당 대표에겐 그런 힘이 있을 것으로 봐요. 현재 이 대표에게 좋지 않은 정황들이 있고, 또한 정치는 세력으로 하는 것이기 때문에 불리한 상황도 있겠죠. 하지만 그는 이미 하나의 상징이 됐고, 어려운 정치 현실을 뚫고 나갈 것으로 믿어요. 적당한 비유가 될지 모르겠으나 박세리 키즈가 있어, 우리나라가 LPGA를 죄다 휩쓸었듯이 이대표가 분명히 그런 역할을 할 수 있으리라고 봐요. 만일 그와 그의 세력이 한국 정치를 이끌어갈 수 없게 된다면 보수의 앞날에 또다시 새로운 물결이 들이닥치기는 힘들 거라고 봐요. 그래서 젊은 정치인들이 많이 진입했으면 좋겠어요.

신인규 제가 이준석 대표님의 정치를 평가하자면 보수 진영에서 철학과 비전을 분명히 가진 거의 유일한 정치인이라고 봐요. 물론 다른 훌륭한 분도 많지만, 이 대표님은 대중적 소통 능력이 굉장히 뛰어나요. 정치인들에게 제일 중요한 것은 소통 능력이라고 할 수 있죠. 오래전의 일이지만 아무도 안 볼 것 같은 방송에도 기꺼이 출연해 자기 생각을 펼쳤어요. 어느 정도 이름이 알려진 상태에서는 신생 방송에 보통 나가지 않으려고 하죠.

김민규 심지어는 적대적인 진영이라고 평가받는 방송에도 나갔어요. 나가서 깨지더라도 토론 배틀을 거부하지 않았죠.

김연주 자신이 있으니까 그런 게 아닐까요?

신인규 정치적 성향을 구별하지 않는 것 같았어요. 그러니까 진영을 넘어선 지지를 받으면서 당 대표에 선출된 것이죠, 실제로 이준석 대표님의 지지자들 상당수가 우리 당을 적극적으로 지지하지 않는 중도층이었고, 심지어 민주당 지지 성향의 사람들도 있었다고 합니다. 이런 폭넓은 지지를 받은 사람은 노무현 대통령 외에 거의 유일하다고 생각해요. 보수 진영에서는 거의 제 기억으로 최초이고요.

김연주 이준석은 등장할 때만 신데렐라처럼 나왔어요. 대통령의 참신한 인재 영입으로 들어와서 오히려 가시밭길을 갔거든요. 박근혜 대통령이 발탁해주었지만, 박근혜 정부와 각을 세웠어요. 그렇게 10년이 지났죠. 일부 사람들은 당신이 한 게 뭐 있어? 10년 동안 선거에 나가 떨어진 게 스펙인가? 하고 비판하기도 하고 공격하기도 하죠. 그런 사람들은 과정을 다 지켜본 것이 아니라서 그럴 겁니다. 만일 그런 식의 기준이라면 노무현 대통령은 아무것도 한 것이 없는 사람이 되겠죠. 물론 결과는 중요하죠. 하지만 나라나 개인의 역사에서는 패배도 중요합니다. 한국은 패배의 역사를 밟고 선진국이 됐어요. 마찬가지로 패배가 이준석을 만들었다고 생각해요. 이미 지적한 것처럼 이 대표는 하나의 상징이 되었기 때문에 쉽게 허물어지지 않을 거라고 봐요. 보수가 이준석으로 대표되는 신주류의 흐름을 인정하지 않는다면 보수 정치의 미래는 힘들 것이라고 봐요.

신인규 그동안의 역사를 보면 오히려 보수가 파격적인 일을 더 많이 하죠. 여성 대통령을 최초로 배출했고, 젊은 당 대표를 만든 세력도 보수란 말이죠. 정치 변화의 중심에는 우리 보수가 항상 있었어요.

김민규 여의도 문법의 대대적인 개조를 보면서, 주변에 가슴이 뛴다는 친구들이 많았습니다. '30대가 당 대표가 되었네? 그럼 나도 혹시?' 이런 생각들을 갖는 거죠. 이런 것만 보더라도 최근 몇 개월 사이에 정치에 대한 전 세대적인 통념이 격변했다고 봅니다. 저는 이준석 현상의 함의를 이렇게 봐요. 첫째는 자신이 슬로건처럼 사용하는 능력과 노력의 성과를 자신의 삶으로 증명했다는 것입니다. 박근혜 당시 대표가 어린 이준석 대표를 비대위에 배석시켰을 때, 실제로 주변에서 공격이 많았어요. 비판의 논리는 지금과 유사합니다. 특혜를 받은 것이다, 아버지가 유승민 친구라 벼락출세한 거다. 하지만 이준석 대표는 10년 동안 그게 아니라는 것을 증명해왔어요. 앞서 언급했던, 소위 정글 종편에 출연해 많은 명망 있는 진보 논객들을 논리로 당당하게 상대해 왔죠. 그러다 보니까 단순히 젊은 세대라는 특이점을 넘어 보수 진영 전반의 외연을 크게 확장시킨 겁니다. 이런 점에서는 이준석 대표의 지난 10년간의 삶, 그리고 당 대표 당선이라는 일련의 과정이 정치의 고질적인 금기를 깼다고 생각합니다. 10년 전만 해도, 스물여섯 살짜리가 비대위에 앉아 있었으면 어르신들이 막걸리 드시면서 말세라고 하실 때입니다. 여의도 문법으로는 연륜과 경험이 선행되어야 한다는 통념이 있었죠. 이준석 대표는 능력과 자질만 있다면 나이와 상관없이 집단의 지도자가 될 수 있다는 것을 증명했습니다. 앞으로의 정치적 국면에서 주인공이 될 10대 입장에서 볼 때, 대한민국의 정치가 새로운 레이스에 접어들었다고 생각해요. 지금까지 불법과 비리로 가득했던 구태 정치는 이제 막을 내릴 때가 되었고, 새로운 정치의 항로가 열린 것이죠. 이준석 대표는 새로운 배를 이끄는 초대 선장인 겁니다.

김연주 주변의 다른 10대들에게도 영향을 주었나요?

김민규 확실한 것은 비단 저만의 경험이 아니라는 거예요. 저를 비롯한 저희 세대들이 개혁의 물결을 감지했습니다. 심지어 저한테도 연락이 오는, 정치에 관심 있는 동생들도 있어요. 그런 친구들 보면 예상했던 수준보다 지식이 해박하고 정견이 뚜렷한 친구들이 더 많거든요. 그러니까 정치 지망생의 연령이 점점 낮아지고 있다, 정치에 대한 학생들의 인식이 빠르게 변화하고 있다는 것입니다. 우리 세대가 이준석 대표에게 큰 기대를 하고 있다는 것도 사실입니다.

신인규 보수 진영에서 제일 어려웠던 게 박근혜 탄핵 문제인데, 그 문제를 정면 돌파했죠. 그 전으로 올라가면 부정선거론에 대해서 끊임없이 비판했고요. 이준석 대표님에게는 우리 편 남의 편이 없어요. 사안의 공정성에만 관심을 두는 것으로 보여요. 한국은 10년 단위로 훌륭한 정치인이 탄생하는 것 같아요. 호랑이를 잡으러 호랑이 굴로 들어가 군사 정권을 박살냈던 YS, 여야가 모두 대통령으로 인정하는 노무현, 그리고 혜성처럼 나타나 지금은 약간 용두사미가 된 안철수, 그리고 그로부터 10년 뒤는 지금의 이준석 당 대표라고 생각해요.

김연주 저도 우리 이준석 대표가 대성하길 기대해요.

#한국페미니즘의역사
#양성평등과페미니즘
#여가부폐지?
#여성할당제

05

젠더 갈등에
대한
MZ 세대의
생각

대한민국 갈등의
한복판에 등장한
젠더 갈등

김연주 MZ 세대가 당면한 아주 심각한 문제라는 젠더 얘기를 한번 해봅시다. 저는 젠더가 뭔지 정도로만 알고 있습니다. 아마 제 세대는 저와 비슷할 거예요. 특별히 직업과 연관해 여성 문제를 연구하거나 다룬 분이 아니라면 말입니다. 젠더는 '형성된 성'이란 뜻이죠. 정확히 말하면 남녀를 구분하는 생물학적인 성의 개념과 대립되는 사회적인 성입니다. 제가 젠더란 말을 처음 접했을 때만 해도 무척 신선했죠.

신인규 저도 젠더에 대해 잘 알지는 못해요. 다만 요즘 성별에 따른 혐오 현상이 대중화되고 있다는데, 그것이 어떤 식으로라도 젠더라는 실체와 결부되어 있다는 것은 알고 있어요.

김연주 우리는 〈나는 국대다〉 출신이고, 여기 모일 수 있었던 것도 이준석 현상 때문이란 말이죠. 바로 그 현상이 젠더, 더 좁게 이야기하자면 페미니즘과 깊은 관련이 있어요.

신인규 단순히 강 건너 불구경하듯 치부할 문제가 아니군요.

김연주 저도 페미니즘 관련 기사를 검색하다 보니, 놀라 절로 입이 벌어질 정도더군요. 내가 이렇게 심각한 문제를 몰랐었네! 하고 말이에요. 더구나 여성의 입장이니까요. 일부의 주장이 비록 과격하더라도 출발은 엄연히 여성의 인권 혹은 권익 신장이었을 겁니다. 그래서 반성도 좀 했다니까요. 그리고 우리 보수, 특히 신주류에서도 이 문제에 꼭 관심을 가져야 하지 않을까 싶었어요.

김민규 신주류 보수 세력과 페미니즘이 구체적으로 어떤 연관이 있을까요?

김연주 사실 신주류의 뿌리는 박근혜 탄핵과 관련이 있고, 그 문제 때문에 보수당에서 분당해 새로운 당을 차렸단 말입니다. 이후 이준석 대표가 돋보이기 시작했고, 그 힘으로 오늘 새로운 보수의 젊은 아이콘으로 거듭났어요. 그런데 이 과정에서 이준석 대표는 메갈리아와 워마드 등에 대해 부정적인 견해를 피력하면서 자기 정체성을 만들어갔죠. 하태경 의원도 마찬가지고요. 저는 그렇게 알고 있어요. 제가 인터넷으로 검색하다가 《서울신문》에 기사화된 경희대 후마니타스 칼리지 임옥희 교수의 글을 주목해서 보았어요. 인용하자면, 한국 사회에서 혐오를 정치적 자원으로 들고나온 게 '이준석 현상'이라는 거죠. 이때 혐오를 정치적으로 들고나왔다는 것은 '혐오'를 동력으로 삼았다는 이야기가 아니라, 산적해 있는 혐오와 갈등을 건드렸다는 것이 아닐까요? 젊은 세대의 역린이라고 할 수 있는 젠더 갈등을 정공법으로 극복하고자 시도한 것이죠.

김민규 많은 생각을 들게 하는 글입니다. 평가는 잠시 유보해두죠.

신인규 이준석 대표님이 급진적인 페미니즘과 등을 돌리고 여성가족부 폐지 같은 개혁적인 어젠다를 들고나왔죠. 그런데 단순하게 생각하면, 정치적인 입지를 위해서라도 페미니즘 세력과 화해해야 하는 게 아닐까요?

김민규 한국 사회에 살고 있는 모든 여성들이 소위 말하는 래디컬 페미니즘의 주장에 동의하지는 않습니다. 그렇기에 그들과의 정치적 거래는 좀 더 신중할 필요가 있어요.

신인규 우선 우리가 주목해야 할 점은 이준석 대표님이 젠더 갈등 문제를 전면적으로 이슈로 들고나와서 제1야당의 대표가 됐다는 사실입니다.

김민규 저도 그 점이 중요하다고 생각해요. 앞에서도 잠시 언급했습니다만 분명히 짚고 넘어가야 할 점은, 이준석 대표는 다른 기성 정치인들처럼 혐오를 무기 삼아 세력을 쟁취한 사람은 아니었다는 겁니다. 젠더라는 새로운 관념이 사회적으로 부각되니까, 그 과정에서 나타나는 혐오적인 세태를 치유하겠다는 담론을 공론화시킨 것이죠. 일부 급진주의자들의 주장처럼 이준석 대표님이 여성 전체를 혐오의 대상으로 삼았다면 절대로 대표가 될 수 없었을 겁니다.

김연주 맞아요. 오늘날 한국 페미니즘의 주류인 급진적 사상이 다수 여성의 지지를 받고 있다고 말하기에는 무리가 있죠. 그렇다면 실제 임옥희 교수가 발언한 2050년 페미니스트 대통령 등장 가능설에서, 왜 하필 2050년일까? 하는 의문이 들더라고요. 같은 궁금증을 가졌던 기자의 물음에 2050년까지 화성으로 100만 명을 이주시키겠다고 한 테슬라의 일론 머스크 이야기가 나왔어요. 지구를 버리고 갈 테니 너희는 쓰레기통에서 잘 살라는 거라며. (웃음) 훼손된 땅을 다시 살려내는 건 돌봄과 여성주의 말고는 없을 것이고, 따라서 페미니스트 대통령이 출현할 거라 예견하는 주장이었습니다.

신인규 약간 우울한 얘기네요. 임 교수님은 페미니즘에 관한 책을 많이 번역한 분으로 알고 있어요.

김연주 그렇죠. 한데 저도 기사를 보고 우울했어요. 실제로 다른 기사를 봐도 비슷한 느낌이 들더군요. 남성 혐오, 여성 혐오, 그런 말들이 쏟아지니 저는 좀 편치 않았어요.

김민규 사실 제가 이 문제를 체현하고 있는 세대이고, 또 해결책을 오랫동안 고민해왔기 때문에 이번 대담을 계기로 자료도 더 찾아 읽고, 전문가들에게 조언도 많이 구했습니다. MZ 세대에서 젠더 문제는 앞서서 우리가 했던 논쟁들을 훌쩍 뛰어넘을 수 있는 파괴력을 가진 담론이라고 할 수 있어요.

김연주 우리가 앞에서 했던 말들은 먹고사는 문제들인데, 젠더 갈등이 그런 것들보다 심각한 논쟁이란 말인가요?

김민규 인간이 빵만으로 살 수 있는 것은 아니죠.

김연주 역시 MZ 세대다운 대답이긴 하지만 그래도…….

김민규 굳이 비유를 이어가자면, 완전히 빵과 관계없는 것은 아니에요. 먹는 것이 인간의 의식을 규정하는 측면이 있는 것처럼, 젠더 갈등이라는 새로운 갈등의 국면은 젊은 세대들의 의식을 완전히 새롭게 규정하고 있습니다.

김연주 그것은 논의를 진행하면서 차츰 들어보기로 하죠. 이번에 페미니즘 자료를 찾아보다 보니, 저와 제 자식 세대는 서로 다른 세상에 살고 있더군요. 이래서 아들과 대화가 힘들었을까? 내가 이 정도면 내 친구들은 어떻게 자식들과 소통할까? 그런 의문들이 쏟아졌어요.

김민규 연주 선생님께서 충분히 답답해하실 만합니다. 사실 저희끼리도 소통이 잘 안 돼요. 아무리 가족관계라고 해도 MZ들과 선생님 세대가 젠더라는 관념으로 수평적인 소통을 이어가는 것은 정말 어려운 일일 겁니다. 다만 선생님께서는 공당에서 당의 입장을 내는 역할을 하고 계시니까, 그래도 관심을 가지고 해결의 실마리를 찾기 위해서 노력해주시면 좋겠습니다. 그 일환으로 저희가 대담을 나누고 있는 것이기도 하고요.

신인규 민규 씨는 젠더 갈등 문제가 연금이나 저출산 문제를 뛰어넘을 만큼 심각한 문제라고 했죠. 그렇다면 굉장히 심각한 거네요.

김연주 사실 제가 둔감한 게 아니었나 하는 생각이 들어요.

김민규 제가 저희 세대의 젠더 갈등을 경계하며 안타깝게 보는 이유는, 양 극단 세력의 비이성적인 주장이 점점 사회적 담론의 장으로 스며들고 있기 때문입니다. 극단주의자들의 논리를 차용하면, 방금 말씀하신 연금이나 저출산 문제는 성립조차 할 수 없어요. 저출산? 내가 왜 남자랑 결혼해야 돼? 내가 한국 여자랑 결혼해? 쟤는 잠재적 범죄자인 한국 남성인데? 쟤는 남성 혐오나 하는 페미니스트일 텐데? 이런 식인 거죠. 심각한 문제는 이런 논리를 펴는 집단들이 조직화되어 특정 사안에 대해 여론몰이를 자행하며 필터 기능을 마비시킨다는 것입니다.

신인규 그래서 연애를 하는 것도 힘들어하는 걸까요?

김민규 저런 논리를 가지고 있는 사람들이라면 남녀 간에는 연애도 안 하죠.

김연주 생각이 그런데 연애를 하겠어요.

김민규 그렇죠.

신인규 그럼 3포에도 영향이 있나요? 그러니까 앞서 언급한 다른 현실적 문제로 연애를 못 하는 건 줄 알았는데, 그 전에 일단 이성 간에 서로 감정이 나쁜 거잖아요.

김민규 맞아요, 다 그렇다는 건 아니고요. 모든 여성들이 메갈리아와 워마드는 아니겠죠. 반대급부로 모든 남성들이 엄격한 가부장제를 신봉하는 권위주의자도 아닐 겁니다. 하지만 양극단 세력이 사회적인 담론을 주도적으로 끌고 가니까, 사람들이 그런 생각을 암묵적으로 하게 되는 거죠. 아, 그럼 진짜 한국 남자가 미개하고 무능한가? 한국 여성이 열등감과 남성 혐오적인 감정에만 매달리고 있는가? 이런 식으로 성별에 대한 이상한 프레임이 구축된다면 문제가 심각해지는 겁니다. 얘기를 끌고 가기 전에 연주 선생님은 젠더라는 개념을 언제 처음 접하셨는지가 좀 궁금하거든요.

김연주 우리 때는 젠더라는 말 자체가 없었죠. 제가 대학 다닐 때는 여성운동이란 말은 있었지만 사회적인 성 얘기는 별로 못 들어봤어요. 다만 여성을 수동적인 정체성으로 인식하는 시선, 그리고 고정된 성 역할 등에 관심이 있었죠. 그것이 말도 안 된다고 생각했으니까요. 제 세대는 가부장 문화의 환경 속에서 나고 자랐어요. 그렇지만 우리 윗세대에 비해서는 적잖은 여성들이 대학 교육을 받았지요. 그럼에도 생각과 담론은 별개의 문제라 할 수 있습니다.

신인규 젠더는 사회적 성이 아니라 정신적 성으로 분류해야 할 것 같아요.

김연주 그 표현이 더 정확할 수 있어요. 여성이 유교적 사고방식에서 비롯된 성 역할에 매몰되지 않고, 여성도 자아를 성취하려는 존재이며, 여성에게 주어진 권리를 신장시켜야 할 의무가 있다는 인식. 비교적 후에 시작된 여성학도 그런 뿌리에서 비롯되었음은 분명하죠. 그런데 지금은 페미니즘 문제가 정말 심각하다고 하니, 이게 그냥 넘어갈 문제가 아니라는 생각이 듭니다. 얼마 전 안산 선수 쇼트커트가 의제화되었을 때 황당했어요. 여자 양궁 선수가 쇼트커트를 한 게 도대체 뭐가 문제일까? 나도 출퇴근하느라 머리 말릴 시간이 부족하니 쇼트커트 했는데! 이렇게만 생각했어요. 이러다 나도 래디컬 페미니스트, 남성 혐오주의자로 오해받는 것은 아닐까? (웃음)

신인규 래디컬 페미니스트, 남성 혐오주의자는 이런 게 아니잖아요?

김연주 그런 개념 자체가 없다니까요. 그게 뭐 그렇게까지 문제가 될까? 상당히 의아했던 거지. 이렇게 베이스 자체가 다르다 보니까 이해가 힘들어요.

김민규 그때도 젠더 갈등이라는 양상이 극에 달할 때였습니다. 사건을 정리해보면요, 일부 커뮤니티에서 안산 선수가 과거에 자신의 SNS에서 남성 혐오적인 단어 '웅앵웅', '오조오억개' 등을 사용했다며 페미니스트가 아니냐는 의문을 제기합니다. 그런데 여론전이 확산되는 과정에서, 항상 문제인 양극단 세력이 끼어들기 시작합니다. 그리고 전후관계를 왜곡하며 자극적인 신경전을 벌여요.

김연주 그런 단어를 썼다고 페미니스트일까요?

김민규 찾아보니까 여초(여자가 남자보다 많은 경우를 일컫는 말) 커뮤니티에서 파생된 단어는 맞습니다. 그런데 어원을 살펴보면 남성 혐오적인 의미는 아니에요. 저도 주변에서 '웅앵웅'이나 '오조오억개' 같은 단어들을 쉽게 접해왔습니다만, 한번도 혐오 표현이라고 생각해본 적이 없습니다. 만약에 그런 단어를 남성을 지칭하며 혐오적인 색채를 가지고 사용했다면 분명히 지탄받아야 하겠지만, 개인적으로 그런 의도는 없었다고 보는 거죠. 한동안 논란이 되었던 보겸 씨의 경우에도 비슷하다고 봐요. '보이루'라는 표현을 접하면서도 그게 여성 혐오나 여성의 성적 대상화라고 단 한 번도 생각해본 적이 없습니다. 그럼에도 만약 보겸 씨가 그 단어를 실제로 그런 의도로 창작하여 사용한 것이라면 비난받아 마땅하겠죠. 특정 단어 사용과 관련된 두 경우의 결론은 하나로 귀결된다고 봅니다. 전통적인 사회적 담론의 장을 보았을 때는요, 누군가가 말실수를 하거나 단어 선택을 잘못했을 경우, 사실관계를 명확히 하는 절차가 선행되어야 합니다. 그렇게 고의성 등을 파악해 비판 여부를 결정하는 것이죠. 그런데 최근에 보면 그 과정이 사라졌어요. 일단 좌표 찍고 달려가서 공격하고. 또 반대에서도 역으로 좌표 찍고 공격하고. 이런 비이성적인 결투의 장이 되어버렸습니다. 저는 이념의 양극단 어느 한쪽에 있지 않기 때문에 이런 상황을 보면 안타깝기도 하고 우습기도 합니다.

신인규 코미디와 비슷하네요?

김연주 그렇지만 그런 주장을 하는 사람들은 극소수 아닌가요?

김민규 소수이긴 해요. 문제는 그 범위가 점점 확대된다는 겁니다.

신인규 항상 극단적 주장은 전파력이 높아요. 상식적인 얘기가 아닐수록 더 자극적이거든요. 민규 씨가 젠더 문제를 언제 처음 접했는지 물었잖아요. 제가 이 얘기를 처음 인식한 것은 2016년이에요. 개혁보수 진영 쪽에서 이런 젠더 갈등 문제, 성별 문제가 공론화되었어요.

김연주 제게는 그리 큰 관심사가 아니어서인지 잘 몰랐어요.

신인규 저도 당시 왜, 하고많은 것 중에서 젠더 갈등이냐 하는 생각이 있었습니다. 그냥 의젯거리가 없는 줄 알았어요. 이 문제의 심각성을 잘 몰랐던 거죠. 그런데 최근 정치권에 들어오니 젠더 갈등이 너무 심각한 거예요. 또 이 문제에 관심이 많은 민규 씨 말을 들어보니 갈등의 심각성이 제가 생각한 그 이상이었습니다.

김연주 저는 얼마나 더 놀랐겠냐고요?!

신인규 개인적으로 판단하기로는, 사회적 담론의 양극단 세력들은 알카에다 같은 거예요. 주장이 매우 극단적이고 균형을 잃은 거죠. 그것은 소위 말하는 래디컬 페미니스트나, 여전히 남성우월주의의 타성에 젖어 있는 세력들을 모두 포괄하는 이야기입니다. 양극단이 이미 정치 세력화됐어요. 저는 그렇게 생각해요. 래디컬 페미니즘의 이야기를 이어가보겠습니다. 그 세력이 순수하게 여성 인권을 위해서 일하는 게 아니라 오로지 '페미니즘을 위한 페미니즘'이 돼버린 거죠. 쉽게 말하면 그러니까 자꾸 희생양이 필요하고, 희생양이 존재하기 위해서는 사회적인 악역이 필요한데, 그 대상이 남자인 거죠. 정치 세력화되려면 적이 있어야 성장하거든요. 우리 식으로 말하면 주적 같은 거죠. 그런 점에서 래디컬 페미니스트들이 잘못하고 있는 지점은 범죄를 자의적으로 해석한다는 거예요. 쉬운 설명을 위해 살인과 같은 하나의 범죄 사건을 상정해봅시다.

김연주 강남역 화장실, 이수역 사건, 이런 사건들 말하는 거잖아요.

신인규 맞아요. 그런 것들을 가져다가 남자들에 귀책한다면서 자기들 어젠다를 범죄 사건에 투영시켜버립니다. 이런 식으로 하다 보니 억측만 난무하고, 사실과 무관한 감성적인 공격이 될 수밖에 없죠.

김민규 젠더 이야기를 조금 더 해보려 합니다. 저는 젠더 문제를 비교적 어릴 때 알게 되었습니다. 젠더 개념을 처음 접한 건 중학생 때예요. 왜 알게 되었냐면, 그때 저희 학교에 처음으로 미투 운동이 시작되었습니다.

김연주 미투, 미투.

신인규 미투가 중학교에서 있었네요.

김민규 미투 사건이 터지면서 관련 교사가 징계되었습니다. 최근에 들어서는 미투 운동에서 성 무고죄 같은 역기능이 많이 드러나기도 했지만, 제가 봤을 때도 당시에 그분은 징계가 마땅한 분이었죠.

신인규 아, 네.

김민규 당시 미투가 저희 학교뿐만 아니라 근처 다른 학교들에서도 연쇄적으로 발발하기 시작했습니다. 실제로 많은 학교에서 관련 학생들과 교사들이 징계받는 일도 있었고요. 부당한 지점은 정확히 짚고 넘어가는 저희 세대의 특성이 발현된 사례라고도 봅니다.

김연주 역시 MZ 세대군요. 잘했어요. 아무리 중학생이라고 해도 권리 위에 잠을 자면 안 되죠. 권리 위에서 잠자는 자의 권리를 누가 보호해주겠어요. 인권이라는 보편적인 개념 앞에 남녀가 어디 있겠습니까. 한마음 한뜻으로 지켜나가는 거죠.

신인규 선생님이 갑자기 투사 모드인데요.

김연주 저 원래 아주 셉니다.

(모두 웃음)

김민규 이야기를 이어가보겠습니다. 당시에 물론 권리의 문제도 있었겠지만, 본질적으로는 자존의 문제였죠. 어떻게 보면 인간의 존엄을 지키기 위한 필사적인 저항이었다고 봅니다. 그런 점에서 자존을 지키기 위해 용기를 내었던 당시 대부분의 학생들은 참 존경받을 만하죠. 하여간 당시 미투 운동의 확산과 함께 젠더라는 개념이 미디어에 오르내렸죠. 그런 과정을 거치며 저희 세대 사이에서 페미니즘이라는 개념이 확산되기 시작해요. 말씀하신 것처럼 이수역 살인사건이나 강남역 화장실 사건 즈음이었습니다.

신인규 민주당의 안희정 전 지사 미투 사건도 그때 아닌가요? 서지현 검사 사건도 있었고요.

김민규 맞아요.

김연주 정치계나 법조계뿐 아니라 문화계와 사회 전반으로도 퍼져나갔죠.

신인규 그것이 페미니즘으로 연결된 것은 지금 알았네요.

김민규 그 둘 사이를 인과관계로 예단할 수는 없으나, 하여간 시기가 그쯤이었죠. 그런데 주목해야 할 점은, 페미니즘이라는 사상을 대표한다는 일부 커뮤니티에서 비이성적인 주장을 펴기 시작했다는 것입니다. 소위 이야기하는 '래디컬 페미니즘'이 등장하기 시작하는 거죠. 앞서 신 변호사님이 말씀하신 것처럼 이수역 살인사건이 났을 때, 사건의 경위조차 따지지 않고 '여자라서 죽었다'라는 자극적인 구호를 내세웁니다. 그 직후에 34만 명이 우르르 달려가서 국민청원에 동참해요. 대중이 감정적으로 선동된 것이죠. 대법원 판결이 그들의 손을 들어주지는 않았지만 말입니다. 어찌 되었든 이런 식의 비약적인 주장과, 그것이 수용될 수 있는 사회적 구조가 오늘날까지도 잔존합니다. 그러니까 '쇼트커트라 죽었다', '페미니스트라서 죽었다'라는 괴상한 구호와 함께 근거 없는 담론들이 형성되는 것이죠.

신인규 최근 커뮤니티가 급격히 거대한 규모로 성장한 것 같아요.

김연주 저는 말 자체도 무슨 뜻인지 잘 모르겠어요. 해석을 읽어봐도 마찬가지예요. 완전히 뜨악하다고 해야 할까.

신인규 은어를 만드는 거죠. 안산 선수도 머리를 짧게 자르고 '웅앵웅, 오조오억' 등의 단어를 사용한 것이 대역죄가 되어 사상 검증을 받은 것이죠. 마치 조선 시대 같아요.

김연주 적절한 비유예요. 당시에 공자, 주자를 모욕했다고 사상 검

증을 받은 것과 다를 게 없어 보입니다. 21세기 감성과 맞
지 않는 상황인 거죠.

김민규 그러면서 지금까지 갈등이 계속 이어지고 있습니다. 제가 페미니즘을 조금 공부해보니까, 사상적인 기류라는 게 있어요. 간단하게만 설명해보자면, 1기류가 '여권신장운동'으로 분류되는 참정권 운동이에요. 우리나라의 참정권 운동은 일제강점기로 소급합니다. 처음에 연주 선생님께서 말씀하신 외국의 여권신장운동의 물결이 한국으로 유입된 것이죠. 당시 지식인으로 분류되던 사회학자들은 당연히 여성학에 관심을 가질 수밖에 없었을 겁니다. 더구나 한국의 여성들은 오랫동안 가부장제 질서 속에서 억압적인 삶을 살았단 말입니다. '여성이 남성과 동일한 사회적 주체로 대우받아야 한다'는 주장은 조선 사회에서 상당히 파괴적인 담론이었을 겁니다. 아르키메데스가 외쳤던 유레카 같은 심정이었겠죠. 당시 계몽의 선두에 서던 지식인들이라면, 핍박받던 조선 여성들의 처지를 개선해야겠다는 결단을 했을 겁니다. 2기류로 넘어가기 전에 하나 짚고 갈게요. 페미니즘은 앞서 언급한 참정권 운동과 같은 1기류의 운동을 자신들의 사상적 기반으로 삼습니다. 하지만 일각에서는 페미니즘과 여성운동은 다른 사상이라는 주장도 있어요. 페미니스트들이 주장하는 1기류의 페미니즘은 여권 신장을 위해 투쟁했던 정당한 여성운동이지만, 그 이후에 도입되는 새로운 페미니즘의 기조는 그렇지 않다고 보는 거죠. 아무튼 2기류 페미니즘부터 앞서 언급한 래디컬 페미니즘이라는 사상이 들어와요. 이때부터, '남성은 다 잠재적 강간범이다' 식의 자극적인 문구들을 동원하기 시작합니다. 저는 여기서부터 무언가 잘못되기 시작했다고 봐요.

잘못된 점을 인지한 페미니즘 내부에서 래디컬 페미니즘에 대한 비판의 목소리도 등장하기 시작합니다. 크게 지지를 얻지는 못했지만요. 어찌 되었든, 이러한 좌충우돌을 거치며 페미니즘이라는 사상이 정립되어갑니다. 다음은 3, 4기로 가죠. 후기로 갈수록 립스틱 페미니즘이나 아나코 페미니즘 등 사상이 점점 더 분화됩니다. 그것은 젠더 갈등을 관심 있게 바라보는 저조차 잘 모르는 분야입니다. 들으시면서 눈치채셨겠지만, 페미니즘의 분파가 상당히 다양하고 많아요. 사회성이 강한 학문의 특징이라고 볼 수도 있습니다. 그것이 논의의 어려움을 가중시키는 것 같습니다. 그럼, 본론으로 돌아와서 우리나라 이야기를 다시 해보죠. 우리나라에서 가장 맹위를 떨치는 페미니즘이 무엇이냐고 제게 묻는다면, 저는 앞서 2세대라고 언급했던 래디컬 페미니즘이라고 생각해요. 만약에 국내에서 페미니스트를 자처하시는 분들이, '남성은 잠재적 가해자다'라는 명제에 동의하는 래디컬 페미니즘을 수용한다면, 저는 그러한 페미니즘을 여권운동이라고 승급시켜줄 생각은 없습니다.

김연주 우리 사회가 워낙 가부장제의 영향이 컸기 때문에 페미니즘이 급진적으로 변한 건 아닐까요?

신인규 그런 측면이 있을 수 있겠네요.

김민규 반은 맞고 반은 틀린 말입니다. 맞는 부분은, 우리 사회에 가부장제의 영향이 컸다는 점이에요. 역사적으로 우리 사회에서 여성들은 항상 억압과 핍박을 받으며 살아왔습니다. 불과 2, 30년 전까지도 잔존하던 문화이죠. 분명히 지탄받아야 할 지점입니다. 나머지 틀린 절반은, 우리 사회가 '특별했다'는 점이에요. 역사적으로 여성의 권리는 전 세계에서 억압받아왔어요. 그렇기 때문에, 어느 순간 세계적으로 여권운동이 정당성을 부여받아 동력을 얻은 것이죠. 예시를 들어볼게요. 유럽 문화의 핵심은 기독교입니다. 이론의 여지는 있겠지만, 성경을 보면 여성이 배제되는 경우가 상당히 많아요. 이슬람 문화의 여성차별은 말할 필요도 없고요. 우리나라의 가부장제가 심각한 수준이어서 수많은 여성들이 피해를 받았다는 점은 명백한 사실이지만, 그것이 래디컬 페미니즘을 수용할 수 있는 근거는 아니라는 겁니다.

김연주 맞아요. 지난 8월에 탈레반이 아프가니스탄을 장악하고 나서, 여성에 대한 끔찍한 범죄가 벌어지고 억압이 일어났죠. 화성에 인간이 이주할 계획을 세우는 세상에서 딸을 내다 파는 일이 일어나고 있어요. 인류 역사는 여성에 대한 억압의 역사고, 그런 억압이 특히 약소국에서 조직적이고 광범위하게 일어나고 있는 겁니다. 그런 자료들을 보면 억장이 무너지죠. 가슴이 너무 아프고요. 같은 사람인데, 왜 저렇게 고통 속에서 살아야 할까 하고 말이에요.

김민규 한국에서 지역 갈등은 오랫동안 깨지지 않았죠. 노무현은 그 벽을 깨려고 평생을 싸우다가 그 외로운 싸움에 감동한 국민들을 동력으로 대통령이 되기도 했습니다. 그만큼 깨기 힘들었던 철옹성이었던 거죠. 저희 세대에게 젠더 갈등은 그 정도의 무게가 있습니다. 쉽게 무너질 것 같지 않다는 겁니다.

신인규 굉장히 심각한 문제네요. 젠더 갈등이 결혼이나 출산 취업 등 사회의 거의 모든 문제에 영향을 줄 것 같아요.

김연주 제 이전 세대는 여성운동이 일어날 만한 구조였거든요. 당시의 여성운동을 누가 부정할 수 있겠어요. 하지만 지금은 상황이 또 다르죠. 여성이 오늘날까지 핍박만 받고 있는 존재라는 것에는 동의하기가 어렵습니다.

신인규 맞아요. 우리가 이슬람 국가라 여자들이 차도르 걸치고 다녀야 하는 나라도 아니란 말이죠.

김연주 함께 살아가야 할 남녀들이 서로를 그렇게 적대적으로 본다는 것 자체가 저는 이해하기도 어렵고 안타깝습니다. 저는 보수적 성향이 강하긴 해도 상식적인 사람이라 웬만하면 상대의 말을 이해하고 공감하려고 노력하는 편이거든요. 그래서 MZ 세대를 만나 즐겁게 이야기를 나누잖아요. 당연히 여성운동은 정당합니다. 여성이 남성보다 뒤떨어지는 부분이 무엇이 있길래 억압을 받고, 불이익을 받아야 해요? 그런데 이야기를 들어보니 현재 젠더 갈등의 양상에서 나타나는 목소리를 이런 당위의 연장 선상에 놓는 것은 조금 무리가 있을 듯합니다. 너무 급격한 반전이 일어나다 보니까 따라잡기가 힘들다는 것이 솔직한 심정이에요. 정신적인 괴리가 심해요. 현재의 특정 페미니즘은 우리와 너무 동떨어져 있다는 감이 듭니다.

신인규 래디컬 페미니스트라는 세력이 실존하기는 하는 거죠? 그들과 만나서 얘기를 한번 해보고 싶네요. 그럼 그들은 다 그런 극단적인 사상을 가지고 있는 건가요?

김민규 실제로 만나도 몰라요. 그리고 페미니스트라고 자칭하는 분들이 모두 그런 사상을 가지고 있는 것은 아니라고 생각해요.

신인규 전부가 극단주의자들은 아니란 말이죠?

김민규 보통 그런 극단주의자들은 공적으로 내색하지는 않습니다.

신인규 그 사람들은 자기가 페미니스트라고 커밍아웃을 안 해요?

김민규 해요. 하는데, 극단적인 주장들을 사회적 공론의 장에서 할수는 없죠. '남성은 다 강간범이다' 따위의 주장을 공적으로 하면 자체적으로 필터링되지 않겠습니까?

김연주 그것은 우리가 확인을 좀 해야 할 것 같아요. 제가 볼 때는 현대의 주요 특징 중 하나가 과격한 주장이에요. 우리 사회도 예전과 비교해 과격성이 강해졌어요. 이와 관련해 앞서 말한 임옥희 교수도 의견을 밝힌 바 있습니다.

대학 강의실에서 학생들이 토론할 때, 자기 속내는 말하지 않는다는 거죠. 그러니까 오프라인에서는 사람들에게 받아들여질 만한 수준으로 말을 하고, 온라인에서는 커뮤니티에 악플을 쓰는, 일종의 분열된 자아상, 즉 온라인 자아가 있다는 주장이에요. 지금은 다매체 시대고, 그러다 보니 다

매체의 특성상 다중인격과 분열이 가능하기에 학생들이 분열에 대한 부담을 그다지 크게 느끼지 않는다는 거죠. 예능 프로그램에서 '본캐'와 '부캐'가 있는 것처럼 말이에요.

김민규 본캐는 쉽게 말해 본계정 정도로 이해하면 될 것 같고, 부캐는 두 번째 계정. 부계정 정도로 이해하면 될 것 같아요. 인터넷 온라인 게임에서 유래된 용어입니다.

김연주 역시 MZ 세대답네요. 저는 처음에는 약간 어리둥절했지만, 오늘날 우리 현실이 이런 분열된 자아를 인정한다는 점을 알게 됐고, 따라서 래디컬 페미니스트들이 인터넷에서 자기 자아를 과격하게 드러내는 속성에 대해서도 알게 됐어요. 예전에는 사람들이 자기 마음속에 과격한 생각, 가령 저 인간 죽어버렸으면 하는 생각을 가졌다가도 그것을 내키는 대로 표현할 수가 없으니까 저절로 삭제되는 형태로 마무리되었죠.

임 교수의 지적을 오늘 여러 번 인용하게 됩니다만, 또 이런 설명도 있어요. 대학생 익명 커뮤니티 '에브리타임', 줄여서 에타에 가서 악플을 쓰는 친구들도, 수업 시간에는 친절한 얼굴로 예의 바르게 얘기하는데, 실상은 온라인 자아가 '본캐'라는 거죠. 또한 여성이 '진짜 경쟁 상대'로 급부상한 시대인 오늘날, 상처받은 남성들의 분풀이가 주변 여성에 대한 폭력으로 변질된다는 언급도 있었습니다. 그러니까 남성들 역시 수업 시간에는 가만히 있다가 온라인에서는 여학생들 품평회를 한다는 거죠. 내 맘대로 안 되는 현실 세계와 달리 여자들을 통제할 수 있다는 만족감을 느낀다는 겁니다. 그리고 여성들 역시 확실히 남성들의 생각과 다른 방향으로 진화하고 있다는 설명도 덧붙였죠. 여성들이 4B(비연애·비섹스·비결혼·비출산)를 말하면서 독립된 주체로 살려 하고, 자기 연민으로 힘들어하는 남자들을 위로해주는 역할을 이제 거부하려 한다는 분석입니다.

개인적으로, 인터넷 속의 악플러는 또 다른 자아가 세상 밖으로 나온 게 아닐까 생각해요. 굳이 거창하게 프로이트를 들먹이지 않더라도, 예전에는 그것이 무의식의 영역이자, 억압에 의해 절대 밖으로 표출될 수 없는 영역이었거든요.

신인규 선생님 말씀은 밖으로 드러나면 안 되는 인간의 악마성이 인터넷 때문에 외부로 표출되고 심지어 조직화됐다는 얘기네요.

김민규 모든 부분에 동의할 수는 없지만, 마지막 주장은 정말 날카로운 통찰입니다.

김연주 기사를 통해 그런 생각이 들었어요.

신인규 연주 선생님 얘기를 들으니까 저도 좀 분명해졌어요. 그럼 선생님 생각은 이런 무의식의 영역은 사회에 유통되면 안 된다는 뜻이네요.

김연주 한번 생각해봐요. 그런 주장을 인터넷 커뮤니티에서 동호인들끼리 할 수는 있죠. 본인들에게 중요한 의견이라면요. 하지만 여성 혐오 혹은 남성 혐오를 부추기면 사회가 어떻게 되겠어요.

김민규 혐오의 금지를 법제화해야 한다는 말씀이신가요?

김연주 그건 조심해야 할 부분이죠. 모든 것을 법으로 다스릴 수는 없는 거잖아요. 다만 사회적인 합의나 대화가 될 수 있을 정도로 최소한의 자정 능력이 필요하다고 보는 겁니다.

양성평등과
페미니즘의 차이는
무엇일까

신인규 그럼, 다시 본론으로 돌아가 현상 파악을 좀 정확히 해보죠. 극단적인 세력들이 어떤 식으로 활동을 합니까? 소위 말하는 '좌표 찍기' 같은 것들을 통해서 집단적인 공격을 하는 건가요?

김민규 최근 일련의 사례들을 볼 때는 적합한 비유입니다.

신인규 그럼, 페미니스트들 앞에서 말도 조심해야겠네.

김연주 우리 책도 잘못 받아들여지면 공격당할 수 있겠어요. 화제가 되면 문제적 대담집이 될 테니, 크게 나쁘진 않을 것도 같지만요. 솔직히 좀 무섭기도 하네요.

김민규 국내 젠더 갈등의 도화선을 짚어보자면, 정치적 올바름(일명 PC주의)이 상당히 강력한 위상을 떨치기 시작하며 젠더라는 관념이 수면 위에 올랐다고 볼 수 있어요. PC(Political Correctness)라는 것의 예를 들어보겠습니다. 이번 장의 주제가 양성평등인데요, 양성평등이라는 단어 자체도 심각한 PC 위반입니다.

신인규 그럼 뭐라고 하죠?

김민규 제3의 성을 가진 소수자 집단을 고려하지 않았다는 거죠. 그래서 성을 이분하지 않고 포괄할 수 있도록 '성평등'이라는 단어를 사용하라고 합니다.

신인규 제3의 성이 있어요?

김민규 기성세대가 생각하는 생물학적 성이라는 관념이 어그러지는 게 이런 부분입니다. 제3의 성은 성적 지향이나 자아 인식 등에 따라서 젠더의 구별이 훨씬 다원화될 수 있다는 것이죠. 조사한 바에 따르면, 학자들마다 상이하지만 현재는 젠더를 16종 정도로 구분하고 있어요.

김연주 16종?

신인규 화장실을 열여섯 개 만들어야 하나요?

김민규 기준에 따라 젠더를 구분하면 16종류가 생긴다는 거죠.

김연주 미국 캘리포니아의 공립학교에서는 남성, 여성 화장실을 없앴어요.

신인규 성 개념을 없앤다는 얘기예요?

김연주 그렇죠. 초등학교에서도 없앴다니까.

신인규 그렇군요. 성평등의 문제가 갈등의 양상으로 첨예화된 것이 미투 사건 전후인가요?

김민규 네, 연주 선생님의 표현을 빌려 말한다면 무의식 속에 잠재해 있어야 할 과격한 주장들이 외부로 발현된 것이 그때 즈음일 겁니다.

신인규 여성운동 단체들 있잖아요. 민주당 남인순 의원이라든지, 하여간 정통으로 내려오는 부류가 있을 거란 말이죠. 그들 중에서 누군가가 기치를 들고서 페미니즘의 세력화에 나서지 않았을까요?

김연주 어떤 관계가 있을까요?

신인규 기본적으로 페미니즘은 여성운동에 뿌리를 둔 사상이니까 관계가 있을 것 같아요. 함께 여성운동을 했던 분들일 수도 있고요.

김연주 제 생각에는 정통적인 여성운동하고 래디컬 페미니즘에서의 인식은 좀 다르지 않나 싶어요.

신인규 민규 씨, 매우 다를까요?

김민규 저는 여성운동을 전적으로 긍정하는 사람입니다. 정상적인 사고를 가진 어떤 사람이라도 그렇게 생각하겠지만, 여성이 사회적으로 부당하게 차별을 받거나 억압받는 지점이 있다면 저는 최전방에서 싸울 생각입니다. 여성뿐만 아니라 남성, 우리 사회의 다른 소수자들도 차별을 겪는다면

저는 동일하게 목소리를 낼 것입니다. 제 논리대로라면 여성운동을 부정할 이유도 없고 명분도 없는 거죠. 제가 아까 동서양 여성이 당한 불평등을 잠깐 언급했단 말이에요. 여성은 유교에서 소외당하고, 기독교에서 소외당하고, 특히 이슬람교는 아직도 여성에게 히잡과 부르카를 강요합니다. 인간은 평등한 존재인데, 종교나 사상이 여성에게 이런 억압을 강요한다면 지탄받아야 한다고 생각하거든요.

김연주 몰상식과 맹목을 무조건적으로 옹호하는 것은 옳지 않죠.

김민규 여성운동은 필연적이며 정의로운 투쟁입니다. 하지만 여성운동과 래디컬 페미니즘은 분명히 달라요.

김연주 지금까지의 대화를 정리해볼 때 그렇죠.

김민규 여성 인권 신장을 위해서 모인 집단과 래디컬 페미니스트는 다른 집단이라고 봐요. 이것을 설명하기 위해서는 우리나라에 유입된 페미니즘의 특성을 먼저 이해해야 합니다. 미국의 페미니즘은 다양성을 인정하는 페미니즘이에요. 쉽게 이야기하자면, 게이나 레즈비언 같은 성소수자들도 포용하는 사상을 폅니다. 그런데 우리나라에 유입된 래디컬 페미니즘은 배타적인 페미니즘이에요. 여성'만'의 인권을 외칩니다. 그런 점에서 저는 래디컬 페미니즘을 여권 신장을 위한 정당한 사상으로 보지 않는 거죠. 저는 여성이나 성소수자, 남성의 권리가 억압받는 지점이 있다면 무슨 수를 써서라도 차별이 보정되어야 한다고 생각하는 사람입니다. 그래서 저는 여성운동의 선두에 선 수많은 선열들과 해외의 투쟁가들을 래디컬 페미니스트와 구별해서 '여권운동가'라고 불러야 한다고 주장하는 거죠.

김연주 실상 동시대를 건너온 여성의 한 사람으로, 여성운동을 한 분들에게 미안하기도, 또 고맙기도 합니다. 혜택만 받고 무심하지 않았나 싶기도 하고요. 앞으로 저도 개인적으로 여러 활동을 통해 빚을 좀 갚고 싶습니다. 그런데 현대는 미디어 사회기 때문에 목소리를 크게 해서 이슈 파이팅을 하는 것, 즉 급진적 페미니스트들이 쟁점을 만들어가는 것 같은 양식도 무시할 수는 없죠. 여성 혹은 여성운동이 말하는 공간은 분명히 넓어졌을 겁니다.

신인규 연주 선생님의 마음은 충분히 알겠어요.

김민규 래디컬 페미니스트들도 정통성을 확보하기 위해 상당한 노력을 들입니다. 그리고 그들이 상식에 벗어났다고 해서 정통성이 없다고 말할 수도 없어요. 사실 원리주의 혹은 근본주의자들이 정통성을 지키는 경우가 많아요. 이런 비유가 올바른지는 모르겠습니다만, 이슬람 교리를 가장 정확히 지키는 정통성 있는 집단이 IS예요.

김연주 그렇다 해도 이른바 '좌표 찍기'는 부정적 요소가 분명히 있다고 생각됩니다.

김민규 온라인이라는 점이 역설적으로 더 무서운 점도 있어요.

신인규 좌표가 찍히면 우르르 달려간다는 거죠? 좀 더 자세히 설명해주세요.

김민규 좌표를 찍는 방법이 참 다양해요. 특정 SNS에 '실트(실시간 트렌드)'라는 개념도 있고요, 최근에는 해시태그로도 좌표가 자주 찍힙니다. 예를 들어 변호사님이 여성 혐오자라는 낙인이 한번 찍히면, 그런 곳이 도배되는 거죠. '#신인규_사과해 #신인규_죽어라' 이런 식으로요.

신인규 추천, 추천 막 이렇게. 그럼 저는 정치 생명이 끝날 수도 있겠네요.

김연주 그런데 정치는 항상 양면성이 있단 말이에요. 만일 신 변이 그런 싸움에서 잘 이겨내면 훌륭한 정치인으로 성장하는 거죠. 노무현이 지역주의와 싸워 살아남은 경우가 있고, 또 이준석 대표도 그런 싸움을 두려워하지 않았기 때문에 젊은 보수의 아이콘이 됐잖아요.

신인규 문재인 대통령도 취임 연설 때 페미니스트 대통령이 되겠다고 했던 기억이 납니다.

김민규 문재인 대통령도 여성운동과 페미니즘을 명확히 구분해서 사용한 것은 아닐 것이라고 봅니다. 래디컬 페미니스트들의 견해를 정치인들이 받아들이기 힘들어요. 주장이 극단적인 경우가 많기 때문에 잘못했다간 정치적으로 위험해질 수 있습니다.

신인규 여성정치네트워크 신지예 씨는 페미니스트 맞죠.

김민규 맞습니다. 인터넷에서 떠도는 글들을 보면요, 그분은 페미니스트이지만 그나마 이성적이고 가장 합리적이고 대화가 통하는 축에 속한다고들 해요. 굳이 따지자면 여권운동의 축에 비교적 가깝다는 것이죠.

신인규 우리 이준석 대표와 함께 TV 토론을 자주 하고 그랬잖아요. 방송에 많이 나오고요. 페미니즘 얘기만 맨날 해요.

김민규 지난 재보궐선거에서 여성의당 서울시장 후보로 출마하기도 했습니다.

김연주 그렇습니다.

신인규 그럼 양성평등과 페미니즘이 어떤 차이가 있을까요?

김연주 PC주의대로라면, 양성평등이란 말도 쓰지 말자고 하지 않았나요?

김민규 응용력이 뛰어나십니다. (웃음) 간단하게 정리를 해보면, 앞에서 말한 것처럼 페미니즘은 정체성을 규정하는 것조차 어려워요. 분파가 너무 다양하기 때문에 이론적으로 일원화하기가 어렵습니다. 대한민국의 페미니즘이 표방하는 것이 '여권만의 신장'인지, '여권을 포함한 사회적 약자들의 권리의 포괄적 증진'인지조차 합의되지 않으니까, 제가 뭐라고 평가하기도 어렵습니다. 만약 페미니즘이 후자의 명제를 표방하는 것이라면, 성평등과 크게 다르지 않겠죠. 다만 지금 국내에서는 그런 목소리를 내지 않기 때문에 페미니즘이 극단적인 세력으로 여겨지는 겁니다. 페미니즘이 국내에서 극단적인 정치 세력으로 전락하기 이전에, '페미니즘은 이퀄리즘이다'라는 주장이 있었거든요. 이퀄리즘Equalism은 말 그대로 남성과 여성이 동등한 권리와 지위를 가진다는 사상이죠. 성평등의 개념입니다. 상당히 설득력이 있었어요. 페미니즘 내에서 일부 세력들이 이퀄리즘을 담론으로 들고나오기 시작했는데, 어느 순간 그런 주장들이 배척되기 시작합니다. 저는 그때부터 우리나라의 페미니즘이 뭔가 잘못되기 시작했다고 봐요. 남성과 여성의 권리가 같아야 한다는 상식적인 주장이 왜 통용될 수 없는지 개인적으로 이해가 안 되는 거죠. 아니나 다를까, 우월성이라는 개념이 도입됩니다. 생각나는 사례 있으세요?

김연주 우생학?

김민규 히틀러까지 나아가나요? (웃음)

김연주 저도 그럴 생각으로 언급한 것은 아니에요.

김민규 수퍼리어리티superiority란 개념입니다. 여성이 남성보다 조금 더 우월하다, 이런 극단적인 주장으로 비약하는 거죠. 이렇게 생각하다면 당연히 남성에 대한 혐오적인 감정이 생길 수밖에 없습니다. 가부장제가 통용되고 남성이 우월하다는 생각이 보편적이었던 시기에 여성을 멸시했던 것과 같은 논리입니다. 지금까지 억압을 받아왔던 여성의 인권은 신장돼야 합니다. 마찬가지로 남성의 인권도 발전돼야 하죠. 보편적인 인권은 신장되는 방향으로 가는 것이 옳습니다. 그 과정에서 불합리가 있으면 그걸 조정해야 하는 거죠. 정책적으로 보정도 해야 할 것이고요. 하지만 래디컬 페미니즘의 주장은 이런 상식적인 명제에서 벗어납니다. '우월한 여성은 계속 억압받아왔다. 따라서 열등한 남성을 억압함으로써 불평등을 시정해야 한다', 이런 황당한 논의로 발전하는 거죠.

신인규 그럼, 남성과 여성으로 분류하는 것을 동의하지 않겠네요.

김민규 아니죠. 우월성의 논리가 도입되는데 어떻게 구별을 안 하겠습니까.

신인규 아직도 우리 사회에서 인간의 우열을 가지고 싸우는 경우가 남아 있다니 참 암담합니다. 제가 생각하기에, 그들이 다른 여성들이나 사회에 영향을 주는 것이 문제인 것 같아요. 당연히 서로 대화를 해야만 의견 조정이나 조율을…… 하여간 뭐라도 해볼 텐데, 대화 자체가 단절 혹은 소통 불능이니 문제죠. 보통 여성들 있잖아요. 민규 씨 친구들 말이죠. 그들이 극단적인 이런 페미니즘에 어느 정도 영향을 받고 있어요?

김민규 제 친구들은 스펙트럼이 참 다양합니다. 래디컬 페미니스트들부터 안티 페미니스트까지 모두 있어요.

김연주 국제고라 마인드가 태평양이네. 학교가 남녀공학이에요?

김민규 네. 공학입니다.

신인규 여성이 우월하다고 주장하는 여성들은 남성과 여성의 차이를 어떻게 이해하죠? 예를 들어서, 힘이나 골격 같은 신체적 차이가 있단 말이죠. 그런 것조차 인정을 안 하는 건가요?

김민규 신 변호사님이 많이 예민해진 것 같아요. 말을 하는 저도 무척 예민해지긴 했지만요. 참 조심스러운 부분이라 힘이 듭니다.

김연주 우리 모두 정신을 차려봅시다! 그냥 우리가 흑인과 백인을 구분해서 흑인이 달리기를 잘해서 우월하다, 이렇게 얘기는 안 하지 않아요? 마찬가지 방식으로 남자의 우월성을 인정할 것 같지는 않아요. 오히려 여성은 신체적으로는 약하더라도 두뇌는 월등하다, 뭐 이렇게 말하면 몰라도. 하하하. 무조건적으로 여성의 우월함을 주장하고 있는 것은 아닐까요?

신인규 생물학적 차이가 분명히 존재하는 게 맞잖아요. 여자는 출산할 수 있고, 남자는 또 출산을 못 해요. 그 정도의 구별은 그 사람들이 인정하지 않을까요?

김민규 차이는 인정할 수밖에 없겠죠. 그런데 그것으로 우월성의 논리를 이해할 수는 없습니다. 앞서 나치즘을 잠깐 언급했는데요. 그들이 게르만 민족의 우월성을 논할 때 특정 기준을 가지고 이야기하지 않아요. 그냥 '게르만족은 위대하다' 이런 식인 거죠.

김연주 그렇군요. 갈피가 조금은 잡히는 것 같습니다. 그럼 조금 구체적으로 들어가볼까요? 젊은 남성들이 여성 경찰 무용론에 관해 얘기하는 것은 좀 너무하던데요.

신인규 남자들이요?

김민규 저는 그렇게 생각하지 않기 때문에 선을 빨리 긋겠습니다.

(모두 웃음)

신인규 연주 선생님, 저는 아까 얘기하면서 젠더 갈등 해소를 위한 답이 없다는 생각이 들었는데, 참 답답하고 풀기 어려운 문제인 것 같습니다.

김연주 어차피 쉽게 답을 찾을 수는 없죠. 어쨌든 흥미롭습니다. 하지만 이런 다소 극단적인 주장에도 분명 이유는 있을 거예요. 개인적으로 전적인 동의는 어렵지만요.

신인규 하여간 심각하네요.

김연주 저도 그 점은 신 변호사와 같은 생각이죠.

신인규 이거 어떻게 해야 할까요?

김연주 여기서 대번에 답을 찾을 생각을 하지 말고 천천히 답을 찾아봅시다. 우리가 그런 문제에 답을 찾기 위해 모였으니까요. 그럼, 좀 구체적인 문제로 돌아가볼까요?

여성가족부는
폐지하는 것이
마땅한가

신인규 여성가족부 폐지 문제 말이죠. 좀 조심스럽게 말할 수밖에 없어요. 폐지에 대한 두 분의 생각이 궁금합니다.

김연주 사실 여성가족부 폐지의 문제는 래디컬 페미니스트의 남혐 표출에 대해 여혐으로 맞서는 방식의 단편적 대응으로 볼 분야는 아니라고 봐요.

김민규 저도 연주 선생님과 같은 생각입니다. 여성가족부의 존치 여부를 두고 말이 많아요. 그런데 우리가 분명히 경계해야 할 주장들이 있습니다. 말씀하신 것처럼, 여성가족부를 유지하자 그러면 래디컬 페미니스트고, 폐지하자 그러면 한남충이냐, 그렇게 단선적으로 생각할 문제는 아니에요.

신인규 한남충이라면 '한국 남자'에 '벌레 충'을 합성한 말이죠?

김민규 정확합니다. 일부 여초 커뮤니티에서 한국 남성을 비하하려는 용도로 사용하는 표현입니다. 저는 여성가족부 해체와 존속을 이런 식의 이분법으로 판단하는 것 자체가 되게 멍청하다고 봐요. 여성가족부의 존치 여부는 해당 부서의 고유 역할과 그 수행 정도가 기준이 돼야 합니다. 여성가족부를 포함한 모든 정부 부서의 존폐는 그렇게 판단되는 것이죠. 이와 관련해서, 지난번 대선 토론을 좀 봤거든요. 유승민 후보는 최근과 동일하게 여성가족부를 해체하자고 했습니다. 그런데 제가 놀랐던 점은 심상정 후보의 입장이에요. 어떻게 보면 심상정 후보는 정의당이니까, 여성운동이나 페미니즘의 가장 중추라고 할 수 있잖아요. 그런데 심 후보도 여성가족부의 무조건 존속을 외치지 않았습니다. 담당하고 있는 고유한 역할들을 고려했을 때, 여성만을 위한 부서라는 이미지에서 탈피하기 위해 우선 부서 명칭부터 변경해야 한다고 공약을 냈어요. 사실상 국내 래디컬 페미니즘의 기조와 배치되는 이야기를 꺼낸 것이죠. 여성만을 위한 여성가족부를 존치시키지 않겠다고 선언한 셈이니까요. 당시에는 상당한 충격이었습니다. 이제 원론적인 이야기를 꺼내보겠습니다. 여성가족부의 역사를 짚어보자면, 노무현 정부 때 여성가족부가 처음 생겼어요.

신인규 조금 더 정확히 이야기하자면, DJ 때 여성부가 생겼고. 그게 현재의 여성가족부로 이름이 바뀐 게 노무현 정부 시절이에요.

김민규 정부별로 여성가족부의 명칭 변경과 담당 업무 이관을 다르게 추진하다가, 청소년과 가족 문제, 그리고 여성 정책을 포괄적으로 다루는 것을 골자로 한 현대판 여성가족부가 탄생합니다. 어쨌든 문제 제기를 해볼게요. 지금 사용하고 있는 여성가족부의 영어 명칭에 주목할 필요가 있습니다. 'Ministry of Gender Equality and Family'라고 표기합니다. 이름만 보았을 때는 성평등 가치와 가족 문제들을 중점적으로 해결하는 부서인 듯합니다. 그래서 저는 '여성가족부' 할 때, 같다는 의미의 '여' 자를 쓰는 줄 알았습니다. 사실 그게 더 정확한 번역이겠죠. 근데 아니란 말이에요. 여성이란 의미의 '여' 자를 써요.

김연주 Equality에 방점을 찍었다면 그렇게 생각했을 수도 있겠네요.

김민규 다른 국가에도 여성부라는 것이 존재하니, 그런 명칭의 의미 문제는 잠시 차치하더라도 여전히 비판의 지점은 남습니다. 저는 앞서 제시한 기준대로, 여如성가족부이든 여女성가족부이든, 지금까지 맡은 바 소임을 충실히 행하였는가, 문제의 실질적 해결을 위해 얼마나 노력하였는가를 기준으로 이번 사안을 판단해야 한다고 봐요. 명칭에 포함된 단어인 '여성'과 '가족'을 기준으로 판단해봅시다. '여성' 정책에 방점을 찍어보면요, 여성가족부가 지금까지 보여온 모습은 상당히 모순적입니다. 작년에 있던 자치단체장의 성추행 논란이나, 여성들이 명백히 피해를 입은 사례들을 마주했을 때, 전면에 나서서 비판과 자성의 목소리를 내야 할 여성가족부가 논점을 흐리고 입장을 유보합니다. 국민들에게 여女성부라는 확신을 주지 못한 것이죠. 그냥 여與성부로만 보이는 겁니다. 그렇다고 막상 그냥 폐지해버리자고 얘기할 수는 없는 게, 이 부서가 담당하고 있는 부차적인 업무들이 상당히 많습니다. 예를 들어서 청소년 정책이나 가족 관련 정책을 여성가족부가 수립하고 집행합니다. 다문화 가정이나 성폭력, 가정폭력 등과 관련한 논제들도 다루고요. 실제로 이런 업무들에 참여하고 있는 제 친구들도 있습니다.

김연주 청소년 정책위원회의 일에 관해 얘기해보죠.

김민규 청소년과 관련한 정책을 의제화하는 일이 가장 큽니다. 이외에도 들어보셨을지 모르겠지만 '학교밖청소년지원센터'와 협력하여 정책을 운영한다든지, 주기적으로 청소년 위원들을 소집하여 실제 정책 수립에 대한 의견을 들어본다든지, 생각보다 다원적인 업무를 담당합니다. 청소년 정책위원회 외에도 '양육비이행심의위원회'나 '여성폭력방지위원회' 등 다양한 산하부서들이 있습니다. 각자 다른 분야에서 다양한 목소리를 내기도 하죠.

김연주 여가부가 없으면 그런 일은 어디서 하죠?

김민규 그런 우려의 목소리가 상당히 설득력을 갖기 때문에 그냥 폐지해버리자는 명제에 동의하기 어려운 겁니다. 눈앞의 존폐를 논하기 전에, 잘해온 부분은 강화하고 미흡했던 부분은 질책하며 자정의 기회를 줘봐야 한다고 생각하는 거죠. 물론 그런 개혁의 속도가 마음에 안 드시는 분들도 분명 계시겠지만요. 개인적으로는 여성가족부가 수행해야만 하는 고유한 역할들이 있다고 생각합니다.

신인규 그런 일들은 꼭 해야죠. 하지만 여성가족부라는 이름이 남성을 차별하는 인상을 주는 것은 사실입니다. 정부 부처 어디를 봐도 특정 성별로 부처를 만드는 건 없어요. 보통 기능 내지는 역할로 명명하죠. 산업이라든지 복지라든지 외교라든지 국가의 기능과 역할에 따른 분류를 하지, 단순히 여성의 성性을 따서 이름을 붙인다는 것은 말이 안 돼요. 사실 그런 논리라면 남성부도 만들고, 앞서서 민규 씨가 이야기했던 것처럼 제3의 성부도 만들어야죠. 가령 여가부를 '인구가족부'로 개편한다든지 가족 문제를 통합적으로 다루는 부서 정도로 개편해야 한다고 봅니다. 어찌 되었든 여성의 육아 부담이라든지 경력 단절 문제라든지 이런 것을 제도적으로 지원할 필요는 분명히 있으니까요. 인구가족부로 확대 개편을 해서 여성 문제를 하위로 묶어놓든지, 아니면 양성평등 부분을 따로 떼서 모든 부처마다 성평등국을 설치하든지 기능적으로 재분배할 필요가 있어요. 저는 젠더 갈등의 논의를 듣기 전부터도 그런 생각은 하고 있었거든요. 저는 여성가족부라는 체계가 맞지 않다고 생각해요.

김연주 이름이 주는 상징성이 있죠. 그래서 일단 이름을 바꾸는 것에는 동의합니다.

신인규 네, 기능은 그렇게 하더라도요.

김연주 지금 청년 문제가 아주 심각하니까 그런 대책을 마련한다는 의미에서 세대 청년부라든지, 아, 그런 논리면 또 청년이 들어가면 안 되겠구나. (일동 웃음) 세대 가족부라든가 하는 식의 어떤 개선이 있어야 되겠죠. 만약에 폐지 자체가 너무 일시에 이루어진다는 느낌이 있다면 개편 내지는 명칭 변경쯤은 충분히 고려해볼 수 있지 않을까 싶어요.

여성 할당제를 어떻게 바라보아야 할 것인가

김연주 그럼, 여가부와 함께 여성 할당제도 없애야 할까요?

신인규 저는 모든 할당제를 없애야 한다고 생각하진 않아요. 영역과 계층을 나눠 적용해야 한다는 의견이에요. 그런데 여성은 현재 우리 사회에서 더는 할당을 안 받아도 된다고 봐요. 지금 공무원 시험도 여성이 더 많이 붙고 있어요. 교사의 경우 여성이 90퍼센트 이상이에요. 여초 상태입니다. 그렇다고 남자들한테 교사 자리 반을 줄 수는 없잖아요. 저는 이제는 남녀가 평등하게 경쟁해도 문제가 없다고 봐요. 근데 여성 경찰이라든지 이런 분야는 나눠서 봐야 해요. 여성 경찰이 꼭 필요한 때도 있어요. 이를테면 불가피하게 여성의 몸을 수색해야 할 때, 그 일을 남자가 할 수는 없어요.

그런 부분적인 기능을 수행하기 위해서라도 여경이 필요해요. 하지만 저는 기본적으로 시험은 평등하게 봐야 한다고 생각해요. 그럼에도 여성 합격자가 없고, 여성 경찰이 필요하다면 부득이하게 예외적으로 할당제로 채용할 수 있다고 봐요.

김연주 할당제가 여성들의 정치 참여에 긍정적 영향을 준 것은 부정할 수 없죠.

신인규 저는 할당제가 가지는 부정적인 측면도 분명히 있다고 봐요. 능력이 뛰어난 여성이 괜히 할당으로 들어오면 능력이 저평가되는 것이죠. 그런 문제도 분명히 있거든요. 시험으로 공정하게 경쟁해 들어와도 될 실력인 여성이 굳이 할당제라는 제도로 자신의 능력을 깎아내릴 필요는 없다는 겁니다.

김연주 〈나는 국대다〉에 여성 지원 비율을 예로 들어볼까요? 여성의 비율이 남성보다 상대적으로 낮았어요. 그리고 8강을 보면 미력한 제가 그나마 여성을 대표했죠. 상황이 그렇게 되어 제 어깨가 더 무거웠어요. 저는 정치가 여성이 그동안 강점을 발휘해온 분야는 아니었다고 봐요. 그동안 정치 무대에서 활동한 사람들의 성별을 정량적으로 바라보면 바로 알 수 있죠. 정치는 남성들의 무대였고, 여성이 진입하기 어려운 분야였던 것은 사실입니다. 그래서 여성 비례가 만들어졌을 것이고요. 그럼에도 이번 〈나는 국대다〉는 여성에 대한 우대 없이 순전한 능력으로만 모든 과정이 진행되었죠. 그것은 이준석 대표의 정치 철학이 맞닿은 지점이라 생각됩니다. 저는 할당제 도움 없이 공정한 경쟁을 한 겁니다. 그런 면에서 국민의힘은 저한테 되게 고마워해야 해요. 하하하하.

신인규 그렇죠.

김민규 모두가 선생님께 감사하고 있을 겁니다.

김연주 젠더 갈등에 대해서는 정치권이 거의 외면하고 있다시피 한 것이 현실이에요. 그래서 실정도 잘 모르고요. 젠더 갈등을 막연히 여성운동의 일부로 보기보다는 사회적인 이슈로 분류해서 바라보는 게 합당하지 않을까 싶습니다.

신인규 아주 심각한 이슈죠.

김연주 만약 정치인들이 젠더 문제의 심각성을 정확히 인식했다면 젠더 관련 전문가를 보좌관으로 충원해서라도 많은 연구를 하고, 의제에 올렸을 거예요.

신인규 저는 계속 말씀드렸지만, 래디컬 페미니즘의 주장이 와 닿질 않아요. 그들의 주장은 전제가 잘못된 것 같아요. 저는 현실적으로 이퀄리즘이 이루어졌다고 보거든요. 굳이 비유하자면, 마치 독재 정권이 이미 다 무너졌는데, 사회에 나온 586 세력들이 넥타이 매고 짱돌 던지면서 무너지라고 외치는 것 같아요.

김연주 신 변호사가 자꾸 그런 얘기를 하니까, 그 문제를 더 심도 있게 얘기해볼까요. 『82년생 김지영』이라는 소설이 있어요. 출판하자마자 이슈가 됐던 작품이죠. 영화화도 되었고요. 34세 경력 단절 여주인공 김지영의 삶을 통해 한국 사회 여성들이 맞닥뜨린 차별과 불평등 문제를 고발했던 소설이에요. 이 작품은 아까 논의된 대로 페미니즘이 널리 알려지는 시점, 즉 2016년 이후와 맞물리면서 더 큰 반향을 불러일으켰습니다.

신인규 고故 노회찬 의원이 문재인 대통령에게 선물한 소설이잖아요. 그래서 유명해지기도 했죠.

김연주 맞아요. 서지현 검사가 검찰 내 성추행 사실을 폭로하는 바람에 책이 다시 화제가 됐죠. 제가 독서 감상평을 얘기하잔 말은 아니에요. 『82년생 김지영』보다는 그 소설의 사회 문화적 배경을 한번 얘기해보면 뭐가 분명히 잡힐 수도 있을 것 같아요. 신 변호사는 몇 년생이죠?

신인규 저는 86년생이죠. 김지영과 네 살 차이가 나요.

김연주 당시는 심한 차별은 지나갔던 시절이 아닌가요? 사실 경력 단절 때문에 차별을 받았을 수는 있었겠죠.

신인규 전통적으로 육아를 여성이 많이 담당하다 보니 경력 단절이 일어나는 경우가 많아요. 경력 단절로 인한 차별은 사회

구조적인 문제죠. 그것을 개선해나가야 하고요. 이러한 주장에 반대할 사람은 없을 거예요.

김민규 개인적으로 궁금한 게 있어요. 그 시기에 82년생들이 성별에 따른 차별을 당하면서 성장했나요?

신인규 제 누나가 84년생이에요. 82년생과 비슷한 연령대죠. 저희 누나는 차별받고 성장하지 않았어요. 제가 이야기하고 싶은 것은, 인간 각자에게 주어진 환경과 조건에 따른 차별 혹은 역차별, 억압과 스트레스가 존재한다는 겁니다. 다만, 적어도 제가 제 주변에서 경험하거나 목격한 82년생의 여성에게 가해진 사회 구조적인 차별은 없었단 말씀을 드리는 겁니다. 제 친구들 다 80년대생입니다. 그들 중 여자라서 집안에서 차별받고 자랐다는 소리는 듣지 못했습니다. 시대가 차차 바뀌어가는 것 아닐까요?

김연주 지역에 따라 남아선호가 분명히 존재했지만, 그래도 80년대라면 드러내놓고 차별하는 것은 한풀 꺾였을 때였죠.

김민규 저도 그렇게 알고 있어요.

신인규 저희 세대를 살았던 여성들의 의식 속에는 차별이 내재화되어 있지 않아요. 차별 없이 자란 건 팩트죠. 본인들도 다 인정해요. 현실 속에서 본인이 느낄 만한 차별은 없었으니까요. 근데 저희 세대 여성들 혹은 제 여성 친구들은 가부장적 질서 속에 갇혀 살아가는 엄마를 보고 자랐어요. 그것이 머릿속에 차별의 잔영으로 항상 남아 있죠. 어느 시점이 되어서는 엄마와 자신을 동일시하는 겁니다. 저희 누나도 어머니가 당했던 것을 기억하면 가슴 아프다고 해요. 아버지가 가부장적인 권위가 강한 사람은 아니었으나 당시 사회적 분위기가 매우 권위적이었으니까요.

김민규 그러한 논의가 저희 세대로 이전되기 시작하니까 답답한 겁니다. 저는 80년대에 저희 어머니 세대가 무언의 차별적인 분위기에서 살았을 수도 있다고 생각해요. 영화나 드라마 소설에서 묘사가 되니까요. 어찌 됐든 사회적 실체가 있는 이야기라는 것이죠. 근데 화가 나는 지점은, 같은 '남성'이라는 이유로 기성세대의 사회적 책임을 그와 동떨어진 저희한테 묻는 거예요.

신인규 그것도 이상하죠.

김민규 솔직히 조금 억울합니다. 19년을 살면서 단 한 번도 남자라는 이유로 특별한 사회적 특권을 누리며 살아온 적이 없어요. 대접을 받은 적도 없는데 이전 세대들이 쌓은 악업 때문에 저희가 악의 세력으로 간주됩니다. 연좌제의 논리로 소급하는 것이죠.

김연주 기성세대를 잘못 만났네요. 팔자소관으로 돌려야 하나요?

신인규 제가 어릴 적에는 어머님들이 참고 살았어요. 어디서 말도 못 하고 그렇게 사셨죠. 이혼하면 자식들이 손가락질당할까 봐 걱정이 당연히 되죠. 그때의 분위기는 분명히 차별적이고 폭력적이었습니다. 하지만 지금과는 구분해야죠. 아직까지 80년대에 인식이 매몰되어 있는 분들이 극단적인 주장을 펴는 게 아닐까요?

김연주 저는 『82년생 김지영』의 작가나 그 세대 여성들이 가부장적 질서로부터 피해를 당했을 수 있다고 생각합니다. 그랬기 때문에 여성들의 깊은 공감을 끌어모아 이 책이 100만 부 이상 선택되었고, 외국에서도 성과를 거둘 수 있었을 거예요. 하지만 이 연장 선상에서 오늘날 부각되는 페미니즘의 과격성이 등장했다는 논리는 비약이 있다고 봅니다. 제 의견이 민규 씨나 신 변의 의견에 죄다 일치하는 것은 아니지만, 저 역시 상당히 공감한단 말씀은 드리고 싶어요.

젠더 갈등
해결이
가능할 것인가

신인규 젠더 갈등이 심각한 사회적 문제라는 것은 이제 알았습니다. 특히 MZ 세대에게는 중요한 이슈인데도 이에 대해 말하는 정치인은 이준석 대표, 유승민 후보, 하태경 의원 정도밖에 없어요. 대부분의 기성 정치인들은 아예 관심도 없어요. 이런 현실에 대한 문제인식조차 없을지도 모릅니다.

김민규 냉정하게 평가를 하자면, 유승민, 하태경 의원도 피상적인 대처를 하고 있어요. 이준석 대표가 이번에 큰 반향을 일으킨 이유도 내부 실정까지 정확히 알고 갈등 주체의 목소리를 대변한다는 확신을 주었기 때문입니다.

신인규 그런데 이준석 대표님에 대해, 정치권에 있는 사람이 갈등을 해결은 못 할지언정 오히려 더 부추긴다는 비판이 있었어요. 거기에 대한 10대의 생각은 좀 어때요?

김민규 부추긴 것이 아니라 공론화시킨 거죠. 젠더는 아물기 힘든 상처라고 봐요. 안에 고름이 많이 찼으니까 칼을 대야죠. 이제 덮을 수 없어요. 실체가 있는 움직임이고, 실제로 갈등이 있단 말이죠. 갈등을 조장하지 말라고 할 것이 아니라 근본적인 해결책을 내놓아야죠. 그것을 MZ 세대가 원하고 있는 겁니다.

신인규 남녀 모두가 원하겠죠.

김민규 그렇죠. 양쪽 모두 오해가 산적해 있어요. 서로를 볼 때 '래디컬 페미니스트'냐 '한남충'이냐로 싸우지 않는, 건전한 대화의 장이 열리기를 바랄 뿐입니다. 저만 해도 참 마음이 아픕니다. 왜 남녀가 이렇게 싸우고 살아야 할까.

김연주 동서고금을 막론하고 과격한 이론은 항상 존재해왔죠. 그리고 먹고살기 힘들면 그런 사상은 더 극성을 부립니다. 인류 역사가 그래왔어요. 지금 MZ 세대는 도대체 희망이 없잖아요. 출구가 보이기는커녕 더욱 절망적인 현실만 눈앞에 펼쳐지고 있어요. 이전 세대들은 그들을 위해 양보할 기미도 보이지 않고요. 하여간 저도 할 말이 없어요. 왜냐면 이런 문제의 본질은 먹고사는 것이거든요. 근데 방법이 없잖아요. 기성세대라 미안하고, 죄송하고, 답답해요. 하지만 양극단이 충돌할 때일수록 중립지대가 필요한 법이거든요.

극단의 논리를 잠재울 수 있도록 당연히 정치권이 적극적으로 나서야 한다고 봅니다.

김민규 정확히 짚어주셨습니다. 먹고사는 문제, 즉 사회적인 파이가 점점 작아지면서 남녀 사이가 각박해졌어요. 생존의 문제가 추상적인 관념으로 발전한 것이죠. 적합한 사례인지는 모르겠습니다만, 경제사상도 그렇게 만들어지는 경우가 많아요. 마르크시즘이 대표적으로 그런 사상이란 말이죠. 절체절명의 상황에 놓인 노동자의 삶을 개선하고 싶은 마음에 마르크스가 『자본론』을 집필했고, 그것이 사회주의라는 대단히 구체적인 혁명 사상으로 발전했어요. MZ 세대가 싸우지 않을 정도의 최소한의 파이를 보장하기 위해서라도, 그리고 건전한 대화의 장을 재건하기 위해서라도 우리 사회가 노력해야 할 부분이 있다고 생각해요. 그리고 이 문제를 본질적으로 해결하기 위해서는 양단의 주장들을 걸러낼 수 있는, 이성적인 사고를 가진 중간지대의 목소리가 확보되어야 합니다. 그것을 위해 교육도 필요할 것 같아요. 사회적으로 특정 진영의 목소리를 일방적으로 대변하는 풍조는 상당히 부적절합니다. 이성이 무분별한 감성적 선동을 압도하고, 팩트가 억측을 이겨내는 구조가 다시 세워져야 합니다.

신인규 맞아요. 저는 우리 국민이 어느 한쪽 주장에 붙어 편향될 만큼 그렇게 취약하다고 생각하지 않거든요. 다만, 저는 이 문제를 더 지체할 수 없으니 시급하게 해결책을 모색해야 할 것 같아요. 필요하다면 기성세대와 MZ 세대의 새로운 대타협점을 만들어야 한다고 봐요. 그런 일을 정치권에서 책임지고 해야죠. 책임정치 말입니다.

김연주 요즘은 남녀가 사랑을 나눌 때도 서로 동의한다는 것을 증명하는 앱이 있다고 하죠? 나중에 어떤 상황이 벌어질지 알 수가 없으니까요. 진짜로 이런 앱이 있다고 합니다.

신인규 양쪽 진영이 서로를 범죄자로 보고 있다는 방증 같아요. 이제 정치인들이 이 문제를 강 건너 불구경하듯 내버려둘 수는 없을 것 같아요.

김연주 오늘 밤에 집에 가서 잠을 제대로 잘 수 없을 것 같아요. 기성세대로서 MZ 세대에게 미안해서 말입니다.

김민규 그래도 두 분이 적극적으로 의지를 가지고 해결을 위해 함께 힘써주신다니 큰 위로가 됩니다. 이준석 대표께서 상처에 칼을 대서 아픈 부분을 건드려주었다면, 이제 우리가 해야 할 일은 그 속의 고름을 빼내고 다시 상처를 봉합하는 과정일 겁니다. 그러기 위해서는 자정 작용이 가능할 만한 사회적 담론 구조가 재건되어야겠지요. 이번 장의 대담이 두 분을 비롯한 기성세대에게는 젠더 갈등을 이해하는 참고서로, 저를 비롯한 우리 세대들에게는 치료를 위한 수술 동의서로 역할을 했으면 하는 바람입니다.

미니 인터뷰_즉문즉답 20
신인규

1. 혈액형은? *A형*

2. 감명 깊게 읽은 세계명작과 인상 깊은 문장은? *존 칼빈의 『기독교 강요』, "나는 날마다 개혁되어야 한다."*

3. 어릴 때 꿈은? *정치인*

4. 이럴 때 어떡해요, 하고 정말 물어보고 싶은 사람은? *삶에 멘토는 필수이다.*

5. 친구를 딱 한 명만 꼽으라면? *배준철*

6. 가장 존경하는 인물은? *김영삼 대통령, 노무현 대통령*

7. 가장 부끄럽고 후회하는 일? *20대 시절의 수많은 방황의 밤들*

8. 혼자 소리 내어 울었을 때는? *지금도 가끔씩 혼자 울 때가 있다. (어제??)*

9. 다시 태어나서 직업을 가진다면? *선생님*

10. 남들이 모르는 습관 한 가지? *신간 책이 나오면 무조건 구매(충동구매)*

11. 내 인생 최고의 책은? *래리 크랩의 『깨어진 꿈의 축복』*

12. 고교 학창시절 제일 좋아했던 과목은? *영어*

13. 알고 있는 유머 한 가지는? *유머는 글로 나오지 않고 말로 나온다. (생략)*

14. 모든 판단과 선택의 기준? *내가 옳다고 믿는 기준(정의)*

15. 어떤 사람이 가장 아름다울까? *뒷모습이 아름다운 사람*

16. 고졸 출신이 행복하기 위한 조건? *나 자신을 정직하게 대면하면 행복할 수 있다.*

17. 한국에서 꼭 없어져야 할 법? *의료법(CCTV 설치 의무화 부분 조항들), 김영란법(부정청탁금지법 중 개인의 자유를 침해하는 조항들), 공직선거법(신인에게 매우 불리한 조항들)*

18. 정치인의 최고 덕목은? *용기와 매력 그리고 포용력*

19. 본인의 이름으로 짓는 어머니에게 보내는 3행시.

    신 : 신기하고 놀라운 세상에 태어나게 해주셔서 감사합니다.

    인 : 인성을 강조해서 둥글둥글하게 키워주셔서 감사합니다.

    규 : 규(?)석구석 밝은 빛을 비추는 사람으로 살아가겠습니다.

20. 마지막 질문은 스스로 묻고 대답하기. *나는 어떤 사람으로 기억되고 싶은가? - 앞모습보다 뒷모습이 더 아름다운 사람이 되고 싶습니다.*

#대한민국공교육
#고시제도부활?
#개천에서용키우기
#코로나이후의교육

06

**붕어빵을
찍어내는
오늘의 교육**

무너진 공교육,
넘쳐나는 사교육

김연주 우리나라처럼 교육에 대한 견해가 많은 나라는 없을 거예요. 그만큼 교육에 대한 관심이 많고 다른 한편으로 교육에 대한 불만이 많다는 뜻입니다. 실제로 한국의 교육은 부동산에까지 영향을 미치고 있습니다. 세상에 이런 나라가 있을까 싶어요.

신인규 한국처럼 공교육보다 사교육이 맹위를 떨치는 나라는 또한 없을 겁니다. 저도 학교를 졸업한 지는 오래됐지만, 교육에 대해 할 말이 많아요. 참고로 저는 한양대학교에서 법학을 전공했고, 경북대학교 로스쿨을 다녔기 때문에 서울과 지방의 교육 불균형에 대해 할 말이 좀 많은 편입니다.

김연주 민규 씨는 인천국제고등학교 학생이죠. 일종의 사회과학 특목고를 다니는 셈인데, 그래서 민규 씨도 할 말이 있을 것 같아요.

김민규 맞습니다. 말씀하신 것처럼 제가 재학 중인 국제고는 사회 과학 특목고이고, 몇 년 뒤에 대통령령에 따라 일반고로 전환됩니다. 그런 특수한 부분에 대해서 할 말도 있지만, 지금까지 공교육을 받아왔기 때문에 제 나름대로 한국 교육 전반에 대한 견해를 갖고 있습니다.

신인규 제가 먼저 문제 제기하고 싶었던 것은 한국의 공교육 체계입니다. 변변한 지하자원이 없었던 한국이 오늘날 선진국 반열에 오른 것은 순전히 교육 때문입니다. 그만큼 우리에게 교육은 중요한 과제라고 할 수 있습니다. 조선 시대 선비는 노동하지 않고 공부를 하면서 살았던 사람들입니다. 그들은 주로 입신양명을 위해 과거 공부에 매진했습니다. 그러니까 당연히 왕조가 원하는 공부를 할 수밖에 없었죠. 다시 말해 나라가 원하는 공부에 충실했다는 뜻입니다. 해방 이후의 교육 체계는 철저하게 관의 주도로 이루어졌습니다. 그 결과는 성공적이었습니다. 왜냐하면, 자원이 빈약한 나라에서 교육 하나로 일어섰으니까요. 한국은 교육을 자원으로 일어선 나라입니다. 한국의 중산층과 적잖은 부유층도 교육의 힘으로 발전을 이룩했습니다. 그러니까 한국에서 교육은 아무것도 없는 사람들이 부를 이룰 수 있는 가장 좋은 수단입니다. 시골에서 혈혈단신 상경한 젊은이들이 대학 교육 하나로 부자가 되기도 했지만 다른 한편으로는 고시를 통해 국가 권력을 손에 쥐고 전관예우를 활용하는 부정한 방법까지도 동원해서 부를 쌓기도 했습니다. 그러나 앞으로 전개될 현실은 전혀 다른 세상입니다. 우리가 선진국 대열에 들었고, 4차 산업혁명이 우리를 기다리고 있습니다. 앞으로 다가올 시대의 높은 파고를 넘어가려면 현재 국가 주도하의 공교육, 요람에서 무덤까지 국가가 모든 것을 책임지고 가는 교육 방식은 문제가 있다고 봅니다. 그런 교육 방식은 국가의 표준적인 인재를 만들겠다는 뜻입니다. 그리고 한국 교육은 아직도 그 집착에서 탈피하지 못했습니다.

김연주 그래서 허구한 날 하는 말이 있어요. 공교육 살리자!

김민규 그럼, 사교육이 교육의 대부분을 담당해야 한다고 생각하시는 건가요?

신인규 그런 말은 결코 아닙니다. 당연히 국가는 헌법상 의무가 있으므로 일정한 교육은 국가가 무상으로 제공해야 합니다. 하지만 교육의 방향을 일방적으로 정하기보다는 다양한 생각과 창의적인 인재를 길러내는 데 주안점을 두어야 한다고 봅니다. 그리고 교육의 핵심은 좀 자유로워야 한다고 생각합니다. 현재 다양한 학교들이 존재해요. 예를 들어 특목고, 일반고, 마이스터고, 심지어 대안학교도 있죠. 이런 학교에 최대한 자율성을 보장해주어야 한다고 생각합니다. 저는 획일적인 교육 때문에 젊은 세대가 획일적인 꿈을 가진다고 봐요. 그러니까 아는 것이 공무원밖에 없어 그 시험에만 죽기 살기로 매달리는 것입니다.

김연주 그러면 국가가 의무 교육 시스템을 운영하는 것은 맞는데 교과 과정은 최대한 자율성을 줘야 한다는 뜻인가요?

신인규 지금은 완전히 똑같은 교육으로 붕어빵을 찍어내는 형편입니다.

김민규 저도 공감합니다. 그래서 저는 좀 특별한 학교, 사회과학을 전문적으로 교육할 수 있는 기관을 찾아 인천국제고등학교에 간 것입니다.

신인규 제가 알기로 한국은 이렇다 할 교육 개혁이 없었어요. 특별히 기억에 남는 것은 이름을 바꾼 겁니다. 제가 초등학교 3학년 때 바뀌었거든요. 어느 날 국민학교라고 하지 말고 초등학교로 부르라고 했어요. 반장은 회장으로 바꾸라고 했고요. 학교 이름만, 즉 껍데기만 바뀐 겁니다. 저희가 중학교 때, 외고가 좀 많이 뜨는 분위기라 강남에서는 문과 학생들이 외고에 많이 갔어요. 하지만 일반고로 가든 외고로 가든 수능 공부하긴 똑같아요. 제가 고등학교 다닐 때 제7차 교육과정으로 바뀌었어요. 그 때문에 수능 총점도 400

점에서 500점으로 늘어나고 사탐(사회 탐구 영역)도 골라서 배웠어요. 과학, 수학 과목은 배우지 않거나 내용이 축소됐어요. 제가 말하고 싶은 것은 국가가 커리큘럼을 전부 짜놔서 그것을 벗어날 수가 없었다는 거예요. 벗어나는 방법은 학교를 그만두고 검정고시를 치든 대안학교에 가는 겁니다. 대학을 가려면 국가가 정한 틀을 벗어날 수가 없어요. 결국 수능 시험을 봐야 하니까요. 교육이 획일화되어 있다는 것도 문제이지만 이런 획일적인 교육 시스템이 자라나는 청소년들에게 과도한 학업 스트레스를 주고 있다는 것도 문제입니다. 한국은 오랫동안 자살률이 세계 1위인 나라인데, 그 중요한 이유 중 하나가 청소년 교육과 연관되어 있다고 생각합니다. 한국 청소년들은 학업 스트레스 때문에 목숨을 끊는 경우가 많다고 해요. 그 때문에 청소년 자살 비율이 다른 나라에 비해 월등하고요. 참 기가 막힌 일입니다. 한편 교육을 국가가 관리하다 보니 학교 선생들이 학생을 가르치는 일보다 행정업무에 더 시달리고 있습니다. 선생님들은 행정업무 때문에 막상 중요한 교과목 연구는 거의 못 하는 실정이라고 합니다. 제7차 교육과정으로 변한 시기에 영어선생님이 영어로 수업을 하는 중에 황당한 콩글리시를 하는 바람에 교실이 웃음바다로 변했습니다. 저는 강남에서 초중고를 다녔는데 영어회화는 학생들이 선생님보다 더 잘했어요. 교사가 학생들을 위한 수업 준비보다 행정업무에 시달리는 바람에 교과 연구를 할 수 없는 현실은 국가 주도 교육이 불러온 폐해라고 생각합니다.

김연주 교육 현장에 있는 민규 씨는 몸으로 느낀 점이 있을 것 같아요.

김민규 고등학교 1학년 때. 저희가 수학여행을 미국으로 갔어요.

김연주 국제고답네요.

김민규 그렇습니다. 서부로 넘어가 현지 고등학교에 머물면서, 그 학교 학생들과 3일 정도 커리큘럼을 소화하는 과정이 있었습니다.

김연주 거기 고등학교 친구들과 함께 공부한단 말이죠.

김민규 저희 학년을 모두 같은 학교에 배정하기에는 인원이 너무 많기 때문에 반별로 각각 다른 학교에 배정했어요. 제가 갔던 학교는 미국식 자사고(기존의 사립고보다 학교의 자율성을 확대시킨 고등학교) 같은 학교였습니다. 소위 말하는 특목고였죠.

신인규 우수한 학생들이 모여 있는 학교였군요.

김민규 네, 그런 것 같았어요. 저는 평소에 우리나라 교육 체제의 대대적 개혁에 대해 고민해왔습니다. 그래서 미국의 고등학교 교육과정이나 교육 현장의 분위기를 체험할 수 있는 기회가 너무나 소중했습니다. 미국의 커리큘럼은 우리나라처럼 단순하지 않습니다. 단일 시스템이 아니란 뜻이에요. 제가 예상했던 것보다 다양한 메뉴가 있었어요. 이 학교 친구랑 저 학교 친구랑 같은 과목을 배우는데도 각각 다른 내용을 다채롭게 다룬다는 것이죠. 그래서 미국 친구들과 미국 현지 교육에 대해 토론하며 궁금한 점들을 물어봤습니다. 가장 충격적이었던 것은 커리큘럼의 편성을 국가가 주도하지 않는다는 것이었습니다. 커리큘럼이 상당히 많았어요. 미국 사립고의 특징은, 각 학교마다 고유한 인재상을 상정하고 그런 인재를 키우기 위해 교육 이념을 새롭게 세팅한다는 것입니다. 일종의 건학 이념이 되겠죠. 그러한 설립 목적에 맞게, 시장에 있는 많은 커리큘럼 중에서 하나를 선택하는 구조입니다.

김연주 그것을 3일 동안 확인했단 말이죠?

김민규 교육 환경이 자유롭다는 소문은 익히 들어 알고 있었으나, 교육 체제 자체가 상당히 자유로웠던 모습이 신선한 충격이었습니다. 그 학교 학생과 얘기하다가 학교별로 커리큘럼이 상이하다는 사실을 알게 돼 캐물었죠. 평소 제 관심사였기 때문에 금방 상황이 파악됐어요. 또 재미있었던 부분은 교육수준이나 학습역량은 한국 학생이 훨씬 뛰어난 것 같았다는 거예요.

김연주 학생들의 지적인 능력에 있어 국제고 학생들이 뛰어났단 말이죠?

김민규 네, 그러니까 쉽게 말해 우리나라 학생이 '공부는 월등히 잘한다'는 생각이 들었어요.

김연주 사실 우리나라의 뛰어난 인재들은 정말 준비가 잘된 상태라고 할 수 있죠.

김민규 네, 그곳에 가면 버디라고 현지 학교에 재학 중인 친구를 붙여주는데, 함께 다니라는 일종의 배려죠. 초면에 하버드 의대를 준비 중이라고 해서 잔뜩 기대한 채 수학 수업을 같이 들으러 갔습니다. 우리나라 대치동 의대 재종반(재수종합학원)을 생각하고 들어간 거죠. 그런데 전반적인 수업 수준이 우리나라 중학교 정도였습니다. 솔직히 제가 수학을 더 잘합니다. 근데 제가 한국으로 돌아오고 두 달 뒤에 버디한테 전화가 왔어요. 하버드 의대에 붙었다는 거죠. 괜히 착잡했던 기억이 납니다.

김연주 미국은 우리처럼 현재 성적도 보지만 앞으로의 가능성 등을 종합해 학생을 선발하죠. 현재 그 학생의 학업 상태, 능력도 중요하겠지만 학생들의 잠재력을 어떤 식으로든 평가한단 말이죠. 대학의 자율권이 있으니까 그것이 가능할 것 같아요.

김민규 그렇겠죠. 미국 교육은 다양성을 가르치는 교육이고, 폭넓은 시장에서 교육 수요자를 겨냥한 치열한 경쟁을 통해 최종적으로 선택받는 교육이죠. 그런 체제를 가졌기 때문에 미국 교육이 선진화되었다고 말할 수 있다고 생각합니다.

김연주 우리나라 공교육의 명시적 교육 목적과 실질적인 교육 목표에 괴리가 있어요. 명시적인 목표라면 뻔한 얘기잖아요. 국가 인재를 양성해 국가 경쟁력을 높이겠다, 개인의 지적 능력을 신장시켜 사회에 유용한 인재로 만들겠다.

신인규 그런 뜬구름 잡는 거창한 소리를 하지만 실상 고등학교는 대학으로 가는 교두보 역할을 하는 곳이잖아요.

김민규 분명히 짚고 넘어가야 할 문제가, 대학을 보내는 것이 고등학교 교육의 실질적인 목표라면, 공교육이 사교육에 비해 비교우위로 가지고 있는 점이 하나도 없다는 인식이 학생들 사이에 상당히 팽배하다는 것입니다. 당장 지금 고3들만 생각해보면요, 우리 학교뿐 아니라 모든 학교가 EBS 연계 교재로 수업을 해요. 수능 특강, 수능 완성으로 1년 내내 공부하죠. 냉정하게 대입을 위한 효율성 측면에서만 보자면, 중간에 학교를 때려치우고 대치동 기숙학원에 들어가는 게 합리적이거든요.

김연주 대치동에는 워낙 고수들이 있으니까요.

김민규 공교육보다 사교육 인재 창고가 훨씬 넓어서 그럴 수밖에 없어요. 그리고 3년 동안 학교 선생님들과 호흡을 맞추며 살아온 입장에서 이야기해보자면, 선생님들이 수업 외에 담당하셔야 할 업무들이 너무 많습니다. 당장 저희 학교만 해도 선생님들이 8시에 출근하셔서 저녁 9시에 퇴근하시거든요. 콘텐츠 연구만 하는 사교육계를 이길 수가 없습니다. 그럼에도 제가 공교육의 재건과 교육 제도의 대대적인 개혁을 외치는 이유는, 학교가 담당해야 할 부분이 분명히 있기 때문입니다. 저는 선생님들의 역할을 대입 도우미 정도로 보지 않습니다. 더 크고 중요한 역할이 있다는 거죠. 연장 선상에서 생각해보면, 고등학교를 비롯한 교육 체계가, 대학을 보내기 위한 수단으로만 전락하는 것이 바람직하지 않다고 보는 겁니다. 학교는 지식만 주입하는 현장이 아닙니다. 저는 그보다 더 큰 가치를 교육계가 다루어야 한다고 봐요. 상투적으로 들릴 수도 있겠으나 사회에 나가기 전에 인생을 가르치고 배우는 장이어야 한다고 봅니다.

김연주 인생을 살아가는 동안에는 그런 것들이 공부보다 훨씬 더 필요해요.

김민규 저도 그 말에 동의하죠. 그런데도 말씀하신 것처럼 학부모들과 학생들이 생각하는 국내 교육의 실질적인 목표는 좋은 대학으로 진학하는 것이잖아요. 그것이 실질적인 목표라면 공교육보다 사교육이 가진 비교우위가 훨씬 많습니다. 공교육이 표방하는 이념과 교육 수요자들이 추구하는 목표가 다른 것에서부터 서로 엇갈리기 시작하고, 설상가

상으로 시간이 지날수록 공교육이 수요자들의 욕구를 충족시켜줄 수 없게 되는 거죠. 그것이 공교육을 설계하는 기관의 가장 큰 숙제가 아닐까 싶습니다. 현실적으로 지금의 공교육을 평가하자면, 대입에 있어 사교육보다 명확한 강점은 없는 데다, 국가가 주도하고 있으니 자연스럽게 도태될 수밖에 없는 것이죠. 저는 국가가 커리큘럼에 감 놔라 배 놔라 할 때가 아니라, 우리나라 교육의 큰 방향을 새로 수립하고, 공교육과 교육 수요자들의 시선을 서로 나란히 맞추도록 조정하는 데 전력을 다해야 한다고 봅니다. 그것이 교사들의 비전과 학생들의 열정을 허비하지 않게 할 수 있는 유일한 해결책일 것입니다.

김연주 거창한 교육 이념을 얘기하지만, 학부모들과 학생들 속내에선 대학 진학이 고등학교 교육의 궁극적 목적이란 말이네요. 학교에는 학부모와 학생들의 실질적 욕망인 대학 진학을 담당할 능력이 있는 인재풀이 적다는 인식이고요.

김민규 맞아요. 그러니까 문제의 본질은 서열화라고 할 수 있어요.

김연주 대학을 잘 가야 한다는 이 절대적 명제 앞에 학부모도 학생도 무릎을 꿇을 수밖에 없어요. 결국은 대학 서열화가 우리나라 공교육의 핵심적인 문제를 만든단 말이에요. 그럼 대학 서열화를 없애야 하나요?

신인규 진보 진영에서 서열화를 없애려고 파리1대학, 2대학 이런 식으로 만들려고 하는데, 그것은 현실적으로 가능하다고 보지 않아요. 서열화 자체는 어떻게 해도 없앨 수 없어요. 강남 살기 좋고, 송파 살기 좋고, 서초가 살기 좋고, 이게 다 서열화잖아요. 지역은 없애려고 해도 없어지는 것이 아니에요. 그것은 마치 인간의 욕구를 없애자는 얘기라고 봐요. 실제로 불가능한 말입니다.

김연주 그럼, 서열화를 그대로 두자는 얘기인가?

신인규 문제는, 대학 서열화로 인한 열매를 탐하는 사람들이라고 생각해요. 엘리트주의 그 자체가 문제라고 봐요. 비명문대나 지방 대학 출신을 차별하는 구조가 문제란 것이죠. 문제는 서열화 그 자체가 아니라고 봐요. 그리고 이미 서열화되어 있는 현실을 인위적으로 없애려고 하면 인간의 욕망을 부정하는 결과가 되어 의도치 않은 다른 부작용을 발생시킬 우려가 크다고 봅니다.

김연주 그럼, 서열화를 없애는 것은 가능하지 않다고 보는 거네요.

신인규 네, 인위적인 방법으로는 원하는 정책 목표를 달성할 수 없고, 실효성도 없다고 봐요.

김연주 대학 서열화를 그대로 둔다고 해도 지금처럼 명문대학이나 주요 대학이 전부 서울에만 있는 점은, 과거와 환경이 달라졌다는 것을 고려할 때 개선할 필요성이 있어요.

신인규 저는 현재 우리 사회가, 지방 대학 출신이라 해도 능력을 갖추고 있다면 직장에서 차별당하지 않는 사회라고 봐요. 상당 부분 그런 차별을 못 하게 시스템이 갖추어졌다고 봐요. 물론 그 시스템을 운영하는 것은 사람이니까 아직도 명문대 출신이 능력이 낫다고 믿는 사람들이 있는 게 문제죠. 어쨌든 그럼에도 불구하고 명문대 출신이 특별히 대접받는 직종이 있어요. 정치도 그런 분야 중 하나고요. 정치가 아직까지는 스펙을 가지고 하는 것으로 인식되기 때문에 그런 것 같아요. 솔직히 정치는 연예인들처럼 대중의 사랑을 받아야 할 수 있는 일이거든요. 그러니까 여기서 스펙은 남에게 보이는 것, 다시 말해 보여지는 것을 말하는 것이죠. 출신 학교가 특별할 경우 사람들이 좀 다르게 보는 경향이 있어요. 우리 이준석 대표가 하버드 출신이다 보니 대중들에게 좀 특별한 존재라는 느낌을 줍니다. 사람들의 머릿속에 하버드는 세계 최고의 대학이란 이미지가 상당히 깊게 각인돼 있어요. 어떤 정치인이 서울대, 판사, 하버드, 이렇게 되면 대중은 우선 스펙에 주눅이 들죠. 그 때문에 그 정치인이 전혀 다르게 느껴지기도 하고요. 거리감도 들고요. 그것은 아직도 우리 사회가 학교나 학력으로 사람을 평가한단 뜻이죠. 앞으로 대학의 영향력이 한 개인의 삶에 차지하는 영향력을 더 줄이는 구조로 나아가야 한다고 봐요. 그리고 연주 선생님이 중요한 지적을 했는데, 주요 대학이 서울에 집중해 있는 것이 문제이긴 합니다. 하지만 그것을 해결하는 방법 역시 인위적으로는 가능하지 않다고 생각해요. 저는 지방분권이 선행되어야 한다고 봐요. 권한 분산을 통해 국가 전체 시스템의 방향을 틀어야 합니다. 권한이 지방으로 넘어가면 여러 가지 문제들이 하나씩 풀릴 것으로 믿어요. 오늘날 한국 사회에서 대학 서열화보다 더 큰 문제는 대학 졸업 후의 일자리 문제예요. 그것도 지방분권으로 상당 부분 해결할 수 있을 것으로 봐요. 만일 지방정부가 권력을 가지고 독자적인 행정을 할 수 있고, 세수를 확보할 수 있으면 지방 권력이 중앙권력과 같은 힘을 가질 수 있을 겁니다. 그렇게 되면 지방 대학을 스스로 융성하게 할 수 있는 길이 열릴 것이고, 기업을 유치하고, 지방정부가 독자적으로 일자리를 만들 수 있을 겁니다. 교육과 일자리가 자연스레 연계되는 셈이죠. 지금도 일부 지방에서 기업을 유치할 방법으로 세금을 감면하고 있습니다. 지방정부가 힘을 가져 서로 경쟁하게 된다면 자신들이 잘살기 위해 더 과감하게 기업과 대학을 유치할 방안을 모색할 것입니다. 지금 대구나 부산에서 학생들이 서울로 오는 이유가 지방 대학을 졸업해 직장을 잡는 것이 어렵기 때문입니다. 직장을 서울에서 잡아야 하니까 이왕 대학 때에 상경하는 거죠. 그래서 저는 교육 문제를 교육만 가지고 접근해서는 풀기 어렵다고 봐요. 저는 그렇게 생각해요.

김연주 맞는 말이지만, 그 말을 듣고 있으면 그런 문제들은 우리 세대에서 해결하기 힘든 과제로 느껴져요. 지방분권이 되고 엄청난 권한을 가진 지방정부가 대학을 가꾸고 일자리를 만드는 나라를 상상하는 것은 무척 아름답죠. 하지만 그런 꿈만 같은 세상, 좋은 나라가 언제 펼쳐지겠어요. 우리가 당장 할 수 있는 과제를 찾아보는 것도 중요할 것 같아요. 이상은 높게 가져야 하지만 발은 항상 땅을 딛고 있어야 하니까요.

김민규 그런 측면에서 제가 당장 할 수 있는 얘기를 해볼게요. 저도 대학 서열화를 막을 수 없을 것으로 봐요. 또한 서열화를 일체적으로 막는 것이 교육 개혁의 궁극적인 목적도 아니고, 본질적인 해결책도 안 될 겁니다. 물론 서열화의 완화가 시급한 분야도 분명 존재합니다. 대학에서 연구비를 받아가는 순서도 서열화됐어요. 이런 현실을 완전히 뒤바꿀 수 없다고 해도 정부가 나서서 부분적으로나마 보정해야 하지 않을까 합니다. 연구비 배분을 지금처럼 운영하는 것은 어떻게 보면 정부가 나서서 가시적인 서열화를 조장하는 것이 될 수 있을 것 같아요.

김연주 저는 대학에서 학생을 선발하는 방법도 개선되어야 한다고 생각합니다. 공정이란 이름으로 너무 객관적인 자료에 의존해 인재를 뽑아요. 물론 성적이 높은 친구를 밀어내고 성적이 낮은 친구가 합격한다면 난리가 나겠죠. 하지만 저는 가능성 있는 친구를 선발할 수 있는 전형을 대학에서 연구해 찾아내야 한다고 봐요. 하버드 대학이 우리 이 대표를 합격시켜 하버드 인재로 양성한 것처럼 말이에요. 오래 전의 일이지만 서울대학 교수가 한 학생이 작성한 논술을 보고 그 학생을 꼭 합격시켜 인재로 키워보고 싶어 했는데, 그 학생의 점수가 수능 최저 기준을 통과하지 못해 뽑지 못한 적이 있었어요. 이런 경우 교수에게 선발권을 줘야 하고, 보다 근본적으로 그런 학생이 대학에 입학할 가능성이 높은 구조를 만들어야 한다고 생각해요.

신인규 맞아요. 학생들의 창의력이나 진취성을 보지 않고 성적으로만 선발하니까 창의적인 인재가 탄생하지 않는다고 봐요. 우리가 70년 동안 학생들을 뜨겁게 달군 프라이팬 위의 기름처럼 달달 볶는데도 수학에서 필즈 상 하나, 노벨 과학상 하나를 못 받았어요. 특별히 노벨상 위원회가 우리나라를 소외시켜 그런가요? 한국인들처럼 죽기 살기로 공부하는 사람들 많은 나라에서 세계적인 상을 받지 못하는 것은 전적으로 교육의 문제라고 봐요. 우리 교육에 문제가 있는 거죠. 우리가 그동안 창의적인 교육을 못 한 것이죠.

김연주 일본도 대학입시가 무척 힘든 나라이기는 해도 지방 대학들의 체계는 잘 돼 있는 것 같아요. 그곳도 도쿄대학이나 교토대학 등이 명문인 것은 사실이지만 지방 대학들의 사정은 우리와 좀 다르지 싶어요. 일본의 지방 대학들은 나름대로의 경쟁력을 갖고 있다고 들었어요. 그것을 가늠할 수 있는 척도 중 하나가 바로 노벨상 수상자의 학적인데, 노벨상을 받은 일본 학자들 가운데 소위 명문대 출신이 아닌 경우가 많습니다. 우리 식으로 말하면 지방 대학 학부 출신들이 노벨상을 여럿 받았다는 거죠. 계속 말하지만 우리는 너무 서울 중심이란 말이죠.

신인규 조금 전에도 말씀드렸듯 그런 문제의 본질적인 해결은 지방분권인데, 일본의 경우는 좀 독특하게 애초에 지방분권으로 성립된 나라죠. 지금은 지방분권에 관한 얘기를 하는 것이 아니라 교육 문제를 다루고 있으니까, 제가 개인적인 경험을 말씀드려볼게요. 사실 로스쿨 역시 서열화돼 있어요. 법조인 지망생들은 죄다 서울대 로스쿨 입학을 원해요. 여러 가지 이유 가운데서도 우선 동문이 많으니까, 인맥 차원에서 당연히 서울대가 유리하죠. 둘째로 서울대 로스쿨에 훌륭한 교수들이 많아요. 그런 분들에게 강의를 듣고 싶어 서울대에 가는 겁니다.

김연주 그런 상황이라면 서울대를 선호하는 것을 나무랄 수도 없겠네요.

신인규 저는 서울에 있는 대학에서 법학 교육을 받아봤고, 지방에서도 꼭 같은 교육을 받아봤단 말입니다. 제가 볼 때는 아직 학교 간 교육 내용에 있어 서울과 지방 간에 분명히 차이가 있어요.

김연주 정말 구조적인 문제란 생각이 드는군요.

개천에서
용을 키우는 법이
가능한가

김연주 우리 당 유력 후보 중 한 분이 공정한 제도로 실력을 키우자는 주장을 하면서 대학입시 제도부터 혁파하자고 했습니다. 그는 자신의 페이스북을 통해 입학사정관제도, 수시를 철폐하고 오로지 정시로만 대학에 입학할 수 있게 해야 한다고 주장했어요. 그 후보는 1년에 수능을 2회 보도록 하고, 정시 문제도 EBS 교재에서 70퍼센트 이상 출제해 서민 자제들이 공부만 열심히 하면 원하는 대학에 갈 수 있도록 해 스펙 사회를 실력사회로 전환해야 한다고 주장했습니다. 그뿐이 아닙니다. 로스쿨과 의전원, 국립외교원 등 음서 제도를 폐지하고 사법시험과 행정고시, 외무고시도 부활해 개천에서도 용이 나는 사회를 만들어야 한다고 했습니다.

그가 바로 홍준표 후보님입니다. 그는 서민 복지의 핵심은 현금 나누어주기가 아니고, 서민들이 계층 상승을 할 수 있는 토대를 마련해주는 것이라고 주장했습니다. 마침 우리가 이번에 다루고 있는 주제를 홍준표 의원이 대선 공약으로 꺼낸 셈입니다. 그래서 한번 다루어볼까 합니다.

신인규 저도 아주 좋은 주제라고 생각합니다. 한 정치인들이 국민 앞에 펼쳐 보이는 정책을 보면 그 정치인의 연륜과 식견 성향까지 정확히 가늠할 수 있습니다. 연주 선생님의 말처럼 우리가 치열하게 다루었던 문제이니까 토론의 연장 선상에서 함께 얘기해볼 필요가 있다고 생각됩니다.

김민규 저도 정시로 대학입시를 단일화한다는 공약에 관해선 할 말이 많습니다. 홍준표 후보의 많은 정책들에 동의하지만, 대통령으로 당선되신다면 한국의 입시 제도의 측면에서만큼은 일대 파란이 일어날 것으로 예상되는 상황입니다.

김연주 정말 그럴 것 같습니다. 사실 지금 대학에서 실시하는 수시 제도는 우리가 앞에서 토론했던 것처럼 오랜 세월 시행 착오를 겪으면서 만들어진 제도입니다. 그것을 공정이라는 이름 아래 하루아침에 무너뜨리고 예전 제도로 돌아갈 테죠. 우리가 지금 시행하고 있는 입시 제도도 실은 공정의 이름으로 변화된 제도인데 말이죠.

신인규 제가 로스쿨을 졸업하고 변호사 시험을 통과해 변호사로

그렇게 된다면 학생들은 학교에서 잠을 자고
집에서 대치동 강사의 인터넷 강의를 듣는
진풍경이 만들어질 것입니다.

활동 중인 사람입니다. 홍 후보님이 말한 정시 100퍼센트나 고시 부활은 하나의 믿음에서 나왔습니다. 시험만이 오직 공정하단 믿음입니다. 얘기를 진행하다 보면 과연 시험이 공정한 것인지 밝혀질 것입니다. 고시 제도의 부활에 관해 짚어보기 전에 대학입시에 관해 먼저 말씀드리겠습니다. 저는 대학입시에서 수시 비중은 늘려가야 한다고 생각합니다. 만일 시험이 공정하단 논리로 수능으로만 학생을 선발할 경우 수능 1타 강사들이 모여 있는 강남에 사는 학생들이 제일 유리할 겁니다. 다양한 전형이 사라질 것이기 때문에 시골에 사는 친구들이나 장애인, 탈북자, 사회 소외 계층의 자녀들이 대학입시에서 결정적으로 불리해지고 그들에게 명문대학 입학의 길이 원천적으로 차단될 수 있습니다. 과연 이것이 실질적으로 공정한 것인지 한번 생각해 볼 필요가 있습니다.

김연주 맞습니다. 무엇이 정의인지 생각해야 합니다. 장애인과 비장애인이 꼭 같은 출발선에서 같은 조건으로 출발하는 것이 정의입니까? 저는 그것이 정의라고 생각하지 않습니다.

김민규 만일 수능으로 교육 제도가 일원화되면 고등학교 교육은 지금보다 훨씬 황폐화될 것입니다. 저는 홍준표 후보께서 고시 부활이나 수시 폐지를 도입하겠다고 하는 배경은 충분히 이해합니다. 홍준표 후보께서 대입 치르시고 사법고시를 준비하셨을 때는, 정말 실력과 노력만으로 원하는 성과를 얻을 수 있는 시대였습니다. 그런데 요즘은 그렇지 않거든요. 사교육이 교육시장에서 거의 독점적인 지위를 차지하고 있습니다. 학원 안 다니고 수능 수학 다 맞히기가 하늘의 별 따기인 시대입니다. 수능으로만 줄을 세워버리면 사교육의 수강 여부가 더 크고 중요한 변인으로 진화할 것이라고 생각해요. 그런 점에서 저는 다양성 교육을 기조로 하되, 정시라는 제도는 하나의 보완책으로 남겨두는 것이 옳다고 생각하는 거죠. 앞에서 지적한 것처럼 학교 교사들은 수업 연구 외에도 해야 할 일이 너무 많습니다. 담임하는 반도 챙겨야 하고, 통상적인 행정업무도 수행해야 합니다. 수능만 전문적으로 연구하는 대치동 강사에 비해 그런 점에서는 뒤처질 수밖에 없는 것이죠. 그렇게 된다면 학생들은 학교에서 잠을 자고 집에서 대치동 강사의 인터넷 강의를 듣는 진풍경이 만들어질 것입니다.

신인규 대학에 입학할 기회를 다양한 계층에게 골고루 주는 것이 공정이라고 생각합니다. 제가 고시 제도를 말하기 전에 대학입시 제도에 관해 말한 것은, 대학입시가 정시 100퍼센트로 방향을 바꾸면 고등학교 교육이 황폐해질 수 있는 것과 마찬가지로, 고시 제도가 부활하면 대학 교육이 황폐해질 것이라는 맥락에서입니다. 고시 제도는 정시로 100퍼센트를 뽑는 방식이거든요. 쉽게 말해서 이것은 완벽한 줄 세우기라고 할 수 있습니다. 고시는 법조인의 선발제도입니다. 그럼, 우리 당 원희룡 후보처럼 고시 1등, 수석이 탄생하는 겁니다. 천 명을 뽑는다면 천 등까지 합격자가 나오겠죠. 천 등 바깥의 응시자는 떨어집니다. 천 명의 법조인이 선발되는 겁니다. 그런데 로스쿨은 법조인의 양성이에요. 일반인들이 보면 뭐가 다르냐고 질문할 수 있을 겁니다. 선발과 양성, 그 말이 그 말이지, 뭐, 말장난이 아닌가? 그러나 둘은 엄청난 철학적 차이가 있습니다. 현재 진행되고 있는 로스쿨 제도가 아무 문제 없이 깔끔하단 뜻은 결코 아닙니다. 이 제도가 원래 계획대로 진행되지 않고 약간 변형된 것은 사실입니다. 하지만 왜, 법조인을 선발하는 게 아니라 양성해야 할까요? 먼저 법조인을 선발하면 어떤 문제가 있을까요? 일단 법이라는 게 그래요. 법조문만 알아서 될까요? 법은 기본적으로 사람들 사이의 관계로 인해 발생하는 문제를 해결해주는 공적인 권력입니다. 그것이 공법이든 사법이든 사회법이든 마찬가지입니다. 인간끼리의 문제 해결이 중심이란 말입니다. 그것이 의미하는 것은, 인문학에 대한 깊은 이해가 없으면 법을 제대로 집행할 수 없다는 것입니다. 결국 법은 사람을 규율하고 처벌하는 일입니다. 만일 법조문만으로 재판할 경우엔 AI를 갖다놓으면 훨씬 더 잘할 수 있을 겁니다. 그러나 가령 헌법에도, 법조인은 헌법과 법률에 의하여 그 양심이 정한 대로 하라고 나와 있거든요. 그 양심이라는 게 눈에 보이지 않아요. 그 양심이란 법조인의 덕성, 판단 기준 같은 것을 두고 하는 말이죠. 다시 말해 사법권이란 법조인의 주관적인 판단, 개인의 사고체계와 철학적 베이스가 섞여 운영된다는 말입니다. 법조인을 단순히 시험만으로 선발하게 되면 그냥 법 기술자를 뽑는 것이 되는 셈입니다. 법조인을 선발하는 대신 양성하게 되면 어떻게 될까요. 인문학 공부도 할 수 있고, 죽기 살기로 경쟁해 법조인이 되지 않았기 때문에 따뜻한 마음의 소유자, 마음의 여유가 있는 법조인이 길러지는 겁니다. 로스쿨이 도입될 당시 다양한 베이스를 가진 사람을 법조인으로 길러내자는 취지도 있었거든요. 그럼, 왜 다양한 베이스가 있어야 할까요? 법이 사회의 축소판이라고 할 수 있기 때문에 판사는 법 자체만 알아서는 사회를 규율할 수가 없어요. 정확한 판단을 못 해요. 근데 고시 제도가 있으면 공부만으로 판사가 되니까, 공부 잘하는 스물네 살 젊은이도 판사가 되어 이혼 재판을 막 하는 거죠. 양육비는 누가 부담하고 애는 누가 길러라, 이런 판결을 다 하는 거예요. 그러나 재판은 절대로 법대로만 되는 게 아니에요. 우리나라 법원은 인간 세계를 잘 이해 못 하면서 무조건 법으로 판단하니까 그동안 메말랐던 거죠. 사실상 왜곡 재판도 많았고요.

김연주 그럼 로스쿨 도입 이후 우리 법원의 풍경이 달라졌나요. 저야 법원에 갈 일도 송사에 휘말려본 적도 없어 잘 모르겠는데요. 제가 듣기론 법조 일원화가 시행됐다고 하더라고요.

신인규 맞아요. 법조 일원화가 뭐냐 하면요. 변호사로서 일정한 경험이 있는 사람 가운데서 법관을 뽑는 제도인데, 영미법계 나라인 미국과 영국 등지에서 실시하고 있는 제도입니다. 먼저 로스쿨에서 인문학 베이스를 가진 법조인들이 10년 이상 변호사 경력을 가져야 판사가 될 수 있어요. 곧바로 판사가 될 수 없는 거예요.

김연주 변호사로서 사회 경험을 하고 그런 연륜을 기반으로 법률가로 길러지는 거라고 할 수 있겠네요. 법조인의 선발과 법조인의 양성은 큰 제도적 차이가 있군요.

김민규 로스쿨이 있기 전에는 사법고시에 합격하면 사법연수원에 들어가잖아요?

김연주 그렇죠. 민규 씨 질문은 사법고시를 통해 뽑힌 법조인들이 사법연수원에서 필요한 자질을 연수받을 수 있지 않냐는 거죠.

김민규 네. 그런 측면에서 보자면 사법연수원도 양성기관이라고 할 수 있어요. 그런 점은 인정하세요?

신인규 사법연수원은 선발 후 양성이 있죠.

김민규 그렇죠. 시험을 보고 난 뒤에 교육을 받으니까요.

김연주 중요한 것은 라이선스를 언제 부여하느냐, 시점인가요?

신인규 네, 저는 그것이 핵심이라고 봐요. 사법고시를 통해 일단 선발한 이후에 가는 사법연수원은 법관을 임용하기 위해서 자기들 사이에서 순위 정하는 교육을 받는 곳에 불과해요. 그러니까 사법고시로 먼저 변호사라는 라이선스를 부여받고 이후에 연수원으로 들어가서 성적순으로 법조인의 지위를 부여받는 겁니다. 엄밀히 말하면 양성한다고 말할 수 없어요.

김연주 다른 제도라는 것을 알겠어요. 핵심은 두 제도가 전혀 다른 법조인을 길러내게 된다는 사실이네요. 좀 극단적으로 말하면 변호사 10년 이상 하면서 산전수전 다 겪은 판사와 사법고시 합격한 스물네 살짜리 판사의 차이군요.

신인규 맞아요. 사법연수원은 양성기관이라고 보기 힘들어요. 제 생각은 그래요. 사법고시가 엄청난 경쟁시험이잖아요. 그런 경쟁을 통해 선발된 성골들끼리 판검사 임용을 위한 경쟁을 다시 하는 겁니다. 극단적으로 말하면 몇 등까지는 판사, 몇 등까지는 검사, 이런 식으로 말입니다.

김연주 로스쿨은 라이선스를 바로 주는 게 아니라 법학, 인문학, 철학 교육 등을 시킨 뒤에 자격시험을 거쳐 변호사가 되게 한다는 것이죠.

김민규 그들이 나중에 판사가 되기도 하겠네요?

신인규 물론입니다.

김민규 분명히 철학적 차이가 있군요. 대학입학 시험이 정시와 수시로 나뉘어 있잖아요. 법조인 양성 방법도 대학입학처럼 사법고시와 로스쿨을 혼합할 수도 있지 않을까요?

신인규 지금까지 말씀드렸듯 법조인은 그 직업의 특성상 양성돼야 한다고 봐요. 어떨 때 재판은 사람의 생명을 다루기도 하잖아요. 의사는 기술만 있으면 되지만 판사는 법전만으로 판단할 수 없어요. 양심으로 판단해야죠. 그 양심은 시험으로 얻을 수 있는 것이 아닙니다. 도제식으로 차분히 양성되고 길러져야 전문가가 전문인으로 기능할 수 있다고 봅니다.

김연주 사시 제도가 있는 나라는 없나요?

신인규 저는 이렇게 생각해요. 고시 제도는 옛날식으로 말하면 과거 시험 같은 거죠. 그런데 과거 시험은 인재를 신속하게 등용하기 위한 수단입니다. 누굴 길러낼 여건이 안 되는 나라에서 말이죠. 그러니까 쉽게 말하면 전쟁이 일어난 뒤에 바로 나라를 운영해야 하는데, 곧장 인재를 등용할 때 필요한 제도라는 거죠. 우리나라는 어느 정도 사회 인프라도 있고, 충분한 교육 여건도 갖췄는데, 다시 고시로 돌아가 인재를 충원한다는 것에 저는 동의가 안 되는 거죠.

김연주 고시 제도가 대학 교육을 황폐하게 만든단 점을 꼭 짚고 넘어가야 해요. 옛날에는 명문대학에 입학하는 자식들은 죄다 고시 공부를 한 적이 있었죠. 어찌 보면 한탄스러운 상황이라고 할 수 있어요. 문과에서 잘난 애들은 죄다 법조인 되고, 이과에서 잘난 애들은 죄다 의사가 된다면 도대체 나라 꼴이 뭐가 되겠나? 첨단 과학은 누가 한단 말인가? 결국, 나라를 살리는 것은 반도체, 바이오산업, 4차 산업, 뭐 이런 것들이란 말이에요.

신인규 맞아요. 서울대는 영어학과에 들어가든 중국어학과에 들어가든 어학 공부는 안 하고 고시에만 매달렸어요. 심지어 이과생들도 고시 공부만 했어요. 그렇게 3만 명이 시험 봐서 딱 1천 명, 그러니까 3퍼센트 뽑는 시험에 학생들이 목을 매는 겁니다. 대학 교육이 무너질 수밖에 없어요. 그런데 로스쿨 제도가 시행되면서 선발 과정 중에 대학 생활 자체를 정상적으로 평가하거든요. 말하자면 로스쿨 들어갈 때 수시와 마찬가지로, 아무래도 대학 생활을 더 열심히 할 수밖에 없어요. 로스쿨이 대학 교육의 정상화에 이바지한 측면이 있었어요.

김연주 홍준표 후보는 고시 제도를 통해 개천에서 용을 키워내자고 말했잖아요. 그 말은 어떤가요?

신인규 제가 고시 세대예요. 그러니까 자신 있게 말할 수 있어요.

고시 제도가 개천에서 용 나게 하는 일은 없어요. 홍준표 후보가 공부하던 시대에는 개천에서 용 났죠. 그 시절에는 사교육이라는 게 많지 않았어요. 솔직히 말해 대학 가기도 지금보다 쉬웠어요. 지금은 대학 가는 것이 목숨을 건 전쟁이란 말이죠. 그때는 고시계에 사교육이라는 개념이 없었거든요. 과거에 고시는 혼자 하는 거였어요. 절에 가서 했죠. 저희 아버님도 절에 가서 공부하셨는데, 이런 얘기를 하시더라고요. 40일 동안 구두에 흙 안 묻히고 책을 봤다는 거예요. 방에서 공부만 했다는 얘기죠.

김연주 노무현 대통령도 독학으로 공부해 된 거잖아요.

신인규 1990년대 넘어오면서부터 고시계에도 사교육이 들어와요. 고시 붙은 사람들한테 다 물어보세요. 혼자서 공부한 사람 없어요. 다 학원의 혜택을 받아서 판검사 됐어요. 심지어 노 모 판사 같은 분은 연수원 다닐 때 학원에서 강의했어요. 학원비가 장난 아니에요. 실질적으로 가난한 사람이 고시에 붙을 수 없는 구조였어요. 오히려 로스쿨에는 저소득층 특별전형 제도가 있어요. 개천에서 용 나는 것은 오히려 로스쿨에서 가능한 구조예요.

김연주 신 변호사님 말 들어보니 사법고시로 돌아가는 것은 형식적 공정을 주장하는 거네요. 저는 형식적인 공정이 아니라 실질적 공정이 이루어지는 사회를 원해요. 그게 MZ 세대들이 바라는 세상이잖아요.

김민규 사법시험과 로스쿨 제도를 비교해보면 공정의 가치를 실현하는 것이 대단히 어려운 일이라는 것을 실감하겠네요.

〈나는 국대다〉로
돌아본
MZ 세대의 가능성

김연주 인류가 코로나라는 전대미문의 사건에 맞닥뜨렸잖아요. 물론 오래전에도 스페인 독감 등의 바이러스에 인류가 공격받긴 했지요. 하지만 코로나와 같은 케이스는 처음이지 않나 싶어요.

김민규 최근에도 많았죠. 조류독감, 사스. 메르스.

신인규 또 뭐가 올지 무서워요.

김연주 그래도 열심히 살아야죠. 항상 건강을 챙기면서 말이죠. 요즘은 정말로 사람 죽는 게 금방이란 생각이 들어요. 우리나라는 운이 좋았는지 다행히 유럽이나 미국처럼 하루에 무지막지한 사망자가 쏟아져 나오는 상황에 처하지는 않았어요. 미국에서 사람들이 그렇게 죽어 나가는 것을 보고 남의 나라 일인데도 공포를 느꼈다니까요. 미국만이 아니라 유럽에서도 사람이 코로나로 죽어가는데, 입원할 병실이 없었다잖아요. 인류가 질병에서 어느 정도 해방된 이후로 이런 경험은 처음일 거예요. 전쟁이나 9.11 테러 이런 끔찍한 일들이 있긴 했지만, 코로나는 그 성격이 완전히 다른 재난이 아닌가 싶습니다.

신인규 코로나는 여러 가지 측면에서 인류가 이제까지 경험한 재난과는 그 성격이 다른 것이죠.

김민규 지금 영유아기에 접어든 세대들은 학교에 다닐 나이가 되어도 표정으로 사람 감정을 잘 분간하지 못할 거랍니다. 사람들이 죄다 마스크를 쓰고 있으니까, 유아 시절에 사람의 표정을 보면서 익혔어야 할 인간의 감정에 관해 학습되지 않은 겁니다.

김연주 엄마와 아빠, 주변 사람들의 표정을 보면서 저 사람이 무슨 생각을 하고 있구나, 화가 났구나, 슬퍼하는구나, 이런 것을 알아야 하는데, 그런 훈련을 받지 못한 거네요.

김민규 맞아요. 저 사람 의도가 뭔지 의중을 파악해야 하는데, 마스크 때문에 그게 안 된다는 거예요.

신인규 참 놀라운 일이네요.

김민규 그래서 저는 교육의 새로운 패러다임이라고 한다면, 저희가 계속 얘기해왔듯 교육 제도의 개혁도 개혁이지만, 코로나 이후로 특정 지어 인간과 인간 사이의 관계 교육을 새롭게 할 필요가 있을 것 같아요. 외국에 비해 우리나라는 이 점에서 상당히 미흡한 부분이 있거든요. 지금은 많이 바뀌었습니다만, 제가 초등학교 입학했을 당시엔 관계 교육이라는 명목으로 '바른 생활', '즐거운 생활' 같은 교재들을 가지고 학생들을 가르쳤습니다. 사실상 관계는 교과서로 배울 수 있는 게 아닌데도 말이죠. 저는 지금과 같은 교육 제도가 존속된다고 가정했을 때, 어린 시절에 배워야만 하는 기본적인 인격의 틀 교육을 공교육이 담당할 수 있을지 의문이 들어요. 옛날에는 가정에서 배우고 친구들과 배우고 유치원에서 배우는 게 가능했죠. 지금은 그런 것이 불가능한 실정입니다. 관계 교육이나 인간 교육은, 굳이 코로나 상황이 아니었다고 해도 제대로 이루어지지 않고 있었는데 이제 전보다 더 안 좋아진 것이죠.

김연주 맞아요. 코로나 상황이 도래하기 전에 이미 IT 기술의 발달로 사람들 사이의 만남이 줄어들고 비대면이 일상화되고 있었어요.

김민규 그러니까, 우리 교육이 변화해야 할 것들이 많겠으나 특히 코로나 이후 비대면 사회에서 인간관계의 문제나 인격의 문제를 어떻게 다룰지를 비롯하여, 실질적인 교육의 폭을 넓혀가야 할 것이라고 봅니다. 덧셈 뺄셈만 가르쳐서는 사회 구성원으로 키워낼 수 없으니까요. 그리고 저는 한번 도래한 비대면 문화는, 나중에 코로나가 사라진다고 해도 하나의 문화로 정착될 가능성이 크다고 봐요. 그런 증후는 이미 4차 산업혁명이 시작되면서 나타났어요. 코로나 때문에 본격화된 거죠.

신인규 저도 동의합니다. 지식 전수가 교육의 전부는 아니죠. 더구나 인터넷 때문에 지식의 의미가 많이 달라졌어요. 우리 옆에 거대한 지식 창고가 있고, 필요하면 언제든지 그것을 열어볼 수 있게 되었으니까 말이죠. 미래에 필요한 것은 인격적 교육이라고 봐요. 서로를 이해하는 것도 교육이고, 사회생활에서 만나게 될 사람들과의 관계를 학교에서 미리 경험하는 것도 중요한 교육이라고 생각해요. 포스트 코로나 시대에는 그런 부분이 더 강조될 수밖에 없어요. 저는 공교육이 바로 그 부분을 담당해야 한다고 생각해요.

김연주 지구상의 많은 이들과 마찬가지로 우리 국민들도 비대면으로 거의 2년을 보냈잖아요. 만일 내년부터 우리가 일상으로 돌아간다고 해도 완전히 예전처럼 돌아가긴 쉽지 않으리라고 봐요.

신인규 저도 파급 효과가 만만찮을 것으로 봐요. 조금 다른 얘길 하자면 지금 대학생들이 불만이 많다고 하잖아요. 대학에서 해준 것도 없이 등록금은 다 받아간다고. 코로나 터지고

2년이 지났는데도 학교는 잘 굴러가고 있잖아요.

김연주 등록금을 받으니까 어떻게든 굴러가는 거죠. 사실 학교 입장에서 보면 학교에 학생들이 나오지 않아도 기본적인 운영이나 교수 및 직원들 월급을 챙겨야 하는 건데, 겉보기엔 대학이 아무런 일도 하지 않고 돈을 받는 것처럼 보일 수 있겠네요.

신인규 IT 기술 덕분에 비대면으로 수업하는데도 등록금은 다 받아요. 지금까지는 좋았지만 앞으로 과연 대학이 살아남을 수 있을까요? 코로나 때 대학이 학생들에게 해준 게 별로 없어요. 저는 코로나 상황이 한국의 대학들이 통신대학과 별반 다르지 않다는 사실이 밝혀지는 계기가 될 것 같아요. 대학 교육이 그동안 지니고 있던 체질과 허약성이 죄다 노출될 수밖에 없었어요. 비대면 수업을 통해 차별화된 교육이 거의 없다는 게 밝혀진 셈이에요. 이제 사람들이 대학에 갈지에 대해 더 본질적으로 고민하게 되지 않을까 싶어요.

김연주 만일 2년제 대학이라면 학교에 가보지도 못하고 졸업하는 경우도 있었을지 모르겠네요. 좀 황당하겠어요. 만약 입학식도 비대면으로 하고, 졸업식도 비대면으로 한다면……. 졸업식을 대면으로 한다고 치면, 졸업식 날 친구들을 처음 만나고 헤어지는 셈이겠네요.

김민규 그렇게 대학을 졸업하는 사람들이 대학에 대해 긍정적인 생각을 가지겠어요? 비대면으로 수업을 다 이수해 자격증을 따 회사에 취직했다면 그 사람은 대학 교육이 필요 없다고 느낄 것 같습니다. 괜히 비싼 등록금 낭비했다, 자격증 따는 학원에 갈 걸 잘못 선택했네, 이렇게요. 또 취업을 못한 사람은 비대면 수업을 하는 바람에 실력이 없어 취업을 못 했다, 이럴 거란 말이죠. 어느 쪽이든 대학 교육 무용론을 주장할 것 같습니다, 고질적인 딜레마에 봉착하는 것이죠.

신인규 이래저래 대학들이 살아남기는 더 힘들어질 것 같아요.

김연주 그렇다고 얘들이 대학 진학을 포기할까?

신인규 물론 관성 때문에라도 금방 대학 교육을 포기하진 않을 거예요. 그동안 대학 교육이 우리한테 영향을 많이 미쳤잖아요. 거의 학교에 매여 살아 인생에서 차지하는 비중이 컸어요. 그러나 코로나로 비대면 수업을 오래 하면서 학교에 대한 의존도가 많이 줄어들 것 같아요. 대학을 졸업하고도 취업이 안 되는 상황이 지속되면서 대학이 자신의 인생을 책임져주지 못한다는 사실을 깨달았다 하더라도, 대학은 공부하는 공간이라는 인식은 여전히 갖고 있었거든요. 그런데 코로나 때문에 그런 믿음마저 깨졌습니다.

김민규 이럴 바에야 차라리 학비가 현저히 싼 대학에 입학해 졸업장을 딸 것을 잘못했다고 말하는 졸업생이 분명히 나올 것 같네요.

신인규 대학은 아무리 수업을 하지 않았다고 해도 등록금을 안 받을 수는 없을 거예요. 기존의 건물 유지비가 들어가니까. 교직원 월급도 주지 않을 수 없고요. 학생들은 등록금을 내고도 대학에 다니지 못하는데 학년을 올라가, 코로나가 시작될 때 3학년이었던 학생은 이제 졸업이란 말이죠. 아마 원격 교육이 더 편리하다고 느낀 학생도 있을 겁니다. 그런 학생들은 편익 차원에서 비싼 등록금 내고 대학에 다닐 필요가 있나 하는 강한 의문이 들겠죠.

김연주 우리가 IT 강국이라 더더욱 그런 심리가 널리 퍼질 가능성이 커요. 일단 한둘이 경험한 것이 아니라 한 세대가 무려 2년 동안 집단으로 경험했단 말이죠. 그 정도라면 그 집단의 의식 무의식에 강력하게 하나의 사건이나 현상으로 자리 잡았을 만하죠.

신인규 그 친구들은 정상적인 대학 생활을 한 세대들의 처지에서 보면 아주 불행한 세대라고 할 수 있겠네요. 대학 생활의 재미란 것을 느껴보지도 못했을 테니까요.

김민규 저는 고등학생이라 대학 생활의 낭만 같은 것을 경험해보진 않았지만 선배들한테서 대학 1, 2학년 때의 재미가 쏠쏠하다고 들었어요.

신인규 그렇죠. 대학입시를 통과한 한국의 젊은이들이 느낄 수 있는 즐거움이 아닐까 해요.

김민규 어쨌든 위드 코로나 시기가 다가와, 코로나 상황이 어느 정도 종식된 뒤에 대학에 진학하게 되어 다행이군요. 대학 생활뿐 아니라 모든 일상이 하루빨리 회복되길 바라봅니다.

김연주 그러면 이쯤에서 대담을 마무리해볼까요? 보수당인 국민의힘에서 마련한 대변인 선발 프로그램이 〈나는 국대다〉였습니다. 그 토론 배틀에 참여했던 저희들 세 명이 자리를 마련하여 크게 여섯 가지 주제를 가지고 대담을 진행했습니다. 첫째는 토론 배틀에 참여한 배경, 그리고 그 토론의 정치적 의미를 살펴보았습니다. 둘째는 역대 대통령들에 대한 평가를 통해 대한민국의 역사적 변곡점에 대한 각자의 의견을 들었고, 셋째는 갈등 사회를 야기한 불공정의 상황들을 점검했습니다. 넷째는 청년 문제를 고스란히 담고 있는 MZ 세대의 고민을 나누어보았고, 다섯째는 최근 MZ 세대가 가장 민감하게 반응하는 젠더 문제를 논의했으며, 마지막으로 우리나라 교육정책에 대해 MZ 세대만의 이야기를 들었습니다. 사실, 전체적으로는 열 가지가 넘는 주제를 가지고 긴 시간 논의했지만 일반화에 머무는 내용은 정리하거나 빼고 아쉬운 논의는 나중에 다른 기회를 찾아보자는 데 동의했습니다. 결론적으로 말씀을 드리면, 어느 의견이 옳고 그르다를 떠나서 MZ 세대들은 정치에 무관심한 것이 아니라 오히려 지진계나 나침반처럼 민감하게 반응하고 있었습니다. 기성세대는 반드시 MZ 세대의 목소리를 들어야 할 의무가 있다는 말로 대담을 마감하겠습니다. 두 분, 긴 시간 수고 많으셨습니다.

김민규, **신인규** 수고하셨습니다.

핵심 키워드 12

01 _ 이승만의 정체성

본인 성향은 항일이고 반일이겠죠. 식민지 시대를 살았던 엘리트였고, 독립운동도 했으니까요. 하지만 친일 세력을 동원해서 국가를 운영하고 관리했고, 친일 세력이 해방된 조국에서 뿌리내릴 수 있는 기반을 만든 건 사실이에요. 사후 그런 비판이 제기될 수 있고요. 또 하나는, 전 세계적인 이념 대립, 그러니까 소련과 미국이 워낙 강하게 대치하면서 이념 경쟁과 체제 경쟁을 할 당시, 반공 프레임을 가지고 통치했다는 부정적 평가예요. 그런 부분들을 짚어야 한다고 봐요. 저는 이승만 대통령에 대한 평가를 너무 박하게 할 필요는 없다고 생각해요. 모든 대통령에게 공과는 있는 법이고, 이것들은 항상 사후 역사에서 평가되게 마련이죠. _75~76쪽

02 _ 박정희의 공 그리고 과

박정희 대통령은 보수와 진보를 떠나서, 빼놓을 수 없는 존재인 것은 분명하죠. 또 이분이 어쨌든 대한민국을 후진국에서 중진국 반열에 그것도 아주 단시간에 올린, 한강의 기적이라는 압축 성장을 이뤄낸 공이 있어요. 그 과정에서 재미난 일화도 많죠. 박정희 대통령이 경부고속도로를 건설한다니까 여러 야당 지도자

들이 길바닥에 드러눕고 반대했다고 해요. 국가 전체적으로 봤을 때는 대한민국을 선진화에 들어갈 수 있도록 이끈 지도자였다는 것은 부정할 수 없을 겁니다. 저는 박정희 대통령이 공이 7이고, 과가 3 정도라고 봐요. 보수의 기념비적인 인물이지만 독재라는 어두운 그늘 역시 무시할 수 없는 것은 사실입니다. _ 83쪽

03 _ 보수의 흑역사 1 ─ 이명박

저는 이명박 대통령이 박근혜 대통령보다 더 못하면 못 했지 잘한 게 없다고 봐요. 솔직히 MB에게 미안한 말이지만 사람으로서 매력도 없어요. '내가 해봐서 안다'는 식인데 꼰대 마인드이고, 뻥튀기 장사한테 가서도 '내가 뻥튀기 해봐서 안다', 환경부 장관을 만나면 '내가 땅 파봐서 안다'는 식이었죠. 그리고 대통령 혼자 그냥 다 엉뚱한 결정을 한 거죠. 이때 대북이나 외교 정책 등 뭐 하나 잘한 것이 없어요. 냉정하게 보면 아무것도 한 게 없어요. 보수 대통령을 두고 이런 말을 하는 저도 솔직히 비참합니다. _129쪽

04 _ 보수의 흑역사 2 ─ 박근혜

저도 솔직히 말하면 개인적인 역량이 부족했다고 봅니다. '수첩 공주'라고도 했

죠. 특히 청와대에 들어가고 나서 자기가 살아왔던 방식대로 너무나 협소한 삶을 살았던 거예요. 영국 갔을 때는 호텔 화장실 변기를 뜯어냈다는 비상식적인 일이 있었죠. 세월호 얘기도 했지만, 모든 것을 차치하더라도 지도자가 국가위기사태 때 너무나 적절치 못한 태도를 보였어요. _134쪽

05 _ 조국의 시간

기회는 기득권을 가진 자들에게 선택적으로 평등했고, 과정은 자기들한테만 공정했고, 결과는 아주 부정의했습니다. 이런 분노를 가지고 젊은 세대가 거리로 나서니까 민주당에서 어떻게 나왔습니까? '우리 위대하신 조국 선생님에게 뭐라 하는 거 보니까 다 자유한국당과 한통속 아니냐, 젊은 세대가 심각하게 우경화된 거 아니냐.' 역으로 자기들이 진영 논리를 대입하기 시작합니다. 우리 빼곤 다 적폐다, 이런 오만방자한 마인드가 마음에 안 들었던 것이죠. _143~144쪽

06 _ MZ 세대의 선택

MZ 세대는 합리적인 대안을 모색하는 교육을 중점적으로 받아온 세대입니다. 무조건 증세를 한다고 어려운 분들의 삶이 개선되지 않는다는 것을 충분히 알고

있는 것이죠. 세제를 새롭게 개편하고, 재무구조를 개혁해서 그분들에게 실질적인 혜택이 돌아가는 정책을 진보 정당이 합리적으로 설득해왔다면 지금처럼 외면받지는 않았을 거라 생각합니다. 이때 진보 정당은 MZ 세대를 설득할 만한 합리적 대안의 부재와 자기중심성을 해결하지 못했다는 한계를 안고 있는 것이죠._166~167쪽

07 _ MZ 세대, 그리고 대장동

이번 사태를 보는 관점을 한번 따져볼 필요가 있어요. 기성세대 전부는 아니라고 하더라도 많은 분이 대장동을 진영 문제로 보거든요. 우리 보수 내에서도 구보수 세력은 이재명 후보가 몸통이고, 이재명 후보가 나쁜 사람이라고 해요. 반면 이재명 후보 쪽에서는 곽상도 의원이 문제고 국민의힘 국회의원들이 토건세력과 손을 잡아 터진 게이트라고 보죠. MZ 세대는 이번 사태를 진영의 문제로 인식하지 않아요. 부패와 기득권 세력의 문제로 보거든요. 그러니까 젊은 세대에게는 여야가 따로 없어요. _189~190쪽

08 _ 스펙, 스펙, 스펙

경쟁주의를 비판적으로 바라볼 수도 있고, 긍정적으로 바라볼 수도 있어요. 조금 미화해서 이야기해보자면, 고스펙 사회로 간다는 것은 어떤 자리를 두고 보다 합리적이고 치열하게 경쟁한다는 겁니다. 그것은 결국 국민의 평균적인 수준이 높아진다는 얘기거든요. 그것을 잘 활용해 국가 생산성을 고양할 수 있는 방안에 대한 논의가 필요하다고 생각합니다. 물론 소모적인 경쟁을 완화할 수 있는 후속 조치들도 뒤따라야겠지요. 수준 높은 국민들이 국가 경제를 이끄는 동력을 만들어야 하는데, 수준을 고양하는 과정에서의 폐단이 상당하다니, 참 복잡한 논제입니다. _ 207쪽

09 _ 이준석 신드롬

일종의 조명탄 역할을 했다고 생각해요. 호수 위의 오리처럼 물밑에서 물갈퀴로 저었겠지만, 사람들이 보기엔 전혀 없었던 것이 불쑥 튀어나왔어요. 그리고 조명탄처럼 어두운 밤하늘을 확 밝혔기 때문에 상징성이 있어요. 또한 보수임에도 진보보다 훨씬 순발력이 있어요. 이렇게 젊은 보수가 드물고 이렇게 순발력 있는 보수도 드물죠. 여러모로 보수의 미래를 짊어질 정치인이라는 생각이 들어

요. 이준석 당 대표가 변화의 물꼬를 트는 바람에 저희도 작은 역할이라도 하기 위해 이렇게 모였잖아요. _ 226쪽

10 _ 페미니즘

함께 살아가야 할 남녀들이 서로를 그렇게 적대적으로 본다는 것 자체가 저는 이해하기도 어렵고 안타깝습니다. 저는 보수적 성향이 강하긴 해도 상식적인 사람이라 웬만하면 상대의 말을 이해하고 공감하려고 노력하는 편이거든요. 그래서 MZ 세대를 만나 즐겁게 이야기를 나누잖아요. 당연히 여성운동은 정당합니다. 여성이 남성보다 뒤떨어지는 부분이 무엇이 있길래 억압을 받고, 불이익을 받아야 해요? 그런데 이야기를 들어보니 현재 젠더 갈등의 양상에서 나타나는 목소리를 이런 당위의 연장 선상에 놓는 것은 조금 무리가 있을 듯합니다. _ 253쪽

11 _ 여성 할당제

〈나는 국대다〉에 여성 지원 비율을 예로 들어볼까요? 여성의 비율이 남성보다 상대적으로 낮았어요. 그리고 8강을 보면 미력한 제가 그나마 여성을 대표했죠.

상황이 그렇게 되어 제 어깨가 더 무거웠어요. 저는 정치가 여성이 그동안 강점을 발휘해온 분야는 아니었다고 봐요. 그동안 정치 무대에서 활동한 사람들의 성별을 정량적으로 바라보면 바로 알 수 있죠. 정치는 남성들의 무대였고, 여성이 진입하기 어려운 분야였던 것은 사실입니다. 그래서 여성 비례가 만들어졌을 것이고요. _ 278~279쪽

12 _ 사교육과 공교육

선생님들이 수업 외에 담당하셔야 할 업무들이 너무 많습니다. 당장 저희 학교만 해도 선생님들이 8시에 출근하셔서 저녁 9시에 퇴근하시거든요. 콘텐츠 연구만 하는 사교육계를 이길 수가 없습니다. 그럼에도 제가 공교육의 재건과 교육 제도의 대대적인 개혁을 외치는 이유는, 학교가 담당해야 할 부분이 분명히 있기 때문입니다. 저는 선생님들의 역할을 대입 도우미 정도로 보지 않습니다. 더 크고 중요한 역할이 있다는 거죠. 연장 선상에서 생각해보면, 고등학교를 비롯한 교육 체계가, 대학을 보내기 위한 수단으로만 전락하는 것이 바람직하지 않다고 보는 겁니다. _ 301쪽

최근 국민의힘에서 일어나는 변화는 전무후무해서 관심을 받고, 파격적이기에 저항에 부딪힙니다. 토론 배틀 〈나는 국대다〉는 그 시작점이었습니다. 지켜야 할 핵심가치를 지켜내면서 온건하고 합리적인 사회의 개혁을 추구하는 보수에 있어 공개된 공간에서 사회의 여러 이슈를 토론하는 것은 필수 불가결한 과정입니다. 변화의 성과이면서 동시에 앞으로 변화의 주체가 될 김민규, 신인규, 김연주 세 분의 생각이 담긴 이 대담집은 토론장을 벗어나 정치와 정책을 넘나들며 독자와의 소통을 통해 다양한 시각을 보수의 비빔밥에 더해줄 것입니다. 항상 기대합니다. 내일을 준비하는 대한민국이 이런 진지한 고민을 빼놓지 않도록 든든한 후원자가 되겠습니다.

_ 이준석(국민의힘 당 대표)

국민의힘 토론 배틀을 통해 국민들은 정치에 흥미를 느꼈고 새로운 변화에 응원을 보냈습니다. 10대 고교생 김민규 군의 도전과 50대 방송인 출신 김연주 상근부대변인의 출전은 그 자체만으로도 화제가 되었습니다. 변호사 출신 신인규 상근부대변인을 발굴한 토론 배틀은 성공적 실험으로 평가를 받았습니다.

그 뒷이야기가 궁금하던 차에 좋은 대담집이 출간되어 반가운 마음 가득 담아 진심으로 축하드립니다. 우리 보수 혁신의 역사는 매우 오래되었습니다. 혁신의 각 단계마다 많은 정치인들이 땀을 흘려왔습니다. 이제 그 혁신을 힘차게 밀고 나갈 유능한 정치신인이 많이 발굴되기를 기대합니다.

이 책은 맑은 마음을 가진 세 분의 이야기를 통해 우리 사회의 많은 과제를 확인하게 합니다. 세 분은 유능한 보수의 비전과 가치로 중대한 숙제를 풀어낼 수 있다는 것을 독자분들께 자신감 있게 보여주고 있습니다.

고등학생 김민규 군, 신인규 상근부대변인과 김연주 상근부대변인의 노력에 감사하며 힘차게 응원합니다. 세 분의 노력이 보수의 변화와 발전에 뜻깊은 징검다리가 될 것이라 믿으며 이 책을 권합니다.

_ 원희룡(전 제주특별자치도지사)

〈나는 국대다〉 8강에 오른 10대, 30대, 50대 세 분의 대담집이 나온다는 소식에 가슴이 뛰었습니다. 40대 초반에 당에 들어와 22년째 연식을 자랑(?)하는 노병의 귀에 이 신병들의 발랄한 얘기는 어떻게 새롭게 울릴까, 기대가 컸습니다. 바쁜 경선 일정이라 정독하진 못했지만 역시 새로운 피는 끊임없이 수혈받아야 한다는 것을 느끼며 원고를 넘겼습니다.

보수가 무엇이며 보수정치는 어떻게 발전해야 하는지에 대한 세 분의 목소리는 조미료 없는 날것 그대로라서 좋았습니다. 저의 오랜 화두인 '나는 왜 정치를 하는가'에 대해 모처럼 새로운 깨우침을 얻게 해주셔서 세 분 저자들께 감사한 마음입니다. 20년, 40년의 나이 차이는 숫자에 불과하니, 이 세 분의 국대님들께서 우리 정치의 격을 한껏 올려주길 희망하면서 일독을 권합니다.

_ 유승민(전 새누리당 원내대표)

〈나는 국대다〉 토론 배틀로 선발된 국민의힘 상근부대변인단과 고3 수험생 신분으로 참가한 김민규 군의 재치 넘치는 정책과 비전은 매우 흥미로웠습니다. 특히 청년 세대의 아픔과 좌절, 공정과 상식이 무너진 대한민국에 대한 강한 질타도 매우 인상 깊었습니다. 대한민국은 과거로부터 누적돼온 사회적 여러 '갈등'을 치유하고 화합과 통합으로 가기 위한 길목에 서 있습니다. 이 대담집을 통해 보수의 새로운 시각과 넓은 지평을 확인할 수 있었습니다. 과거와 현재 그리고 미래를 잇는 대담집을 통해 보수의 새로운 모습을 확인하시길 권합니다.

_ 윤석열(전 검찰총장)

안녕하십니까, 홍준표 예비후보입니다. 지난 대통령선거 패배 직후부터 4년간 TV홍카콜라 유튜브 채널을 통해 전국에 있는 20·30의 MZ 세대와 소통했습니다.

이 과정에서 국가의 미래인 젊은 세대가 고민하고, 아파하는 우리 사회의 현실을 보았습니다.

특히 조국 사태를 겪으면서 기성세대나 정치에 대해 실망을 넘어 절망의 수준에까지 빠진 MZ 세대가 공정과 정의가 살아 숨 쉬는 사회를 '생존권적 차원'에서 갈망하고 있다는 것을 확인했습니다.

MZ 세대는 사고의 다양성과 확장성, 실용적 선택을 중시하며, 타인을 규정 짓지 않을 뿐 아니라 자신도 어떤 개념에 의해 규정되기를 거부하는 매우 자유로운 세대라는 점도 알게 됐습니다.

그 모습은 〈나는 국대다〉 토론 배틀의 참가자들의 모습에서도 역력히 드러났습니다. 저는 국민의힘 상근부대변인단과 토론 배틀 8강 진출자인 고등학생 김민규 군이 다양한 사회 어젠다를 놓고 상호 간 고심한 내용을 정리한 책을 보며 MZ 세대가 대한민국 미래의 발전을 이끌 충분한 자질과 책임의식이 있다는 데 깊은 감명을 받았습니다.

이 책은 우리 보수 진영에선 생소할 수도 있는 다채로운 시각으로 젠더 문제, 교육 문제, 사회통합 이슈를 풀어나가는 모습을 진솔하게 보여주는 대담집입니다. 제가 추구하는 '패밀리즘'의 가치를 담은 내용도 있었습니다.

보수가 추구하는 가치가 진정 무엇인지에 대해 고민과 관심이

있으신 분들에게, 미래를 책임질 MZ 세대의 열띤 토론 배틀 과정
이 담긴 이 책을 권해봅니다. 감사합니다.

_ 홍준표(전 자유한국당 대통령선거 후보)